JN059756

沈まぬ夜の小舟 上

中庭みかな

nakaniwa mikana

イラスト　テクノサマタ
ブックデザイン　omochi design

沈まぬ夜の小舟

一

屋上に誰の姿もないことを確認して、錆びた柵を乗り越える。

今日は一日よく晴れて、昼間には雲ひとつない青空が見えた。それを思い出して顔を上向けると、期待した通り、いちめんの星空が広がっていた。かすかに紫がかった黒い夜空に、銀色の星粒が無数に散らばっていた。

星の名前は、ほとんど知らない。けれど、肉眼でもよく見えるあの大きな赤い星でさえ、ほんとうはずっとずっと遠いところに存在していることは知っている。

空気が澄んで星がよく見えるようになったのは、季節が秋を迎えたからだ。少し前まで半袖だけで平気で夜を越せていたのに、今では吐く息が白くなるほどだ。

冷たいコンクリートの上で、寝袋にくるまる。安物の寝袋は、ところどころ傷んで穴が開きはじめた。そろそろ新しいものを買わなくてはいけない。それにもう少し厚手の上着も欲しいし、できたら手袋も欲しい。

(本格的に冬になる前に、住むところが見つかったらいいけど)

そんなことを考えながら、硬い寝床で星を見上げる。

昔々、船乗りたちがそうしていたように、広い空に道標を探してみる。

北極星の見つけ方を知らないから、これだろうと予測をつける星は、きっと毎晩違っている。それでも、構わなかった。

周りの星よりも少しだけ明るくて大きい、青ざめた光を放つ星を見上げる。あれだ、と決めた。

今日はあまり悪いことがなかった。嫌なお客さんも来なかったし、失敗をして怒られることもなかった。

それに、あの人に会えた。ただ、たまたま廊下ですれ違って、挨拶を交わしただけだったけれど。こんにちはと頭を下げたら、ああ、とこっちを見てくれた。お疲れさまですと言ったら、ご苦労さんと言ってくれた。あんなに忙しい人なのに。

その時のことを思い出すと、じわじわと胸が温かくなった。夜風に晒（さら）されたままの頬（ほお）も、さっきより寒くなくなる。

青白い星を気の済むまで見つめて、目を閉じる。

明日も早く起きて、誰にも見つからないように、ここから出て行かなくてはいけない。朝から動きっぱなしだったから、目を閉じるとすぐに意識がぼんやりする。

眠りに落ちる直前、またあの人のことを思い浮かべた。それから、閉じた瞼（まぶた）の外で輝いている導き星のことも。

大丈夫。今日は無事に過ごせた。昨日よりも遠くへ行けた。だから明日は、もう少し先に進める。

そうしていつか、ここではないどこかへ、たどり着けますように。

「創（そう）ちゃん」

台車を引きずった跡だろうか。黒く長く延びていた汚れをモップで拭いていると、後ろから声をかけられた。

歌うような優しい声。創のことをそんな風に呼ぶ人は、ひとりしかいない。

「瀬越先生」

おはようございます、と頭を下げる。

「朝早くから、毎日ご苦労様。夜はコンビニでバイトもしてるんだって？」

「はい。でもそれは、前からしてるから。だから、慣れてるし。先生たちに比べたら、全然」

医療現場は忙しい。忙しいだろうな、と予想してはいたけれど、実際に病院に出入りするようになって、考えていたよりもずっと大変なのだと思い知った。

ご苦労様なんて、自分にはもったいない言葉だ。恐縮する創に、白衣の肩を竦めて若い医師は笑った。

「なんで俺と比べるんだよ。創ちゃんは高校生だろ」

「いまは、ただのフリーターです」

母が死んでから、創は学校を辞めた。私立だったから学費も高いし、辞めようかな、と言った時に、その場にいた大人たちが安心したような顔を見せたからだ。

母の身の回りのことをするのに便利だったから、この病院で清掃のアルバイトを始めた。ようやく仕事内容にも慣れてきたところなので、母がいなくなったいまでも続けている。

「どこのコンビニ？　教えてよ、贔屓にするから」

「えっと……」

バイトを掛け持ちしているコンビニは、かつて母と、その恋人と三人で暮らしていたマンションの近くだ。場所を聞かれ、躊躇(ためら)う。あまり知られたくなかった。

「先生に見られるの、恥ずかしいから」

首を振ると、残念、と笑われる。気分を害した様子はなかった。この人は優しい。いつでも温和に笑っていて、ただの掃除のアルバイトの創にも、まるで同僚のように接してくれる。

外科医の瀬越利哉(としや)は、創の母が救急車で運ばれた時、救急外来で診てくれた医師だった。母に付き添う創の顔を覚えていたらしく、病院で働くようになって間もない頃、声をかけられた。創はよく覚えていないけれど、きっとあまりに取り乱していて、印象に残ってしまったのだろう。そう思うと恥ずかしい。

創が清掃を受け持つのは、中央棟の三階廊下だった。この棟は一階と二階が外来診療フロアで、四階から十階までが入院病棟になっていた。間にある三階は集中治療室と手術室などがある場所で、関係者以外立ち入り禁止になっている。

このアルバイトを始めた時、「ここなら一般の来院者の目に触れる機会が少ないから」と担当場所を決められた。創はこの仕事をするには若すぎて目立つらしい。確かに、職員や患者らしき人々とすれ違う時、もの珍しげな目を向けられることがある。

「瀬越先生は、今から、手術ですか」

掃除の手を止めて、穏やかに笑う人を見上げる。

年は三十のほんの少し手前、だという瀬越は、外科医の中ではまだまだ若手に当たるらしい。名前は忘れたけれど、人気俳優の誰だかに似ている、と看護師たちが話していた。優しげな風貌と穏やかな喋り方は、きっと患者に安心感を与えるだろうし、特に女の人には凄く人気があるだろう。

「うん。カメラ持ちが足りないらしくて、師長さんに頼まれて」

「カメラ？」

手術の様子を撮影するのか、と考えたのが顔に出ていたのだろう。瀬越は笑って首を振った。

「内視鏡だよ。開腹で大きく傷を作らなくても、小さな穴からカメラで覗きながらオペできるの、知らないかな。腹腔鏡って言うんだけど」

創にとってはまったく未知の領域の話だった。何しろ創は、病院のことをほとんど分かっていなかった。だから瀬越のことも、外科医と聞いて、皮膚の病気や怪我などを担当していると思っていた。体の外側を見るものだと認識していたからだ。胃や腸の病気を見るのはすべて内科（内側だから）で、そして整形外科に至っては、顔を綺麗にするところだと思っていた。

無知にもほどがあると、我ながら思う。

「今は盲腸でも、腹腔鏡で手術できるんだよ。傷もほとんど残らないし、身体への負担も少ない。創ちゃんは、盲腸はもうやった？」

「まだです」

「じゃあその時は、俺がしてあげる」

にっこりと笑って、またね、と手を振られる。それに頭を下げて、手術室へ向かうその背中を見送った。

モップ掛けを再開しながら、盲腸、と考える。

できるだけ、ならないでいたい。手術をしたらどれだけお金が掛かるだろう。入院だってしないといけない。想像するだけで憂鬱な気持ちになってしまう。

母の入院費は、保険でどうにかなったらしい。それでも、葬儀の時に父がため息をついていたのを知っている。人間は、生きても死んでも、お金が必要になる生きものだ。

だから働かなくてはいけない。昼も夜も、今日も、明日も。

自分に言い聞かせるように、心の中でそう呟く。

うん、と頷いて、なかなか落ちない黒い汚れを、力を入れて強く擦った。


相澤創は二年前まで、米原創だった。創が高校に入学した直後に、父と母が離婚をしたのだ。

元々、両親はあまり仲が良いようには見えなかった。半導体を取り扱う会社を経営している父親が、部下であるらしい女の人と、世間的には良しとされない「お付き合い」をしていることも、母の愚痴からそれとなく感じ取っていた。だから、米原から相澤に姓が変わることも、予想はしていた。

両親の離婚に関して、創に特別な思いはなかった。ただ、それまでずっと後ろのほうだった出席番号が、アから始まる名字に変わり一番になってしまった。なにより戸惑ったのは、その変化だったかもしれない。

父が前々から「お付き合い」していた人と再婚をしたのはそれから半年あとのことで、同じ頃、母も、創とふたりで暮らしていたマンションに男の人を連れてくるようになった。母より五歳年下の、父に少し似た感じの人だった。その人は名字がナカムラだったから、もし母が再婚するのならば、今度はクラスの真ん中くらいになるな、とそんなことを考えたような記憶がある。

いつしかその人も一緒に暮らすようになった。穏やかで親切な人だったけれど、恋人の息子(むすこ)にどう接していいか分からない様子が気の毒で、創もどこか居心地の悪い思いは消えなかった。それでも、その人といる時の母がいつも笑顔で幸福そうに見えたので、自分の気持ちなど些細(ささい)な問題だと思っていた。高校を卒業したらひとりで暮らそう、と決めていたし、母もナカムラさんもそれに賛成していた。

けれども、創が高校二年生になってクラスが変わったばかりの頃、母がなんの前触れもなく倒れた。創もナカムラさんも家を出た後のことだったらしく、誰もそれに気付けなかった。最初に見つけて救急車を呼んだのは、学校から帰ってきた創だった。

母はすぐに運ばれて、そのまま手術することになった。脳出血だった。時間が経ちすぎています、と、主治医になった脳外科の医師は重々しく言った。手術の前にその可能性を示唆されていた通り、母の意識は戻らなかった。命は、まだあったけれど。

手術後、母は集中治療室に入った。たくさん管を繋(つな)がれて、もう目を開けてくれなかった。面会を許してもらえる間はずっとそばにいた。どうしたらいいのか分からなくて、眠るその顔を見てじっとしていた。

集中治療室は静かだった。ときおり看護師が走り回ったり、電話が鳴ったり、機械のモニタ音がするばかりで、たとえ創が学校に行かずにぼうっとしていても、誰も何も言ってこなかった。

母はのちに一般病棟へと移されたけれど、結局一度も目を覚ますことはなかった。管に繋がれたまま、入院から五ヶ月後に息を引き取った。


お昼ご飯は今日も、パンの耳と牛乳だった。朝ご飯も同じだ。

夜はもう少しちゃんとしたものを食べられるはず、と考えながら、ひと気のない非常階段でパンの耳をかじっていた。牛乳さえ飲んでいれば元気でいられると、母はよく言っていた。だから創も、なんとなくそんな気がしている。

昼休みは一応、四十五分という決まりだった。割り当てられた仕事が終わらなければ、その時間を削る。さいわい今日は滞りなく仕事ができたので、時間通りに休める。

バイトでも職員と一緒に食堂で食べてもいいことになっているけれど、そこの雰囲気が苦手で行っていない。清掃員の制服である灰色のツナギを着ている人はひとりもいなくて、おまけに、すごく混んでいるからだ。

だから昼休みは、人の来ない非常階段で休むようにしていた。他の清掃の人たちも、似たような様子らしい。

非常階段と言っても建物の中だし、病院はどこも綺麗で清潔だ。受け持ちの三階は特に誰も来ないので、階段に座ったまま壁にもたれて居眠りすることもあった。もちろん、時間が来ればすぐに仕事に戻る。

パンの耳を黙々と食べていると、上の方で扉が開く音がした。あまり使われない階段だから、創が隠れ場所にしているように、抜け道に使う人もいる。

その中の特別な人であることを、期待した。

「あ」

ゆっくりと階段を下りてきたその人と、目が合う。薄暗い照明の中、相手がどんな表情をしているかまではよく分からなかった。それでも、笑顔を作って頭を下げる。

「おつかれさまです、高野（たかの）先生」

相手はしばらく何も言わず、階段の端に座っている創をじっと見た。

水色の上下の服は手術室に入る時の格好で、今はその上から白衣を着ている。上階から降りてきたということは、病棟の帰りなのだろうか。首に掛けた聴診器が、非常灯の光を反射して瞬くように輝いた。

「また、パンの耳か」

その人は創の手の中にあるものを見つけて、どこかあきれたように言った。昨日も一昨日もパンの耳を食べていたところを見られているからだろう。

「それ、鳥とか鯉（こい）の餌にするやつじゃないのか」

「だって、安いんです。たくさんあるし」

「それだけじゃもたないだろ」

「そんなことないです。だって夜は、いい物食べさせてもらってるから」

「そうか」

それは嘘（うそ）だけれど、創にとっては真実でもあった。夕飯は、バイト先のコンビニで、消費期限が切れて廃棄処分になった物を貰（もら）うことができる。創としてはとても助かっているけれど、きっとそれを話すと、またあの知的な眉（まゆ）をひそめられるだろう。だから言わない。

「先生は、これからお昼ですか？」

忙しいのだろうからあまり引き留めてはいけない、と思いつつも、ついそんなことを聞いてしまう。ああ、と短く答えられる。会話はそれ以上続かなかった。何を食べるのか聞いてみたかったけれど、我慢した。

お疲れさまです、ともう一度頭を下げる。その人はすれ違い様に、まるで子犬にでもするように、創の頭をくしゃりと大きな手のひらで撫（な）でていった。

小さなパックの牛乳を、危うく落としてしまうところだった。

すぐ下にある三階の扉を開けて出ていったはずなのに、もう、その音は耳に入らなかった。もともと行動が落ち着いていて静かな人ではあるけれど、それ以上に今は、ふいの接触に乱れた自分の鼓動の音がうるさかった。

「どうしよう、死にそう……」

そんな独り言を漏らす。口にすると、何故だか、涙でも出そうな気分になった。

あんな風に、あの人に触られたのははじめてだった。

耳が熱くてたまらなかった。見られる相手は誰もいないけれど、そんな自分が恥ずかしくて、階段に座ったまま膝（ひざ）に顔を埋（うず）める。

中身のほとんどなくなったパンの袋に頬が触れて、かさかさと鳴った。

二

創が麻酔科という診療科の存在を知ったのは、つい最近のことだ。

手術の時に麻酔をかけるということぐらいは知っていたが、それを誰がするのか、なんて、考えたこともなかった。

高野慧一（けいいち）は麻酔科の医師だ。創の母親の緊急手術の時に担当してくれた先生ではなかったが、その後、集中治療室に入っていた間お世話になった。麻酔をかけるだけではなくて、集中治療室を受け持っているのも、麻酔科なのだ。

母の手術の時にも、別の麻酔科の先生が説明をしてくれたはずだった。確かにその場にいて、ナカムラさんと一緒に話を聞いていたはずなのに、今思いだそうとしても、その人のことは印象になかった。母が倒れてからのことは、記憶がところどころ抜け落ちていて曖昧だ。最初に父に告げた時に、どんな言葉を返されたか、だとか、バイト先や友人たちの反応だとか。そんな場面があったことだけは覚えているけれど、その詳細はまったく思い出せなかった。

母が倒れたという事実さえ、その時にはよく理解できていなかったかもしれない。感覚のすべてが鈍くなったように、まわりの言葉や音が自分の中に入ってこなかった。

高野のことをはじめて目にした時も、そうだった。

手術が終わって二日経つのに、母親は目を開きもしないし、手を握っても握り返してこなかった。

集中治療室には三つか四つほどベッドがあったけれど、創の母親と、その隣が埋まっているだけで、あとは空いていた。患者が少ないからか、看護師たちの姿も少なかった。

創の途方に暮れた姿が目に余ったのか、親切な看護師が、お母さんのそばにいてあげてね、と言って、ベッドの傍らに椅子を置いてくれた。それに座っていたって、創にできることなんてなにもない。けれど学校に行く気もなかったので、大人しくそこに座って、動かない母をぼんやりと見ていた。心電図の規則正しいモニタ音だけが鳴り続けていて、自分はこの音を聞いていたことを一生忘れないのだろうな、とそんなことを考えたりしていた。

ぼんやりしていた時に、誰かが暴れわめく音が耳に入ってきた。

それまで静かだった隣のベッドの患者が目を覚まして、大声で何か叫んでいた。年を取ったその人が何を言っていたのかは聞き取れなかったし、声からは性別すら分からなかった。その人にも創の母親と同じように、生命を維持するためにたくさんの管が繋がっていた。それを摑んで、こんなものは取れ、と言っているらしいことも、なんとなく理解できた。

すぐに看護師が走ってきて、落ち着かせようとしたり、外れそうになった管を戻したり、処置をしようとしていた。その人は自分がどこにいるのか、何故こんなところにいなければならないのか理解できなかったのかもしれない。自分を押さえつけようとする看護師たちに、暴れて、警察を呼べと怒っていた。

そこに、騒ぎを聞きつけて白衣の人が現れた。

看護師たちが必死に暴れる患者を押さえつけようとしているのに、その人はゆったりとした動作で、創の隣のベッドに近づいていった。

背が高くて、なのに痩せぎすな感じはしなくて、無造作に伸ばされた感のある髪と、どこか悠々としたその仕草のせいか、大きな動物を連想させる人だった。

——高野先生。

看護師のひとりがそう声を上げたことも、はっきりと覚えている。

医師らしいその人が患者に近づいて、看護師に何か指示してから、こんな声をかけていた。

——はい、警察ですよ。

ものすごい棒読みだった。

目の前で大変な騒ぎが起こっているな、と思いつつも、ぼんやりとどこか遠いことのように感じていた。そんな創を一瞬で現実に引き戻したのが、その人だった。

棒読みではやはり相手にも通用しなかったようで、相変わらず管を抜いてベッドを降りようとしていた。その腕を摑んで、看護師から受け取った注射をして、あとはもう何も言わず、大人しくなるまで、押さえていた。

薬が効いたのか、その患者はしばらくして、何事もなかったように静かに眠った。

——先生、演技するならもっとちゃんとやってください。

ふう、と息をついた看護師のひとりに叱られているのが聞こえて、創は笑ってしまった。まったくその通りだと思ったからだ。

けれどそれに気づかれて、こちらを見たその先生と目が合ってしまった。慌てて目をそらしたから、その人がどんな表情をしていたかまでは、よく分からなかった。ただ、何も知らずに顔だけ見たならば、厳しそうな、どこか冷たそうな人だと、そう思っただろう。

高野先生、と呼ばれていたその人は、看護師にいくつか指示を出してから、またふらふらと奥の部屋へ戻って行った。

（変な人……）

第一印象は、その一言に尽きた。

はじめてその人のことを知ってから、ほんの数時間あとのことだ。

面会時間は終わったけれど、家には帰らず、ずっと病院にいた。誰か、家族のひとがひとりはいてください、と言われていたからだ。ほんとうならば大人の、ナカムラさんか父がいてくれるのがいいのだけれど、と看護師が渋い顔をしたのを覚えている。

患者家族用の待合室にいるのが気詰まりで、創はその辺りの廊下でぼんやり立っていた。その時、通りすがりに向こうから声をかけられた。

――ひどい顔色だぞ。

あの変な先生だ、と気付いてはいた。まさか話しかけられるなんて思っていなくて、とっさに返事ができなかった。

――お母さんのことが心配なのは分かるけど、ちゃんと休めよ。……高校生？

どうにか、それに頷く。さっきは遠目で見ただけだったけれど、近くで見ても、整った、すごく頭の良さそうな顔立ちの人だと、改めてそんなことに感心するばかりだった。話す声も見た目に相応(ふさわ)しい、淡々としたあまり感情をうかがわせない声だ。それなのに、創に向けた言葉が優しいものであるのが、バランスが悪くてかえって印象的だった。

感じたことのない不思議な気持ちになった。この人の顔をもっと見たい、と思い、まっすぐに見上げてしまった。眼鏡(めがね)の奥の静かな瞳と目が合った。創とその人と、まったく同じタイミングで瞬きをした。

（あ）

その瞬間、もう忘れられない、と、そんなことを思った。この人のことをもう忘れられない。わけも知らず懐かしい気持ちになって泣きそうになった。母親が倒れて生命が危ない状況になっても、涙のひとつも出なかった創なのに。

この人はすごく優しいひとなのだ、と、その時にはもう、気付いていた。

――相澤さんは、明日には一般病棟に移れるから。

なんのことだろう、と、最初、誰の話をしているのか分からなかった。数秒遅れて、それが今の創の名字であったことを思い出す。母のことを言っていたのだ。

だからそんなに心配することはない。そう言おうとしてくれているのだろう。胸の奥が熱くて、自分の心臓が音を立てて動いているのをはっきり感じる。

――名前は。

――……創。つくるっていう意味の、字です。

聞かれたので、答える。うまく声にできなくて、つい、余計なことまで付け加えてしまう。

創、と、何かを考えているような顔をして、その人は一度繰り返した。

——先生は、高野先生。

創から確かめる。さっき看護師がそう呼んでいたし、白衣の胸元にも名札が下がっていた。写真付きのその名札には、「麻酔科　医師　高野慧一」と黒い字で書かれている。

——ますいか……。

その時に、麻酔科という診療科が存在していることをはじめて知った。ひとを眠らせる、というイメージしか創にはないが、目の前のこの人の雰囲気には、これ以上ないほどぴったりの仕事のように思えた。

高野は創のその独り言に鷹揚(おうよう)にいちど頷いただけで、それきり何も言わずに、廊下を歩いてどこかに行ってしまった。

静かな人だった。創の知り合いなんて、学校やバイト先で出会った人ぐらいだが、そこで見てきた他の誰とも違う。あんな人、見たことがない。呆気(あっけ)に取られたような気分で、その後ろ姿をずっと見ていた。

(高野先生。麻酔科のせんせい……)

心臓が健やかに動いていた。指の先まで血が通ってあたたかくて、生きている、と、そんな当たり前のことをとても強く感じた。

言われていた通り、母はその翌日に集中治療室を出て、四階の普通の病室に移された。

ナカムラさんと、父と、その新しい奥さんと一緒に、目を覚まさない母の傍らで、これからどうしようかと話をした。

高校を休学すると最初に言ったのは、創自身だ。学校は辞める、と言った創に、大人たちは最初反対した。だから、母が退院するまで休学してアルバイトをすることにした。母は退院しなかったから、結局、そのまま退学した。誰かがそうしろと言ったわけではない。けれども今度はもう、誰も反対しなかった。

のろのろと廊下を掃除していた創に、最初に声をかけてくれたのは瀬越だった。

――この間、救外に来てた子だよね。

きゅうがい、とはなんのことかと思ったが、その後の話を聞いていて、救急外来のことだと気付いた。

その人には見覚えがあるような、ないようなで記憶がおぼろげだった。どうしてこんなところで働いているの、と聞かれて、素直に母のことを答えた。瀬越は母の容態のことを知っていたらしく、すぐに創の言おうとしていることを分かってくれた。大変だね、と労(いたわ)るように言ってくれた。

――俺は外科だから、お母さんに直接なにかしてあげられるわけじゃないけど。でも、困ったことがあったら、言ってよ。

瀬越はそれから、創を見かける度に声をかけ、軽くお喋りをしてくれる。そこに高野が通り掛かったことがあった。二人が話している姿を見付けて足を止めた高野に、瀬越は創に向けるよりほんの少し砕けた笑みを見せていた。

——ああ、先輩。

——……せんぱい？

そう呼びかけていたことに、少しだけ驚く。同じ病院で働く医師同士なのだから、まったく繋がりがないわけではないだろうとは思っていたが、あまり共通点のなさそうなこの二人が親しげなのが意外だった。

——瀬越。と、相澤さんのとこの。

母が集中治療室を出てから、その人の顔は見ていなかった。だから、創のことを覚えていたらしい口ぶりが嬉しかった。小さく頭を下げる。お母さんが元気になるまで、ここでバイトするんだって、と、瀬越が創の代わりに説明をするのを、どこか遠く感じた。自分のことを話されているのではないような気分だった。

その人は、そうか、と一度頷くだけだった。それ以上何も言われなかったことに、何故だか安心した。

母が死んだ時は、主治医である脳外科の先生と、入院していた病棟の看護師長が、一緒になって霊安室までベッドを押して行った。その時も、一般の患者が通るのが少ない、という理由でこの三階の廊下が使われる。母と、父たちの後をうつむいてついて歩きながら、廊下の端に、高野がいたのを見付けた。

偶然そこに居合わせたのかもしれないし、誰かに話を聞いて、待っていてくれたのかもしれない。

高野は足を止めて、深く頭を下げて、創の母を見送ってくれていた。
綺麗な礼をするその静かな姿を、もっと見ていたかった。そんなことを考えている場合ではないと思うこともできず、何度も、母たちのあとを追いながら、振り向いた。

「……あ、時間」

考え事をしていると、午後はあっという間に過ぎた。何気なく時計を見ると、終業時間を過ぎていた。

今日はこの後、もうひとつのバイトに行かなくてはいけない。慌てて、掃除に使っている用具を片づけた。手を洗って、狭い更衣室で着替える。うちに寄る時間はあるかな、と、そんなことを考えながら、すれ違う人たちに頭を下げて挨拶をして、病院を出た。

うちと言っても、もう、創には家はない。

ナカムラさんはまだ生前の母と創と暮らしていたマンションに住んでいるけれど、もうじきそこを引き払うらしい。創はお父さんに引き取られるからさみしくなるね、とその人は言う。創も、それに笑顔で頷く。

ほんとうはそんな話はない。父の方には、創は今後もナカムラさんと一緒に住むのだと言ってあるからだ。住むところがなくなれば困る。分かっていたけれど、創は、両方にそんな嘘をつかずにはいられなかった。

そうして、創には帰る家がなくなった。寝るのはいつも、かつて住んでいたマンションの屋上だ。

そこなら誰かに見つかる心配もないし、バイト先にも近い。
創がそんな生活をしていることは、瀬越も高野も知らない。誰にも、言っていなかった。言う必要もないし、知られたくなかった。それにそのうち、お金が貯まる。じゅうぶんな金額が貯まれば、住む部屋を紹介してもらえることになっている。

仕事の間はずっと鞄に入れっぱなしになっていた携帯電話に、電源を入れる。どうせ見ないから、仕事中は電源を切っていた。メールが一件だけ届いていた。

差出人の名前を目にして、確認しようとしていた指が止まる。見なかったことにしようかと一瞬だけ考えて、すぐに小さく首を振った。

メールの文面を確認して、また時計を見る。少し急いで、マンションに寄らなくてはいけない。そうしてまた、父の家はリフォーム中で風呂場(ふろば)が使えないから、と嘘をついてナカムラさんにシャワーを借りる。

昼休みに会った高野のことを思い出す。あんな風に撫でられたことが、まだ忘れられない。

今日は、すごく良いことがあった。だから、頑張れる。

ひとりで生きていけるようになりたかった。誰の手もわずらわせずに、ただ自分だけの力で。

そのためにはお金が必要だ。だから、働かなくてはいけないのだ。昼も、夜も。

そして今日は、そのあとも。

三

麻酔にかかる時というのは、どんな感じがするものだろう。

近頃は、ふと気がつくと、そんなことを考えていたりする。高野の名札に、麻酔科という文字を見てから、ずっと気になっていることだった。

一度、図書館に行って、そういう本の並んでいるところで調べてみようとした。けれども、一番薄くて図解の多いものでさえ、難しくてよく分からなかった。

高野先生はいつもこんな本を読んでいるんだろうか。そんなことを考えて、途方にくれた気分になるだけだった。ほんとうに自分とは違う世界の人なのだと、改めて実感した。

創はあまり、頭が良くない。自分でもそう思うし、バイト先のコンビニでも、よく指摘を受ける。店長や先輩たちからだけではなく、お客さんからも、言葉を投げつけるように馬鹿野郎と怒鳴られる。それは創が、言われた種類の煙草（たばこ）を見つけるのにひどく時間がかかってしまったり、領収書の名前の欄に、思い切りおかしな漢字を書いてしまったりするからだ。

一度間違ってしまったことは、繰り返さないように注意している。それでも、毎日、小さな失敗をしてしまう。それはきっと、元々の、人間としての出来が悪いからだ。

創は自分で、そのことに気がついている。だから少しでも、よい人間になりたいと日々思っていた。誰にも言ったことはない。ただ、ずっと胸のうちにだけある、創の本心だ。

いまの自分は、よい人間ではない。だから、ひとが創をどんな風に扱ったとしても、それは仕方がないことなのだ。

「よお、勤労少年」

それで麻酔にかかるってどんな感じなんだろう。またその想像に戻ったところで、ふと背後から声をかけられた。

創はお菓子の並ぶ棚の商品を整理していた。手を止め、首だけ小さく振り向かせて、声の主を見る。声をかけてきたはずの相手は、いつも野暮ったい黒縁の眼鏡をしている。だから、その目印がない今日は、しばらく、それが知っている人の顔であると気づけなかった。

創のその反応がおかしかったのか、彼は少しだけ笑った。

「何だよ、その顔」

「……だって、眼鏡」

「今日はコンタクトだよ。実家、帰ってたからな」

肩を竦めてそんなことを言う相手に、創はレジの方をうかがった。一緒にシフトに入っている先輩は、暇そうに携帯をいじっていた。また商品を並べる振りをして、その場に身をかがめる。

話をするつもりなのか、相手もそれを真似（まね）てきた。

「なんで、実家だと、コンタクト？」

「兄貴が眼鏡だから。差別化を図らねぇと」

さべつかをはかる、というのがよく分からなかったけれど、そういえば以前、この男の兄の話を聞いたことがあった。双子で、とにかく顔がよく似ているのだという。見分けをつけるという意味だろうか。

「……ナルミの家、病院だっけ」

その繋がりで、そんなことも思い出す。親が病院を経営しているけれど、継ぐのは兄のほうだから気楽でいいと言っていた。割と大きめな病院らしいから、そこにも麻酔科はあるのだろうか。

創の言葉に、ナルミは何も言わずに、ただ薄く笑うだけだった。この男は、自分のことは話そうとしない。

ナルミと呼べと言われてはいるけれど、それが名前なのか、名字なのか、どんな字を書くのか、そもそも本名かどうかすら知らなかった。親元を離れている大学生なのだとは聞いたが、年がいくつなのかも知らない。きれいな顔立ちをしていて、ひとを寄せ付けない冷たい雰囲気が少し、高野に通じるものがある。それを、まるでわざと目立たせなくするように、いつも垢抜(あかぬ)けない、地味な髪型や服装で黒縁の眼鏡をしている。

自分のことをそんな風に装うこの男が、多くのものを持っているということを、創はよく知っていた。お金で買えるものも、そうでないものも、嫌になるくらい。

「二十二時上がりか」

短く確認される。頷いて答えると、ナルミも同じ仕草を返す。それだけ確認すれば十分だったのか、あとは何を聞くことも言うこともなく、立ち上がって店の外に行ってしまった。

バイトが終わる時間を押さえておいて、それに合わせてまたここに来るつもりなのだろう。それだけのことならメールで聞くだけで足りるのに、と以前の創は思っていた。けれど今は、ナルミのその行動にも意味があるのだと分かってきた。

直接ああして顔を見せることで、逃げるなと暗に言われている。……ような、気がした。

心配しなくても、そんなこと、考えもしないのに。


今日も、あまり大きな失敗をしないでバイトを終えることができた。同じシフトに入っていた大学生に頭を下げて、店を出る。レジに入る時ですらずっと携帯を手放さないその人は、早速どこかに電話を掛けていて、創の方を見なかった。

二十二時、と言っていたのに、掃除用具の片づけに手間取ってしまい、出るのが少し遅れてしまった。急いで店を出る前に、廃棄品の入っている籠の中から、おにぎりをひとつだけ貰っていく。他にも弁当がいくつか入っていたけれど、たぶん、あれを食べきれるほどの食欲はわかないだろう。そう思って手を出さなかった。

ナルミは店の前にいた。慌てて裏口から出てきた創を見て、まるで笑うように目を細める。

「ごめん、遅くなった」

「別に。ちょっとぐらい、待たしときゃいいんだよ」

小さく頭を下げて謝ると、軽く肩を竦められる。あれから一度自分の部屋に戻ったのか、ナルミは見慣れた黒縁の眼鏡を掛けていた。

待たせておけばいい、なんて、そんな風に言うのは、ナルミ自身のことではない。これから創が相手をする、別の誰かだ。

ナルミのその口調は、その誰かを心底馬鹿にしているような、冷ややかなものだった。

「……だれ？」

多くを言葉にしなくても、創の聞きたいことなど限られている。ナルミは創の肩を軽く叩いて、まるで具合の悪い人を介抱するように優しく手を添えて歩きはじめる。大人しくそのまま従い歩きながら、こんなところを瀬越や高野に見られたらどう思われるだろう、とそんなことを考えていた。仲の良い友達同士に見えるだろうか。

「東」

「また？」

ナルミの口にしたその名前に、少し驚く。創が最後にこの仕事をしたのは一昨日で、その時も同じ相手だった。

「何回目か覚えてるか」

聞かれて首を振る。三回より多いのは確かだけれど、わざわざ回数なんて数えていない。それでも、ひとの顔を覚えるのが苦手な創でも、名前を聞いただけでその人が誰なのか思い出せた。他にも何人も相手をしたことがあるけれど、たぶん、その中でも名前を知っていて顔まで覚えているのは、東ひとりだ。

その人がまた待っているのだと聞かされて、喜ぶべきなのか嫌悪感を抱くべきなのか、創にはよく分からなかった。どちらかというと、何故だろう、という戸惑いのほうが強い。

「なんでだろ」

「ハマってんだろ、おまえに」

「まさか」

皮肉気にそう笑うナルミに、首を振る。

ひとりに何度も同じ客を取らせるのは嫌いだと、以前に聞いたことがあった。「商品」と客が馴染みになるのは、ナルミにとってあまり良いことではないらしい。その理由までは創には分からなかったけれど、そう言っていたことは確かに覚えている。

だから今も、上機嫌というわけではないようだ。創は頭はあまりよくないけれど、ひとの顔色を見て、相手がどんな気分でいるか察するくらいはできた。

「聞かれたからって、なんでも話すなよ」

「話さないよ。名前しか言ってないし」

「あっそ」

東はいつもよく喋るけれど、その話の内容はほとんど耳に入らない。それどころではないからだ。

大きな道を外れて、ひと気の少ない道に入る。角をひとつ曲がったので、バイト先のコンビニも以前まで住んでいたマンションも、もう振り向いても見えない。

肩を抱いていたナルミの手が、ふいに離れた。明かりの消えたオフィスビルの間の、狭い暗がりに向けて、遅れたことを詫びる。

「お待たせ、東さん」

今日はどこで待ち合わせをしているのかと思ったら、こんな道端だ。顔を覚えられるのを避けるためだろう、ナルミは「仕事」の時、毎回必ず違う場所を使うようにしている。この間はカラオケで、その前はどこかの会社の倉庫だった。今日みたいな風の寒い日にわざわざ外にしなくてもいいのに、と、ずいぶん待たされたらしい相手の顔を見ながらそんなことを思った。

声をかけられて、街灯の下にいたその人はほっとしたように頰を緩めた。ナルミに頭を下げてから、創の方を見る。親しげに笑みを浮かべられて、目をそらしたくなった。

「時間は三十分、そこの奥の方でどうぞ。俺は少し離れたところにいますから、大声でも出さない限り、なにも聞こえません」

ごゆっくり、と、背中を押される。ビルとビルの隙間は、奥が行き止まりになっていた。そこを使えと言いたいのだろう。なにも聞こえない、は、たぶん嘘だ。きっとナルミは、全部聞いている。

それでも彼のその言葉に頷いて、東はナルミの背中が離れていくのを見ていた。その姿が見えなくなったのを確かめて、行こう、とこちらに促してくる。

ここから先は、もう、創に意思はいらない。相手と、そしてそれ以上にナルミの望む通りに動くだけだ。

「今日も学校だったの？」

聞いてくる声は優しかったけれど、それでも、どこか硬かった。うん、と頷くだけで答える。東は創のことをなにも知らない。

「偉いね。毎日学校に行って、それからアルバイトをして。どうしてそんなにお金が必要なの？」

「ほしいものが、たくさんあるから」

行き止まりの壁に背を付けて、笑って答える。暗い色のコートを着ている東が、街灯の明かりの届かない中、創の頬に両手のひらで包むように触れた。寒い中で待たされていたせいか、冷たい手だった。

「俺に言えばいいよ。買ってあげるのに、なんでも」

囁くようにそんなことを言われる。本気ではないのだろうけれど、どう返せばいいのか分からなかったので、曖昧に笑うだけにしておいた。

「昨日は、誰かとした?」

耳元で聞かれて、小さく首を振る。東はまるで、その言葉がほんとうなのかどうかを確かめるように、指で創の唇を撫でた。ほんの少し口を開いて、舌の先で触れると、それを合図ととらえたように、唇を割って奥まで指を差し入れられる。

「俺以外に、こんなこと、しないでよ」

聞こえない振りをして、冷たい指先に舌を絡めるようにゆっくりと舐め上げた。わざと音を立てて、一度口をはなして、それからまた、奥までくわえこむ。

創、と、低く名前を呼ばれて、両方の腕で強く抱かれる。壁に背を付けたままの創を押し潰すように、一切の遠慮もなしに体を擦り寄せられた。

キスはしないと、最初からそう言ってある。だからその代わりなのか、何度も頬ずりをされた。腰に押しつけられる硬いものと、耳元で繰り返される自分の名前。短い吐息と、焦燥感に満ちたその声に、創は逆に醒めていく。

　力を抜いて、人形のようにされるがままになりながら、このひとは普段なにをしているんだろう、とそんなことを考える。年は、おそらく四十ぐらい。左手に指輪はしていないけれど、落ち着いた真面目そうな人だから、結婚していてもおかしくない。創が会っているのはきっと、仕事の帰りなのだろう。今日はコートを着ているけれど、いま忙しなく前を留めていたボタンを外している、その下からはいつものようにネクタイと地味なスーツが見えた。どうしてこんなことをするんだろう、と不思議に思ってしまうような、清潔そうな印象の人だ。学校の先生のよう、というのだろうか。

「今日は、どうすればいい？」

　熱を感じるほど、服の上から全身を強く撫で回される。腰のあたりを摑むようにされて、思わず、自分からそんなことを聞いていた。早く終わらせたかった。

「飲んで」

　東がそう答えることは、予想できていた。だから嫌な顔を見せずに、淡々とひとつ頷くだけで応じる。大丈夫だ。もう、慣れた。

　アスファルトの地面に両膝をついて、東がベルトを外すのを待った。三十分、とナルミが言っていた。いま、どのくらい経っただろうか。二十三時には帰れるとして、明日も六時に起きるから、できるだけ早く眠りたい。シャワーを借りに行ったとき、ナカムラさんのところに寝袋を置いてきた。今日くらいは、泊めてと頼んでも、おかしいと思われないだろうか。でもこの間も、雨の日に泊めてもらったばかりだし。ぼんやりと、関係のないことを考える。

準備が終わったらしい。ほら、と促すように呼びかけられて顔を上げる。もう一度頷いて、既にずいぶんと硬く張りつめている部分に、手のひらで撫でるように触れた。布地を持ち上げて窮屈そうにしているそれを、下着をずらして外に出してやる。東はコートを着たままだ。ここだけ寒いだろうな、と思って、そんな余裕のある自分が少しおかしかった。

「……、ん……」

舌で唇を湿らせてから、少しずつ、剝(む)き出しになったものを口に含んでいく。東が特別なのか、それとも創の口が小さくて狭いせいなのか、長さのあるそれを根元まで飲み込むのは苦しい。だからいつも、先端の方を含んで、舐めて、付け根の方は指を使うようにしていた。さっき指にしていたのと同じように、きつく吸って、緩めて、指も止めずに動かし続ける。

「上手(じょうず)だよ、創。……昨日は本当に、誰ともしなかったの？　きみはお金が欲しいから、誰にでも、こうやってしてあげるんだろ。それとも、お金なんて嘘で、実はこうするのが好きなだけなのかな。ねえ？」

東の声が、頭上から降ってくる。大人しげな印象の東は、創がこうしている時だけ感情を露(あら)わにして見せた。

ちがう、と告げるために首を振ろうとした。けれどもその途中で、東に両手で頭を摑まれる。含んだものを容赦なしに喉(のど)の奥まで突き入れられて、息が詰まった。

「……！」

苦しくて、そこから逃れたかった。けれど、締め付けるような手の力が強くて、創は自分の意思で頭を動かすこともできなかった。

「創、ああ、創……っ！」

東は創の頭を摑んで、ひたすらに自分の欲望のままに腰を打ち付け続けてくる。ただの穴のあいた玩具のように激しく抜き差しされながら、歯だけは立てないように必死に耐えた。口の中に苦い味が染みてくる。顎が痺れて、唇の端から、唾液とそれ以外のものが漏れて溢れた。

水に潜るのと同じだ、と、こういう時、創はいつも思うようにしている。ほんの少し、息ができないだけだ。だから、ぜんぜん、たいしたことじゃない。もう慣れた。

だから平気だ。

摑む手は一向に緩まず、抜き差しが速く、乱暴になる。

「ああ……っ！」

ひとしきり動いて、東が大きく身体を震わせる。わずかに間を置いて、もう一度、跳ねるように震えてから、創が受け入れていたものをゆっくりと引き抜いた。

顎に力が入らなくて、口の中に溢れたものを出してしまいそうになる。上を向いて、こぼれないように、手のひらで押さえた。東がじっとこちらを見ているのを感じながら、それを喉に送り込む。空気を欲しがる身体が邪魔をして、上手に飲み込めなかった。吐き出すことはしなかったけれど、むせて、少しだけ地面に落としてしまう。

「……、ごめんなさ……、っ」

咳き込みながら謝る。上手にしなくては、と思っているのに、まともにできたためしがない。収まらない咳に滲んだ涙を拭いながら、そばに身をかがめた東を見上げる。創を心配そうに見てくるその人がさっきまであんなことをしていたなんて、誰も信じないだろう。

「大丈夫？　ごめんね、無理をさせたね……ごめんね……」

繰り返される謝罪の言葉に、首を振る。創は「商品」で、この人はお金を出してそれを買ったのだ。だから、東が謝ることはない。

「創……」

東は地面に膝をついたままの創を抱きしめて、また、何度も頬擦りをしてきた。

「お疲れ」

今日は、一回だけで済んだ。時間だと呼びに来たナルミに引かれて、東はそのまま帰ったらしい。料金の支払いをする場面を、ナルミは見せない。だから創は、実際にどれだけの金額が払われているのか知らなかった。

水のペットボトルを投げ渡される。受け取って、口を漱いだ。

「あいつ、おまえが欲しいってさ」

含んだ水を側溝に吐き出す。一度では足りない気がして、二度三度と繰り返した。ナルミがそんなことを言っているのを、聞こえなかった振りをする。

「本番させろって。おまえのはじめての客になれるなら、いくらでも出すってさ。どうする？」

「……無理だよ、そんなの」

答えた創に、ナルミは肩を竦めて笑った。じゃあな、と短く別れの挨拶をして、創のポケットに何か滑り込ませる。そうして、そのまま暗い夜道に消えて行った。

ポケットに入れられたものを取り出してみる。一万円札、一枚だった。いつもと同じ額だ。これが多いのか少ないのか、創には相場が分からない。

薄い財布を取り出して、その中にしまう。明日、銀行に預けよう。残高がどれくらいになったか、はっきり覚えていない。

ある程度まとまった額が貯まったら、ナルミは住むところを紹介してくれると言った。それに、未成年の創でも部屋を借りられるように手助けすると約束してもらっている。あと、どのくらい必要だろう。

風が冷たくて、肩を縮める。遅くなってしまった。早く荷物を取りに行かなければ、ナカムラさんにも迷惑になる。

マンションの方角に向かって歩きながら、空を見上げる。今日は、曇っていて星が見えない。だから代わりに、高野のことを考えた。

どうか明日も、ほんの少しでもいいから、姿が見られますように。もし邪魔にならないようだったら、近くにいって、話をすることができますように。

たわむれに頭を撫でてきた大きな手が忘れられない。その感触を蘇らせたくて、自分の手で撫でてみる。優しくて静かな、あのひとの手。

何かしたいなんて、してほしいなんて、そんなことは思わない。そう願うには、あまりに遠い。

ただ、星を見上げるように想うことだけは、許してほしかった。それだけでよかった。

ひと気のない夜道を歩きながら、呟く。

「……明日も、がんばろ」

それだけあれば、きっと、生きていけるから。

四

今日は、水が冷たい。

もう冬がはじまるのだ。床を拭くモップを手で洗いながら、そんなことを考えていた。でも昨日は手袋を使っていたから特に意識しなかっただけで、実際のところは違うのかもしれない。

掃除の仕事をする者には、ひとりにひとつ、様々な道具を入れるワゴンが与えられている。各自、決められた番号のついたものを使うのだ。今日、創がいつものように自分のワゴンを引っ張り出してみると、昨日まで使っていたゴムの手袋がなくなっていた。片付けるときにはあったはずだ。気付かないうちに、どこかに落としてしまったのだろうか。

不注意でなくしたり、壊してしまったものは新しく貰うことはできない。自分の責任だから、自腹で買わなければいけないのだと、手袋を探してあちこちを見回す創に、同じ仕事をしている人が教えてくれた。

手袋くらいなら、なくても平気だ。会社の備品なのだから、なくしたものについては弁償しなければならないのだろうけれど、少なくとも今日いちにちくらいは、なくてもどうにかなる。

そう思って、いつもは手袋を付けて洗うモップを、素手で洗っていた。さすがにしばらく水に手を晒していると、かじかんで感覚がなくなる。黒く汚れた水を空にして、バケツも洗い流して元の位置に戻しておく。どうせまだ掃除を続けるから汚れるけれど、一度、石鹸(せっけん)で泡を立てて手を洗う。感覚のなくなった指先を、気の済むまで何度も擦ってきれいにしようとする。

ぼんやりと顔を上げると、鏡に映る自分の顔が目に入った。間の抜けた、なにも考えていないような顔をしている。我ながらそう思えた。母が死ぬ前は、こんな顔をしていなかった気がする。それとも、それはもっと前のことだっただろうか。ナルミにあのバイトを紹介される前か、父と母が離婚をする前か。

汚れた指を洗い続けながら鏡を眺めていると、ぽつりと胸の中に言葉が浮かんだ。

(うちにかえりたいな)

そんな自分に驚く。そんなこと、思っていないはずだ。そもそも、いったいどこに帰りたいというのだろう。

変なの、と、そんな自分が面白かった。鏡に映る顔が、少しだけ笑う。

そんなことをしていると、背後でふいに大きな音が鳴った。驚いて、音のした方を振り向く。掃除したばかりでまだ濡(ぬ)れているタイルの上を、青いバケツが転がっていた。さっき、洗って伏せておいたものだ。

創の後ろに、白衣を着た男の人がひとりいて、こちらを見ていた。その苛立(いらだ)ちを隠しきれない表情に、この人がバケツを蹴ったのだ、と気付く。

「すみません」

急いで水を止めて、頭を下げる。三階のこのトイレには、手洗い場がひとつしかない。創がそれを占領してしまっていた。謝罪して、すぐに場所を譲る。白衣の人は創の方をもう一度睨(にら)むように見ただけで、何も言わなかった。

見覚えのある人だった。白髪で、少しふくよかな体型で、歩く姿が堂々としている。きっと偉い立場の人なのだろう。仕事をしていると、よくすれ違う人だった。創はその度に挨拶をするが、それが返ってきたことはない。いつも、まるで創のことなんて見えていないみたいに、横を通り過ぎていく。

転がったバケツを戻し、急いでその場を去る。これから廊下の掃除をしなければならない。

散々冷たい水で洗ったのに汚れが落としきれていない気がして、手のひらを広げる。見ただけでは分からない汚れが染み付いているようで、気持ちが悪かった。できるならもう少し、時間をかけてきれいにしたかった。

白髪の偉い人は、まだ出てくる様子がなかった。ここでこうして立っていて鉢合わせになったら、今度こそ、仕事をせずにさぼっているのだと思われてしまう。

仕方がない、と諦めて、廊下の端に寄せておいたワゴンに手を伸ばした時だった。

「お疲れさま」

耳に馴染んだ声に、顔を上げる。いつものように優しく声をかけてくれることに、今日はなぜだか、居心地の悪さを覚えた。

手術室から出てきたところらしい瀬越が、創を見て微笑(ほほえ)んでいた。もしかしたら夜勤明けなのかもしれない。いつもの爽やかさが少し陰りを帯びて、どこか疲れた顔をしているように見えた。

診療科によって違うらしいが、夜勤の仕事をする時は、朝から働いて、そのまま夜通し病院にいるのだと聞いている。翌朝になっても帰れず、更にそのまま一日働くことも珍しくないと、瀬越が教えてくれた。一応、仮眠を取れるらしいが、昨晩はその時間が少なかったのだろうか。疲れの滲む表情を見ていると、心配になってしまう。

「どうしたの、じっと手を見て」

「先生。おつかれさまです」

口の中で言葉をもてあそぶように、どうにかそう伝える。創よりずっと大変な仕事をして疲れている人に、変なことを言ってはいけない。そう思うのに、この人なら笑わずに答えてくれるだろうと、つい聞いてしまった。

「……俺、汚くない？」

ですか、と、あわてて、ぞんざいになってしまった語尾を取り繕う。何を突然言い出すのだろう、とでも言いたげに、瀬越は不思議そうな顔でこちらをのぞき込んできた。

「あの、手が。手です」

「別に、きれいだと思うけど。ちょっと荒れてるのは、水仕事してるからかな」

瀬越は創の指先を取って、手のひらも、甲も、爪の先まで見てくれた。瀬越の手は少し冷たくて、かたちの整った長い指はいかにも器用そうだった。そんな手に丁寧に触れられ、わけもなく恥ずかしくなる。逃げるように指を引いた。

「創ちゃんはきれい好きなんだろ。いつも、石鹸の良い匂いがするし」

「……そういう体質なんだろって、言われたことがあります」

具体的になにかしているわけではない。身体や髪を洗う時に使うのは安い石鹸やシャンプーで、特別なものは使っていない。それでもなんとなく、その時の香りが肌(はだ)に残る。ナルミにはじめて声をかけられた時にも、それを指摘された。そういうのがたまらなく好きな奴がいるのだと、確かそう言われたのだったか。

「女の子には好かれそうだね」

「そんなことないです」

だからナルミは、創に「仕事」の前には、必ずシャワーか風呂に入ってから来いと言う。創にはよく分からないが、実際、何人かの相手に同じことを言われた。

束もよく、創の耳の付け根あたりに顔を埋めて、この匂いがすごく興奮する、と口にする。

「これ、あげる」

やっぱりまだ汚れているような気がして、自分の手に視線を落としていた創に、瀬越が何かを差し出してきた。手のひらにちょうど包めるくらいの、小さな青いチューブだった。

「ハンドクリーム?」

「うん。いつもと違うのを買ってみたんだけど、やっぱりちょっと気に入らなくて。よかったら使って」

「先生が使うんですか?」

こういったものは、女の人が使うのだと思っていた。創の母も、食器を洗った後などに、いつもぺたぺたと指先にクリームを塗り込んでいた。それを瀬越が持っていたのが、意外だった。

「嫌になるほど手を洗うからね。特に手術に入る時なんかは、徹底的に。俺はそれほどじゃないけど、肌の弱い奴なんかは可哀想(かわいそう)なほど手も荒れるし」

そう言われて、納得する。同時に、手術に入るという言葉に、今はこの場にいない人のことを考えた。

「じゃあ、高野先生も」

「高野？　あの人は麻酔科だから手荒れするほど手洗いはしないよ」

思わずその名前を出してしまった創に、瀬越は笑った。

この人と高野は、大学にいた時の先輩後輩の関係にあるのだと以前教えてもらった。年齢は高野のほうが五つ上だけれど、学年はそれよりも近い、らしい。どういう意味なのか、創にはよく分からなかった。

高野本人がいない時、瀬越は彼のことを呼び捨てにする。仲は良いらしいが、頭のよい人同士の友人付き合いには、色々あるのだろう。

「ありがとうございます」

遠慮するべきなのだろうとは思ったけれど、断る理由が思いつかなかった。頭を下げて、ハンドクリームをポケットに入れる。大事に使おう。一日の仕事が終わってから、最後に塗ろうと思った。

「……創ちゃんってさ」

瀬越が何か言いたげに口を開きかけた時、誰かの声がそれを遮った。見ると、先ほどの、あの白髪の偉い人が扉を開けて、廊下に出てきたところだった。その人が携帯電話で、誰かと話をしている。

突然に始まって、そして突然に目の前を通り過ぎていったから、話していた内容までは耳に入らなかった。ただ、とても楽しそうに、笑っていた。

あの人の声をはじめて聞いた。あんなに明るく楽しげに笑う人なのかと、創は驚く。

その人が横を通り過ぎていくとき、瀬越は会釈をした。白髪の人はそれにちらりと目をやっただけで、何も返さずに電話で話し続けていた。

「病理の、野々山（ののやま）先生だよ」

廊下の向こうにその姿と声が遠ざかってから、瀬越が教えてくれる。何をするところなのかよく知らないが、手術室のすぐそばに病理室という部屋がある。そこで仕事をしている人なのだろう。

創が頭を下げて挨拶しても、いつも無視をされる。こんな言い方をするとおかしいのかもしれないけれど、それは身分が違うから仕方のないことだと思っていた。

でも、瀬越は違う。同じ病院の医師なのに。それなのに、見えていても無視した。それとも、ただ通話に夢中だっただけだろうか。子どもじみた発想かもしれないが、そのことがやけに気になってしまった。

考えていたことが、顔に出ていたのだろう。

「あの人は誰にでもあんな感じだから。病院の中の人間にも、好き嫌いが激しいみたいだよ。俺も、挨拶したたって無視されるし」

「先生も？」

瀬越がそんな扱いを受けていることが意外で、つい思ったままを口にしてしまう。瀬越はそれを聞いて頬を緩めた。

笑う、というよりは、まるで何かを諦めようとしているような、そんな見たことのない顔をしていた。

「派閥が違うから。色々あるんだ」

はばつ、という聞き慣れない単語に、現実離れしたものすら感じる。

「……あの人が笑ってるところ、はじめて見ました」

だからどう言葉を返したらいいのか分からなくて、そんなことしか言えなかった。

創がすれ違う時はいつも、まっすぐ前方を睨み付けるように険しい顔をしていた。だから、あんなに優しい顔で笑って楽しそうに喋る人なのか、と素直に感心した。

「ほんとに好きな人には、あんな風に笑うんだ」

誰にでも、笑ったり優しくするわけではない。特別な感情は、特別な人にだけあげる。

「そういうの、いいなと思う」

創はどちらかというと、誰にでもいい顔をしてしまうほうだ。しかし八方美人と言えるほど器用に立ち回れるわけではない。だから中途半端にみんなにいい顔をしようとして、そして大概、うまくいかなくなる。

だからあんな風に、特別な人だけを大事にする、という姿勢が羨ましく見えた。好き嫌いが激しい、と瀬越が言っていた。きっと病院の中でも、みんなに好かれているわけではないのだろう。けれど、そんなこと気にしないのだ。

高野もそうなのだろうか。冷たそうに見えるけれど、優しいことを言ってくれる。でも、楽しそうに笑ったところは、まだ見たことがない。創から話しかけなければ喋ることもあまりないけれど、ほんとうに特別な人を相手にする時は、違うのかもしれない。

想像してみた。自分ではない、高野の大切な「誰か」。

「創ちゃんは、いい子だね」

心ここにあらずでいると、瀬越にそんなことを言われた。顔を上げると、彼はどこか困ったように笑っていた。褒められたというよりは、あきれられた気がする。

「そんなんじゃ、悪い奴に騙(だま)されるんじゃないかって心配になるんだけど」

悪い奴なら知っている。けれど、ナルミは創を騙しているだろうか。都合良く使われているのだろうなとは思うが。

「そんなことは……」

ない、と否定しかけて、止める。その通りのような気もした。

じゃあね、と手を上げて、瀬越は手術室とは反対の方向へ足を向けた。

お疲れさまです、と頭を下げて見送ろうとしていたところを、何事か思い出したように、振り返られる。

「そうだ。今日、ご飯食べに行かない？」

想像もしないような言葉だった。創の後ろに誰かがいて、その人に言ったのかと、後ろを振り向く。誰もいなかった。

「何してるの」

その仕草を笑われる。間違いなく、創に言ったらしかった。

「でも、俺」

「この後、バイト？」

「いいえ、今日は休みです。けど」

「なら大丈夫だよね。お家に連絡しといて、帰りは送るから」

この人はひとを誘い慣れている。こちらの困惑した言葉や表情にまるで気付いていないように、話を纏（まと）めてしまう。それが強引に思えないのは、爽やかな笑顔のせいだろうか。

「俺、先生と一緒にご飯なんて」

そんなの、無理な話だ。大体この人なら、声をかけてほしい人がいくらでもいるだろうに。

「なんで？　創ちゃん見てると癒されるし。俺、当直明けで疲れてるから、癒してよ」

断らなければと思うのに、そんなことを言われて当惑するしかなかった。

何時に上がるの、と聞かれて、つい時間を答えてしまう。

「じゃあ、その時間に迎えにくるから。西駐車場、分かる？　そこで待ってて」

「瀬越先生、俺」

「大丈夫だよ。高野も誘うから」

ふいに出された名前に、思考が止まる。瀬越はまるで、そうなることを見越していたように、創の顔を見て笑った。

「じゃあ、そういうことで」

今度こそ、瀬越は廊下を歩いて行ってしまう。呆然として、お疲れさまです、を言えなかった。

どうしてあんなことを言ったのだろう。ご飯に誘われたことも、高野の名前を出したことも。それにさっきの、あの笑顔。全部分かっていると、そう言われた気がした。

（もしそうだったら、どうしよう）

途方に暮れかけて、どうするもこうするもないことに気付く。もしほんとうに見抜かれているのなら、内緒にしておいてもらおう。ただそれだけのことだ。そもそも、特に深い意味のないお誘いなのかもしれないし。

掃除を再開する。ご飯か、と、思わぬ約束のことを考えながら、床を磨いた。

嬉しくないと言えば、嘘になる。瀬越のことは好きだし、それに、高野もほんとうに来るのだとしたら。

一緒に食事ができるなんて、考えたこともなかった。楽しみすぎて、仕事が手に付かなくなりそうだった。

五

昼食は今日も、薄暗い非常階段で食べる。

固くなった冷たいおにぎりをかじりながら、財布の中身を確認する。千円札が二枚と、少しの小銭。そこに、昨夜の一万円札をしまう。銀行に預けるつもりでいたけれど、瀬越が夕食に誘ってくれた。あの人たちがどんなところで食事をするのか分からないが、これだけあれば、なんとかなるだろう。

おにぎりを食べてしまうと、あとはすることがなくなる。

昨日の夜は結局、なにも食べなかった。食欲がなかったのと、時間が遅くなったのでナカムラさんの部屋に荷物を取りに行けなかった。マンションの前まで行って確かめてみたら、すでに電気が消えていた。遅かった、と肩を落として、しばらく自分の部屋の窓を見ていた。

あの窓の向こうに、少し前まで創の生活のすべてがあった。雨や風から守られた安全な空間で、やわらかくてあたたかい布団(ふとん)や毛布にくるまって眠っていた。食べるものも飲むものも、手を伸ばせばすぐそこにあるのが当たり前だった。

いまはもう、遠い昔のことのようだ。

幸い雨は降らなかったから、そのまま身ひとつで、いつものように屋上で寝転がって夜を越した。安くて薄っぺらい寝袋でも、あるのとないのとでは大違いだった。これからはナカムラさんを頼るのはやめて、荷物はコインロッカーに預けることにしようと決める。少しくらいお金がかかってしまっても、もうあの人に迷惑を掛けることはやめよう。母が死んでしまった今、創とは何の関係もない人なのだから。

ナカムラさんはいい人だ。一緒に暮らすようになる前、母はナカムラさんを連れてくる度に、露骨に創に外出してほしいのだと頼んできたけれど、あの人はそれをやんわりとたしなめてくれた。

理解のない子どもっぽい真似はしたくなかったので、創はコンビニでアルバイトをはじめた。お金も稼げるし、母も喜ぶ。いいことばかりだった。

店長にもお客さんにも叱られてばかりだし、働くことを特に楽しいとも思わないけれど、仕事なんてそんなものだと割り切っていた。夜間の塾に行かないかと何度か母に言われていたが、バイトをはじめてからは、もうその話をされなくなった。

役に立つかどうかも分からない勉強にわざわざ高い月謝を払うなんて、無駄以外の何物でもない。どうせ楽しくないなら、働くほうがよほどいい。塾だけではなく、創は学校についても同じように考えていた。だからたまに事情を知る人から、学校にも行けないなんて可哀想に、と言われるけれど、創自身はそのことを不幸だと思ったことはない。勉強がよくできて、高野や瀬越のように医者になれそうだというのなら、話は違うだろうが。

いろんなことを考えていると、すぐに眠くなってきた。昨日の夜、あまり眠れなかったせいだ。昼休みの時間がまだまだ残っているのを確認して、冷たい壁に寄りかかって目を閉じる。寒いな、と感じたけれど、肌に触れた壁が体温で温(ぬく)もる前には、うとうととまどろんでいた。

（……あれ……）

寝過ごさないようにセットした携帯のアラームで、重たい瞼を開ける。中途半端に寝たせいか、頭が痛かった。ぼんやりとした意識で、ふと膝の上に乗っているものに気付く。

「チョコ」

そこにあったのは、チョコレートの箱だった。創には覚えのないものだ。手に取ってみる。まだ開封されていない新品だった。

誰かが創のために置いていったのだろうか。小さな赤い箱を縦にしたり横にしたりして、何らかの手がかりがないか確認する。なにも変わったところはない。

誰がくれたのだろう。考えるのとほぼ同時に、慕う人のことを思い出す。

(高野先生だ)

都合良く考えすぎかもしれない。けれども、あの人ならこんなことをしてくれそうだった。高野は病棟と手術室を行き来する時によくここを通るし、休憩中の創と何度も顔を合わせている。

違うかもしれない。たまたま通りかかった別の誰かが、ちょうど余っていたチョコレートを置いていっただけかもしれない。たとえそうだとしても、今は、これは高野がくれたものだと思いたかった。

もったいなくて、とても食べられない。箱も開けずに、大事にそのままポケットにしまった。

気分がいいと、仕事も楽しくなる。

午後からはひたすら、廊下をモップで磨く。ほとんどの場所が関係者以外立ち入り禁止の三階廊下には、暖房が入っていない。寒くて人の気配のない、静まりかえった空間の中で黙々と床を拭く。そんな作業の間も、今日は心があたたかかった。

辺りに時計がないので、廊下の隅でそっと携帯を見て時間を確認する。仕事が終わるまで、あと三十分ほどだ。いつもより手際よくできたから、片付けをゆっくりやっても、瀬越が迎えに来るまでには準備できるだろう。そんなことを思いながら、モップやバケツをワゴンにしまっていた時だった。

(忘れ物かな)

廊下の窓枠に、茶色い財布と、車のキーらしきものが置かれているのを見つける。手術室から機材滅菌室へと続くこの廊下は、滅多に人の通らないところだ。だから、医師や事務職員たちが私用の電話や立ち話をしている姿を時折見かける。この忘れ物も、そういう人がうっかり置いていってしまったのかもしれない。

(こういうの、どこに持っていけばいいんだっけ)

聞いたことがあっただろうかと考えながら、財布に手を伸ばす。

随分とふくらんだ、重たそうな財布だ。何かの革らしいつるつるとしたその質感から、もう高そうだった。二つ折りの財布からは、何枚もお札の端が覗いている。

思わず創は枚数を数えてしまう。一、二、三、……十、十一、十二。全部、一万円札のように見えた。だとしたら、この財布ひとつで、十二万円が入っていることになる。

(……十二回ぶんか)

創の頭に真っ先に浮かんだのは、そんな言葉だった。

ただひたすら触られたり、撫で回されたり、手でしたり、昨日みたいに口でしたり。その時の相手によって求められることはそれぞれだけれど、いつでも、ナルミの渡す報酬は同じ一万円だった。最初の頃なんて、同じことをしていても、研修だと言われてお金を貰えないこともあった。もっともそれは、創があまりに下手だったせいだが。

ナルミは途中で諦めて、あえてそれを売りにすることにしたらしい。たどたどしい、拙いくらいの手つきで奉仕されるほうがいい、……そんなのを好む人間を、ちゃんと見つけてくる。そして創は、そういった客層にはわりと受けが良いのだと褒められる。そんなに数はいないらしいが。

楽しくないのは当たり前だ。仕事なんて、そんなものなのだから。自分でやると引き受けて何度も続けていることだ。たとえいつだってその時になると逃げ出したくなったって、嫌だと思ったって、結局は逃げない。

喉の奥を深く突かれて、口の中いっぱいに苦い味が満ちるあの嫌悪感。水の中に潜るのと同じだと自分に言い聞かせて、息を詰めて、堪えて。……全部、お金を貰うために。

（あれを、十二回）

そうして得たものと全く同じものが、いま、自分の手の中にある。急に目眩がしたように視界が強く歪んで、そしてすぐに元に戻る。手にしている財布が急に重みを増したように思えて、落とさないように強く摑む。

誰も見ていない、と、そんなことを思ってしまった。

身体が硬直して、うまく動かせない。目線だけで周りを見渡す。一階にある防災管理センターに、いくつも病院内を映しているモニタがあったことを思い出す。ここにも防犯カメラは設置されているのだろうか。見た限りでは、それらしきものは見つけられない。

この財布の持ち主が誰かは分からない。けれど、こんなにたくさん、入っているのだから。

少しくらい、なくなっていても分からないかもしれない。全部じゃない。だから、一万円札、一枚くらい。

唾を飲む。指先が小さく震えた。心臓の鼓動が速くなって、重たい大きな音で耳に響く。

二つ折りのその財布を、少しだけ開く。中に何枚かのカードが入っている。それには焦点を合わせないようにしながら、小刻みに震え続ける指を、札に伸ばす。寒い廊下に立ち尽くしているのに、首から上が異様なほどに熱くて、苦しいほどだった。

爪の先が触れるか触れないか、というところだった。

「何をしている！」

その声に、びくりと身体が震える。恐る恐る顔を上げると、見覚えのある、白衣のふくよかな男が、少し離れたところからこちらを見ていた。

瀬越が、さっき名前を教えてくれた。病理の野々山という医者だ。その人が、怒りを露わにして創を睨み付けていた。

「あの、俺」

慌てて、伸ばしていた指を引く。自分はいま、いったい何をしようとしていたのか。

忘れ物を拾おうとしていたのだと弁解しようとして、それよりも早く、手の中の財布をもぎ取られた。強引なその動作の反動で、突き飛ばされたように床に転んでしまう。立ち上がろうとして、今度は背中が壁にぶつかった。

一瞬、何が起こったのかよく分からなかった。やがて頬の痛みで、殴られたのだと気付く。手加減のない殴打だった。仕方がない、と妙に冷静に感じている自分がいた。それだけのことを、しようとした。

作業服の襟元を摑まれる。何か言われたけれど、よく聞き取れなかった。とにかく、怒っている。この人がきっと財布の持ち主なのだろう。泥棒、とか、警察、とか、そんな単語が耳に届く。

「やめてください……」

警察に通報されるのは困る。そうなればきっと、ナカムラさんや父にも連絡が行ってしまう。父の、新しい奥さんにも。それだけは、どうにかして避けなければならない。

警察だけは、ともう一度お願いしようとすると、野々山が表情を歪める。創の言葉がまた怒りに火を付けてしまったらしく、再び拳が振り上げられた。反射的に、目を閉じる。

誰かに、名前を呼ばれたような気がした。

身構えていたはずの痛みが襲ってこないことに目を開くと、そこには、創が一番この場面を見られたくない人の姿があった。

「野々山先生。何があったんです」

振り上げた手を摑んで止めて、静かな声でそう聞いているのは、高野だった。

「こいつに財布盗まれるところだった。丁度いい、警察に電話するから押さえておいてくれ」

「何かの間違いでしょう」

いつもと全く同じ淡々とした調子で、高野は首を振ってその申し出を拒んだ。摑んでいた野々山の手を放して、創の顔をのぞき込んでくる。

信じられない気持ちでいっぱいで、顔をうつむけて見られないようにした。

こんなところを見られたくなかった。よりによって、この人に。

「立てるか」

手を貸してくれる気配があったので、それより先に自分で立ち上がる。殴られたのは顔だけだから、そんなことをしてもらわなくても大丈夫だった。

「高野、何やってんだよ。泥棒だって言ってるだろ」

自分の言うとおりにしなかった高野に舌打ちして、野々山が声高に言う。高圧的で、人を見下したその声と言葉は、創がいつも廊下ですれ違う時に見せるあの冷たさそのものだった。誰かと携帯で楽しげに話して笑っていたことなど、嘘のようだった。

「大方、先生の忘れ物を拾ったとか、そんなところでしょう。違うか？」

さりげなく野々山との間に立って、背中で庇うようにしながら、高野は創に確認する。言葉に出すことはせずに、一度、それに頷いた。

野々山がそんな創を見て、あきれたように声を上げる。

「そんなの誰が信じるんだよ。大体、こいつみたいなガキが院内をうろつくだけでも目障りなんだ。どうせ学校もまともに出てない癖に。遊ぶ金欲しさに盗もうとしたに決まってるだろ」

「彼はそんな人間じゃありませんよ」

いくらでも言いたいことがある、とばかりに言い募る野々山を、高野はその一言で止める。

優しいはずのその言葉に、創の胸はひやりと冷たくなった。首をきつく締め付けられたように、息苦しくなる。

野々山の言うことは、間違っていない。一枚くらい、と、創は確かに、あの時、そんなことを考えていた。こんなにたくさんあるのだから少しくらい、と。あの時、もし、誰も来なかったら。

きっと、創はあのまま、財布からお金を抜き取っていた。

「それより先生、いつもこの時間は大学の方に行かれてたんじゃないんですか。遅刻しますよ」

「……勝手にしろ。そいつの会社には、言っとくからな」

そう言い捨てて、白衣の裾(すそ)を翻して去ろうとする。少しだけ迷って、それでも創は呼び止めた。

「あの、それ」

鬼のような顔で振り向く野々山に、窓枠に置かれたままになっていた車のキーを指さす。財布と一緒にあったのだから、これもこの人のものだろう。野々山はそれに気付いて、口の端をむっとさせたまま乱暴な手つきで引っ掴む。そしてもう一度創をじろりと睨み付けて、廊下を去って行った。

視界からその背中が消えても、ぼんやりと創はそちらの方を見続けていた。

「大丈夫か」

聞かれて、高野を振り返る。

「あの人も悪い人じゃないんだけどな。頭に血が上りやすくて。冷静になったら、ちゃんと物事を考えられる人だから」

だから心配することはない、と、高野はそう言って、創の頬に手のひらで触れる。

冷たそうな雰囲気に反して、その手はとてもあたたかかった。殴られて腫れた頬は痺れるように熱を持っていたけれど、その何倍も、高野の手のほうが温度が高いように感じた。

「少し、冷やしたほうがいい。痛いだろ」

「平気です。先生こそ……」

あの態度からみるに、野々山は病院内でそれなりの立場にある人間のように思えた。そんな人に悪い印象を与えてしまって大丈夫なのだろうか。創のせいで、大変なことをさせてしまったのではないか。

創が考えることなんてお見通しなのだろう。高野は軽く頭を振った。

「大したことじゃない。口の中、切れてないか」

頷いて、そのままうつむく。顔を見られたくなかった。

「……ありがとうございました」

どうにか、弱々しい声で伝える。

惨めで、恥ずかしくて、消えてしまいたかった。自分があんなことをするなんて、思ったこともなかった。そうしてそれ以上に、高野が野々山に言った言葉に、激しく打ちのめされていた。

——彼はそんな人間じゃありませんよ。

違う。そんな人間以外の、なにものでもない。庇ってもらったことへの申し訳なさと、自分自身の情けなさに、いたたまれない気分でいっぱいだった。

高野の顔を見ないまま頭を下げて、途中だった片付けに戻ろうとした。とにかく早く立ち去りたい一心で、ワゴンを押して廊下を去ろうとする。

「ちょっと待った」

その腕を、引っ張られて引き留められた。振り払えるはずもなく、足を止める。

「瀬越が、急用ができて行けなくなったって。それを伝えようと思って探してた」

しばらく、何のことだか分からなかった。そういえば夕飯を一緒に食べに行く話をしていたのだった、と思い出す。

残念に思うべきなのだろうが、それを聞いてむしろ安心した。ついさっきまで、あんなに楽しみにしていたのに。今はとても、そんな気分にはなれなかった。

「わかりました」

ありがとうございます、とまた頭を下げて去ろうとすると、ワゴンを押す手を取られて、手のひらに何か置かれる。

「だから、俺と二人で行ってこいって。もう帰れるんだろ。俺も着替えたら行くから、それ持って駐車場のあたりで待ってて」

瀬越との約束がなくなってほっとしていたのに、思いもよらないことを言われる。

断ろうとして、それより先に、じゃあまた後で、と言い残して高野は行ってしまう。

「高野先生」

呼び止めて、思わず受け取ってしまったものを返そうとしたけれど、もう遅かった。

気を遣われたのかもしれない。瀬越にも、高野にも。瀬越には、創の高野に対する気持ちを気付かれて。高野には、タイミング悪く、あんなところを見られて。

そんな優しさは創が受け取るべきものではない。けれど、これを創が持っている以上、聞かなかったことにして逃げてしまうわけにもいかなかった。

(どうしよう)

高野が創の手のひらに残していったものは、あの人のものなのだろう、車の鍵だった。

六

どうして、こうなってしまったのだろう。

ほんの一時間前までは、あんなに仕事が終わるのを楽しみにしていた。瀬越が食事に誘ってくれたのだって、もう創にしたら信じられないことなのに、その上、高野まで一緒にと言ってくれたのだ。いいんだろうか、と気が引けるような思いもあったけれど、それ以上に、嬉しい気持ちのほうがずっと大きかった。

いまはもう、顔を上げているのもつらいほど、重たい気持ちでいっぱいだった。できることなら、誰もいないところに逃げてしまいたかった。そこから先どうしたいのかは、自分でも分からない。とにかく、自分の姿をひとの目に晒しているのが嫌でたまらなかった。

創は高野に言われた通り、病院の駐車場で立っていた。

逃げ出してしまいたかった。けれど、車の鍵を持たされた以上、帰ってしまうわけにもいかない。最初は出入り口前で待っていたけれど、あまりにたくさんの人に通りすがりに目を向けられるので、逃げるように外に出てしまった。日勤帯の勤務時間が終わる時間だったし、もともとこの出入り口はいちばん利用する者が多い。中には創の顔に見覚えがあるのか、軽く会釈をしてくれる人もいたけれど、ほとんどは関心がなさそうな人ばかりだった。

その人たち全員に、さっき自分がしようとしたことを知られている気がした。学校もちゃんと通っていないから。あんなことをしてお金を貰っているから。嘘ばかりついているから。だから。

「悪い、待たせた」

その声に、現実に引き戻される。顔を上げて、その人の姿を見る。いいえ、と笑って首を振った。

ラフな私服姿の高野を見て、少しほっとする。いつもの白衣や術衣の時よりも、表情が柔らかく見えた。仕事中でないからかもしれないが。

「あの、これ」

鍵を返そうと差し出す。麻酔科の看護師にでも預けてしまえばよかった、と、今になってそんなことに気付いた。そうすれば、顔を見ないでいられたのに。

創の手から車の鍵を受け取りながら、そういえば、と今思いついたような顔をして高野が言う。

「遅くなるかもしれないから車に乗って待ってろ、って言うの忘れたな」

「俺、先生がどんな車に乗ってるのか知らないので……」

てっきり創が逃げそうな気配を察しての行動なのかと思ったが、そういう理由で鍵を渡してくれたのだという。ほんとうなのかもしれないし、それすら創への気遣いのような気もした。

ついさっきまでは、この鍵だけ渡して帰ってしまおうと思っていた。身体の具合が悪いから、とか、家族と約束があったことを思い出したから、とか、適当に嘘の言い訳をするつもりだった。

けれども、顔を見たら駄目だった。

「ちゃんと冷やしたか」

「ちょっとだけ。でももう痛くないです」

どこでもいいから誰もいないところに行きたいと思っていた気持ちは、この人の近くに行きたいという気持ちとすごくよく似ていた。そのことに、瞬間で気付いてしまった。殴られた頬も寝不足の頭も、いまはもうどこも痛くなかった。

「先生、どこ連れてってくれるんですか」

ほとんど反射的に、笑ってそう聞いていた。

「どこがいい」

「どこでもいいです」

答える自分の声が、不自然なくらい明るかった。

嫌なものや汚くて重たいものは、心の底のほうに沈む。たぶん身体でいえば、胸とかそれより下のあたりだ。

だからそれに気付かれないように、首から上でごまかさないといけない。ほんとうはどんなことをしていようと、どんなことを考えていようと、笑って、嘘をつかなければならない。たとえ、それが「よい人間」の取るべき振る舞いでないとしても。

この人にだけは、ほんとうのことを知られたくない。

「俺、あったかいのがいいな」

高野の少し後をついて、駐車場を歩く。はしゃいだ口ぶりの自分を、遠くでもうひとり、冷静な自分が見ている気がした。

嫌われたくない。いまは少しでも長く、この人と一緒にいたかった。

高野が連れて行ってくれたのは、看板も店の中もほどよくさびれたラーメン屋だった。

どこでもいいとは言ったが、予想もしていなかった店構えに少し驚く。夕食時なのに、店の中にはほとんど客の姿がない。

カウンター席に並んで座って、何かの染みがいくつも飛んだメニューを見せてもらう。いちばん安いものを注文すると、隣の高野はラーメン以外にも、からあげやら炒飯(チャーハン)やら、いくつも頼んでいた。

「たくさん食べるんですね、先生」

「だって、それだけじゃ足りないだろ。遠慮するなよ」

「俺?」

高野が自分で食べるものと思っていたから、そんなことを言われて面食らった。遠慮するな、ということはつまり、奢(おご)ってくれるということだろうか。

「俺、自分で払います。連れてきてもらっただけで十分だし」

「いいから大人しく食べとけって。おまえの歳(とし)だと、どんだけ食っても足りないくらいだろ。もっと肥えろ」

「でも」

反論しようとして、言葉が途中で止まる。高野に手首を摑まれた。指で輪をつくられると、創の手首はその輪の中に簡単におさまって、おまけにかなり空間が余ってしまった。

「細いなぁ。いつも、何食べてんだ」

「それは、……ちゃんと、うちで」

これまでどういう風に言ってきたっけ、と、記憶を探ろうとする。けれど、大きな手のひらに摑まれたその感触に、うまく考えられなかった。はやく放してほしかった。でないと、不自然なほどに脈拍が速いのが分かってしまう。逃れようとして手首を捻る。高野はすぐに手を放してくれた。

「俺がおまえくらいの時は、とりあえず米ばっかり食べてたな」

「米なら俺だって食べてます」

これは嘘ではない。コンビニのおにぎりではあるが。

放された手をカウンターの下にやり、反対の手で、そっと摑まれた手に触れる。さっきまでそうされていたように、手首を指で摑んでみる。まだ、熱が残っている気がした。

「なんだよ、嬉しそうな顔して」

「だって、いい匂いするから」

無意識のうちに綻んでしまった表情を、そう言ってごまかす。

やがて、注文していたものが次々と並べられる。あんなことがあって、食欲が湧かないような気もしていたが、実際に食べ物を前にすると、途端に空腹を思い出した。

立ち上る湯気と美味しそうな匂いに、割り箸に伸ばす手が少し震えた。

いただきます、と、小さく呟いて、ラーメンを少しだけ口に入れる。

あたたかいものを食べたのは、いつ以来だろう。味を感じるよりも先に、そんなことを思って、思わず目に涙が浮かんだ。美味しかった。

その後は、ほんのしばらくではあるが、隣に高野がいることも忘れた。ただひたすら、目の前のものを夢中で食べた。

ほとんど嚙まず、口に入れたらすぐに飲み込む勢いだった。食え食えと差し出される鶏のからあげも、割と大きめなものだったのに、二口ほどで食べてしまったからさすがにむせた。母が作る料理を食べていた頃は、どちらかというと揚げ物は苦手で、男の子らしくない、とよく笑われていた。油で揚げた肉がこんなに美味しいなんて、知らなかった。

「もっと落ち着いて食べろよ。逃げないって」

高野が笑いながら、水を差しだしてくれる。すみませんと謝ってそれを受け取り、水を口に含んで、そして今度はそれを吹き出しそうになった。

「先生、なにそれ」

「何が？」

「眼鏡」

湯気で曇るからだろうか。高野はいつもの眼鏡を、そのまま額の上の方にずらしてラーメンを食べていた。よく、サングラスをそうやって上げている人ならば見かける、ような気もした。

「ああ。だって曇るだろ。汁も飛ぶし」

「いっそのこと、外せばいいのに……」

創が言ったことなど気にするそぶりもなく、高野はまた食事を続ける。

忘れていた。もともとこの人の第一印象は、「変な人」だったのだ。頭の良さそうな、どちらかというと冷たい整った顔立ちの人である分、余計にそんなことをしているとちぐはぐでおかしかった。

「そういや、ナースにもよく言われるな。先生それはやめたほうがいいですよって」

病院で食事をする時のことだろう。姿かたちだけ見れば、文句なしに格好いいお医者さんなのに。看護師たちの気持ちもよく分かった。

「楽なのに」

何がいけないのか分からない、とでも言いたげな口ぶりに、創は笑ってしまった。これは首から上の、うわべだけのものではない。ほんとうに、心の底からの笑顔だった。

食べると、ひとは幸せになる。

そんなことを学んだ気がした。それとも、高野が一緒だったからだろうか。

ふかふかで座り心地の良い助手席のシートから外を眺めながら、創はとりとめもなく色々と考えていた。

今日のことをずっと覚えていようと思った。大事に取っておいて、つらいことがあったらいつでも思い出せるようにしよう。高野が言っていたことや、あのラーメンを食べる姿を思い浮かべて、また笑いそうになる。

家まで送る、と言ってくれたので、とりあえずナカムラさんのマンションまで送ってもらうことにした。そこに帰るわけではないが、預けた寝袋を取りにいかなければならない。

それを聞いた高野は、ああ、と納得したように頷いた。カルテを見て、住所を知っていたらしい。

醤油ラー
塩ラーメン
味噌ラーメン
七五〇円
チャーシューメン
八五〇円

「お父さんと一緒に住んでるのかと思ってた」

「あ……、ううん、どっちも。お母さんの荷物とか、まだあるし。行ったり来たりしてます」

考えるよりも先に、そうやって嘘が出てくる。父やナカムラさんと話している時と同じだ。

「お父さんの新しい奥さん、もうすぐ、赤ちゃん生まれるんです。俺、弟ができるんですよ。ずっと兄弟欲しかったから、楽しみ」

暗くてよくは見えないが、それを聞いて、運転席の高野は笑った。それはいいな、と言われて、創も頷く。

白々しく聞こえなかっただろうかと、内心で心配しながら、ほんとに楽しみ、ともう一度繰り返す。子どもが生まれるのはほんとうのことだ。男の子なのだとも聞いている。

もちろん憎く思っているわけではない。ただ、楽しみというわけでもなかった。思ってもいないことがすらすらと口をついて出てくるものだなと、創はこんな時いつでも、少しだけそんな自分に感心する。

「あ」

ふと、仕事が終わってから、ずっと携帯電話の電源を切ったままにしてあったことを思い出す。高野に断ってから、電源を入れてみた。

そうしてすぐに、忘れたままでいればよかった、と思う。あまり見たくない名前の人物からのメールが届いていた。それも、三件。ひとつめは、いつも通りの仕事の話。ふたつめは返事がないことへの催促。みっつめは、今すぐ電話するように、という簡潔なメールだった。

「どうした？」

　思わず息を呑んだのが伝わったのだろうか。高野がハンドル握ったまま尋ねてくる。それに、できるだけ軽い調子に聞こえるよう努力しながら答える。

「先生、俺、ここでいいです。降ります」

「こんなとこ、駅からも離れてるし何もないだろ。急用？」

「ちょっと、電話かけたいから。だからもういいです。ありがとうございます」

　創の言葉に、高野は分かった、と頷いて車を止めた。

　頭を下げて降りようとする創に、そのまま、と手で押しとどめる仕草をされる。そうしてハザードランプを付けて、何故か高野が運転席のドアを開けて外に出て行こうとしていた。

「外にいるから。終わったら呼んでくれ」

「そんな。それなら、俺が出ます」

「寒いぞ。俺は上着あるから、いいんだよ」

　そう言って、ドアを閉めてしまった。周りには道路の他に何も見えない。高野が車から少し離れたガードレールのところで、持って降りた上着を着ているのが見える。外が寒いのか、背中を少し丸めている。暗い中、大きな影がゆったり動いているようだった。

（やさしい）

　嬉しいような、それよりも哀しいような気分になった。その姿をいつまでも眺めていたくなる。

　しかしとりあえず、電話をしなければならない。相手はすぐに出た。

「ごめん」

『別に？　謝るとしたら俺にじゃなくて、お客にだろ。どこの業界でも今はお客様第一だから』

「だから、ごめんって。今日は、用事があって……」

『おまえの都合がどうかなんて、聞いてないんだけど』

声こそ、いつもと変わらない。それでも、ナルミが気分を害しているのは明らかだった。

『東の奴、おまえに連絡がつかないっていくら言っても聞きやしないし。他の男の相手させてるんだろって、もうそればっか。冗談言うなよ。おまえがそんなに売れるかっての。なぁ？』

「……ほんとにね」

『この次サービスさせますからって。それで納得してもらったんで、よろしく。いつもと同じ値段で、二時間。もう何しようか、楽しみで楽しみでしょうがないみたいだったよ。まぁ、ご期待に添えるよう頑張れ』

二時間。いつもの三十分でも、あんなにいっぱいいっぱいなのに。倍以上の時間に、東は何を期待するのだろう。考えただけで、気が重くなった。

「ナルミ、俺」

『分かってるって。俺にだってそれなりの計画ってもんがあるんだ。まだまだ搾れそうなのに、こんなに早くから最後まで食わせてやるかよ。仲良く食事して、手繋いでデートでもしてやればご満悦だろ』

お客様第一が聞いてあきれる。じゃあな、と言いたいことだけ言って電話は切れた。

東とナルミ。創の知らないところで、自分に値段が付けられて売り買いされている。

これまでに何度もしていたことであるのに、いま、自分がただの商品にすぎないことを改めて思い知った。そして売り手は創自身ではなく、ナルミなのだということも。

そのナルミが、どうやら創をいずれは「最後まで」売ろうとしていることも。

そんなつもりじゃなかった。そんなことまで、するつもりじゃなかったのに。

今ならばまだ、逃げ出せるだろうか。そう考えて、しかし他に当てがないことにも気付く。他に何も頼るもののない創には、住むところを紹介してもらうまでは、ナルミしかすがれるものはなかった。

携帯をしまって、車のドアを開ける。高野はガードレールにもたれて、空を見ていた。

「終わったのか」

それに頷いて、隣に並ぶ。ほんの一瞬でいいから、そばにいたかった。

この人の持つ、しんと静かな空気が好きだった。なのに口を開くと独特で面白いし、いつだってすごく優しい。高野の顔を見て、声を聞くと創はなぜか安心する。お腹(なか)が空(す)いていても寝不足でも、いろんなことがうまくいかなくて疲れていても、この人のそばにいるとそれを忘れられた。はじめて出会った時から、そうだった。

高野を真似て空を見上げる。昼間の青空を、濃い灰色のインクでまばらに染めたような色をしている。薄く雲がかかっていて、星は見えなかった。

「……寒いですね」

呟くと、高野はそれまで着ていた上着を脱いで、創の肩に掛けてくれた。

「帰るか」

そう言って、ついでのように頭を軽く叩かれる。

掛けてくれた上着は大きくて、厚手の生地以上に、かすかに残っている高野の熱があたたかかった。

帰りたい。

そんな言葉が胸に浮かんで、けれどそれを向ける先がないことに、鼻の奥が熱くなった。

「創」

名前を呼ばれる。はい、と返事をする。いつものように、首から上だけで、明るく笑って。けれども声が、少し震えた。車に戻りかけた高野は、途中で足を止めてこちらを見ていた。

先生、と、つい声に出して呼ぼうとして、寸前でそれを止める。けれど心の中では、言葉が止まらずにあふれた。

せんせい、俺はいつも、星を見ながら眠るんです。

子どもの空想みたいに、俺は旅をしているんだって、そう考えるんです。

寝袋に入って星を見ていると、まるで、夜の海で、小さな舟に乗って漂っているみたいな、そんな気分になるから。明日は今日とはまた別の日だから、少しは遠くに行けるはず。だからきっと、少しは良くなるはずだって。

星を見て、あなたのことを考えて、それで明日もがんばろうと思って眠るんです。

他愛もない空想でしかない。けれども創を支える、たったひとつの希望だ。

掛けてもらった上着を脱いで、返す。車に戻り、何も喋らないまま高野はハザードを消した。

電話について何か言わなければ、と創は嘘を探す。いつもはあんなに簡単に思いつくのに、今はなかなか、適当なことが出てこなかった。

車はまた静かに、夜の道を走り始める。

卵を買ってこいって言われたことにしようか。明日の朝ごはんに、目玉焼きを焼くから。お父さんも俺も、半熟が好きだから。……でも、誰が焼いてくれるんだろう。どこで、誰が。ただの嘘なのに、どうにかつじつまを合わせようと考える自分が、馬鹿みたいだった。

無口になった創に、高野も特に喋りかけてきたりはしない。眠ったふりをしてしまおうか、とそんな卑怯なことを考えた。いま口を開くと、言わないでもいいことを言ってしまいそうだった。目を閉じる。

するとそれに気付いたように、高野が思いもかけないことを言い出す。

「うちに、帰りたくないのか」

「……どうして、そう思うんです？」

違いますよ、というつもりで、逆に尋ね返す。

なにか、家族からのお説教の電話でも受けたと思われたのだろうか。そんなに分かりやすく、顔に出てしまっていたのか。底の方に、沈めておかなくてはならないものなのに。

「なんとなく」

飄々としたその返答に、今度こそ笑い返す。うちに帰りたくないのと、帰る場所がないのは同じだろうか。

きっと医者としての高野は、こんな風に患者に接するのだろう。なにかおかしいと感じたら、それを気のせいだと決めつけずに、調べてみる人なのかもしれない。優秀なお医者さんだ。

創がそんなことを考えていると、それなら、と、高野はさらに、まったく予想もしていなかったことを言ってきた。

「うちに来るか」

七

それはとうてい、信じられない言葉だった。

あまりにも信じられなくて、とっさに頷いてしまった。

「お……おねがい、します」

あまりにびっくりしたからだ。言い訳のように、心の中でそう呟き続けた。


高野の「うち」は、創が母親と住んでいたところによく似たマンションの一部屋だった。十階建ての、ちょうど真ん中の五階。数年前に完成した、新しいマンションだ。聞けば、買ったのではなく借りているらしい。病院までは、車ならば十分もかからないくらいだろうか。この辺りは最近、住宅地として開発が進んでいる。立ち並んでいるのは新しいマンションや戸建ての家ばかりだから、創の行動範囲には含まれていなかった。それでも、元々暮らしていたところからそれほど離れていない。

意外と近くに住んでいたんだな、と、そのことに嬉しくなる。もしかしたら、何度かすれ違ったりしていたかもしれない。

「おじゃまします」

部屋の中に通されて、とりあえずリビングのソファに座らせてもらう。創の住んでいたマンションと、部屋のつくりは似ている気がする。ただ、とても広く見えた。

置かれている家具が少ないからだ。ソファは大きくて、大人でも横になれそうだ。その前に、背の低いテーブル。あとは、テレビとそれが載っているラック。リビングにあるのは、それだけだった。

（あっ、意外と片付いてない……）

極端に少ない家具の周りには、書類や本、洋服やらのいろいろなものが集まっていた。生活感を感じて嬉しくなる。

たぶん他にも部屋はあるだろうけれど、まるで、この場所のみで生活しているようなものの散らばり方だった。

そんな部屋の様子を見ていて、創の心に思い浮かんだ言葉があった。

（巣みたい）

動物が居心地の良い場所をみつけて、そこに必要なものあれこれを集めて暮らしている。ソファの端に畳まれた布団と毛布もあたたかそうだ。なんだか落ち着く気がした。

「汚い部屋で悪かったな」

創に湯気の立つカップを差し出しながら、高野が言った。お礼を言って、それを手に取る。あたたかいお茶だ。手のひらに伝わる熱に、思わず息が漏れる。

「別に、汚くないです。ここが先生の巣なんだなって感じ」

正直な感想を述べると、高野は笑った。

「巣というより、ただのねぐらだな。ほとんど寝に帰るだけだから」

「休みの日は？」

誰かと出掛けたりするのだろうか。これまで気にしたことがなかったわけではない。それでも、一方的な気持ちを抱いているだけの創が、そんなことを聞くわけにもいかなかった。そもそも聞いたとして、どうすることもできない。

「休みは、寝て、洗濯して、掃除して、買い物に行って、寝て終わり」

「寝てばっかり」

「そりゃ、おまえの歳なら、休みの日こそ活発になるんだろうけど。いまの十七歳って、休みに何して遊ぶんだ」

「えっと」

聞かれて、思わず考えた。母が死んで学校を退学したあとは、休日というものを意識したことがない。病院の掃除のバイトがない日にもコンビニのバイトの方に行くし、そうでなくても、もうひとつの「仕事」をする日もある。けれど、なにもない日があったとしたら。

「俺も、洗濯かも。あと、図書館に行きます」

「なんだそれ。健全すぎないか」

「そうかな」

嘘ではない。洗濯はコインランドリーだし、図書館は、一日中いても何も言われないし追い出されない。お金もいらないし、寒くない。

一応、本も読んでいる。読むのが遅いので、開館から閉館までずっといても、まだ一冊を読み終わらない。創は集中するのが下手だった。本を読んでいると、いろんなことを考え出してしまって、なかなか先に進まない。

お茶を飲む。創をソファに座らせて、高野は床の上に直に腰を下ろしていた。何か探しているのか、衣服の群れを漁っている。その姿をそっとうかがいながら、ここはこのひとの暮らす場所なのだ、ということをしみじみと嚙みしめていた。こんなことになるなんて、思いもしなかった。

今日は、いろんなことがありすぎた。瀬越に食事に誘われて、あの病理の先生の財布のことがあって、ナルミに怒られて。次に東と会うときは、きっと、これまで以上のことをしなくてはならなくなって。

それでも、高野と一緒においしいご飯を食べて、そのうえ、こうして部屋にまでお邪魔している。

「ほら、きれいなやつ」

先程からずっと何かを探していた高野が、目的のものを発見したらしい。それを、創に向けて手渡してきた。反射的に手を出して受け取る。

「これは？」

「下着と着替え。風呂沸かしてるし、先に入れよ。その間に、寝るとこ作っとくから」

「ええ？」

意味が分からなかった。そんな反応をされて、高野もまた、不思議そうにしていた。

「泊まってくだろ」

「俺が？」

「帰りたいなら送るけど」

うちに来るか、の言葉の意味を深く考えていなかった。てっきり、ちょっと寄っていくか、ということだと思っていた。

「そうじゃないです。でもまさか、そんなことまでしてもらうわけには」

「別に、大したことじゃない。あとは寝るだけだし、布団くらいならある。明日も朝から仕事だろ。俺も日勤だし、ついでに乗ってけばいい」

なにも問題はないだろう、と、そんな調子で言われる。ほんとうに何も問題はないのだろうか。創にはよく分からなくなってきた。

「……なんで、そこまでしてくれるんですか？」

この人にはできれば、いつでも笑顔を見せていたかった。創には何もないから、せめて、そのくらいのことはしたい。

だからたぶん、ここは好意に素直に甘えて、ありがとうと少し大げさなくらいに喜んでみせるべきなのだろう。嘘をつくのは得意だし、それに、嬉しく思う気持ちは、混じりけなくほんとうのものだ。けれど、いまは笑顔がつくれなかった。声の端がかすかに震えるのをどうにか押し殺す。そのせいで、低い、ぶっきらぼうにも聞こえる言い方になってしまった。

「俺、先生にそんなことしてもらえるような奴じゃない。甘やかしたらだめだよ」

でないと、調子に乗ってしまう。ちっとも「よい人間」じゃない自分のことを、忘れてしまいそうになる。

「昼間のこと、忘れたんですか？　俺は泥棒かもしれないのに。先生の財布だって、寝てる間に盗まれちゃったらどうするの?」

言わなくてもいいことを言ってしまっている。頭では分かっているのに、それを止められなかった。

「おまえは泥棒なんてしてない」

高野が静かに、一言だけ返す。それに、違う、と首を振りそうになった。

していないんじゃない。できなかっただけだ。

盗もうという意志があったのならば、それはもう、立派な泥棒ではないか。分かっているのに、言えなかった。知られたくなかった。その事実も、それを隠したいと思う卑怯な気持ちも、両方。

場違いな電子音が、短く鳴る。高野はバスタオルを投げて渡してきた。

「風呂沸いた。ゆっくりでいい、入ってこいよ」

中にあるものは何でも使っていいから、と言われる。顔を見られないようにして、頷くことしかできなかった。


風呂場は新しくて、きれいだった。

湯気で白く煙るなか、いつもよりも丁寧に身体と髪を洗って、おそるおそる湯船に浸かる。

シャワーはナカムラさんに何度か借りていたけれど、風呂に入ったのは、ずいぶん久しぶりだ。顎までお湯に沈めて、息を吐く。硬くはりつめていたものが一気にゆるんで、肩の力が抜けた。

(なんなんだろ)

結局、答えを聞きそびれた。創が変に自虐的になって、余計なことを口走ってしまったせいだ。

高野はどうしてここまでしてくれるのだろう。気まぐれだろうか。それとも、誰にでも優しい人だからか。どちらも不正解ではないだろう。でも、今日はきっとそれだけではない。

(……きっと、俺がへこんでるだろうからって、気遣って)

泥棒、と罵られた声が耳に残って消えない。殴られたところはもう痛くもなんともないけれど、投げつけられた言葉は、思ったよりも、ずっと深いところにまで食い込んでいた。

弱いな、と、自分のことを情けなく思う。

弱くて、馬鹿で、どうしようもなく子どもだ。好きな人に優しい言葉をもらったら、何も考えられなくなってそのあとをついて歩いてしまうほど。

「……せんせいの、いつも入ってるお風呂……」

無意識のうちに、そんなことを口にしていた。

聞こえるはずはないと分かっていても、取り消したくて鼻のあたりまでお湯に沈む。これ以上ここにいたら、変になってしまいそうだった。湯船から出て、そんな自分を醒ますために、頭から冷たい水を何度もかぶった。

「ちゃんと肩まで浸からなかっただろ」

風呂上がりの顔を見るなり、高野にそんなことを言われた。完全に、子どもに対して言う口調だった。

「浸かりましたよ。ちょっと、のぼせちゃったからさましてただけです。ありがとうございました。

先に、すみません」

　貸してもらった着替えは、高野の部屋着だろうか。サイズが大きくて、創が着ると袖も裾も長くて余る。それを引きずる様を、高野は面白そうに見ていた。未成熟な、まるきり子どもの自分の体型が恥ずかしくて、濡れた髪を拭く振りをしてタオルで顔を覆う。

「うち、ドライヤーないから。あの辺りにいれば、暖房の風当たって早く乾くんじゃないか」

　そう言ってリビングの隅の辺りを指さされる。そういえば、この人は涼しい顔をしているからわかりにくいが、いつも微妙に髪がはねている。そういう事情だったのか、と納得する。ちゃんと乾かさないから変な癖がつくのだ。

「なんか、いい匂いするな。何か使ったのか」

「シャンプーも石鹸も、お風呂にあったのを借りました。先生のいつも使ってるやつじゃないんですか」

　こんなに近くで接したことはなかった気がする。匂いを確認されるように顔を耳の付け根あたりに近づけられた。心臓が思い切り小さく縮んで、大きく弾んで、痛いくらいに激しく動く。聞こえないだろうかと抑えたくても、その方法が分からなかった。

「俺が使ってもこんな匂いしないぞ。食べるものの違いかな。おまえ石鹸が主食なのか」

「さっきラーメン食べさせてくれたじゃないですか」

「そうだった」

　創は自分で手首の辺りに鼻を寄せてみる。自分ではやっぱり、よく分からなかった。

「あんまり嬉しくないです」

ほんとうに食べるものが関係するのなら、この人と一緒に食べたものの匂いが残っていればいいのに、と残念になる。あの油っこいスープの匂いのする自分だったら、もっと好きになれたかもしれない。

「個体差ってやつだよ。得する個性だ、喜べ」

高野が近づいた距離のままで笑う。

創があと半歩前に身体をずらせば、高野の胸がある。このまま抱きついてしまったら、この人は、どんな反応をみせるだろう。

(しないけど)

そんなこと、試さなくても分かる。もしそんなことをすれば、慰めるみたいに、そっと腕を回して抱きしめてくれる。この人はきっと、傷を見せられたら、手を差し伸べずにはいられない。

間違いなく、優しくしてもらえる。分かり切っているだけに、実行に移すのは嫌だった。子どもだと自分を嫌悪しながらそんな意地を張るのは、創のせめてものプライドだった。

自分のどうしようもなさのせいで作ってしまった穴だから、この人を都合のいい道具にして埋めたくなかった。

「……やっぱり俺、帰ります」

そんな思いから、口を開く。

これ以上一緒にいたら、きっと余計なことを口走ってしまう。もっと同情して、もっと優しくしてもらいたいと思いはじめている自分に、創は気付いていた。

頭に乗せたタオルを外そうと、それに手を伸ばす。するとその腕を、高野に摑まれた。

「帰るって、どこへ？」

「どこって」

うちへ、と答えようとして、できなかった。

どうしてそんなことを聞かれるのか分からない。いつものように、ちゃんと嘘をつけたはずだったのに。

すぐ近くでまっすぐに創を見てくる高野の目が怖かった。摑まれた手を振り払おうとして、思った以上の強い力に、それができなかった。

「先生」

「創。おまえ、家出してるだろ」

声はいつもどおりで、特別、怒っているような調子ではない。それでもその言葉に、打たれたように身体が震えた。この人に何を知られているのだろうと思うと、怖かった。

「なんで……」

「寝袋。いまは持ってないけど、いつもあんなでかい荷物抱えてたら、誰だって不自然に思うだろ。いつからそんなことしてるんだ？」

ああ、と、その返事を聞いて安心する。なんだ。誰でもおかしいと思う。確かに、そうだ。色々なことを知らなくても、考えればすぐに分かってしまうことだ。それならば、よかった。

「つい、最近です。……ちょっと、お父さんと、喧嘩(けんか)して」

まだ大丈夫。その程度なら、まだまだごまかせる。いつもの笑顔を作って創は答えた。

「だから俺、家を出ようと思って。新しい奥さん、俺がいるとすごい気遣って、かわいそうだし」

「子どもがそんなことを気にする必要ない。だいたい、こんなことしてたら余計に心配させるだろ」

「俺、子どもじゃないです。もう来年は十八だし、中学出て社会人やってる人だっている。働いてお金だって稼げてるし、誰にも迷惑掛けてない」

心配なんて、と続けようとして、それはさすがに止める。家を出て、どこにも帰らずに暮らすようになってから、電話ひとつ掛かってきたことはない。父からも、ナカムラさんからも。

心配なんて、誰もしていない。

「お父さんと、上手(うま)くいってないのか」

高野のその言葉に、否定も肯定もできずに、小さく笑う。

「ちょっと言い合いしただけですよ。そんなの、親子ならよくあることだし」

「けど、おまえはそれで家に帰ってないんだろ」

「もう少しお金を貯めたら、俺、部屋を借りようと思って。その時には、ちゃんと帰ります。だって、保証人になってもらわないといけないから。いまはまだ、そんなに貯められてないけど、でも、もうちょっとなんです」

「それで、野宿か」

高野はため息をついて、創の腕を摑んでいた手を放した。

「若いからできることだな。俺も昔は似たようなことはしてたけど」

「先生も？」

意外な言葉だった。おそろい、と思ってちょっと声が弾んでしまう。

「嬉しそうな顔するなよ。俺のは家出とかじゃなくてただの貧乏旅行だ。金もないのに世界中あちこち行ってた。学生の頃の話で、いまはそんな時間も体力もないけど」

いわゆるバックパッカーというやつだろうか。寝袋ひとつを背負っていろんな国を渡り歩いていたなんてすごい。それに比べて、創は狭い行動範囲の中でうろうろしているだけだ。

「体もきつかったし、危険なこともたくさんあった。ましてやこんな寒い中、よくやるな」

「先生のしてたことに比べたら、ぜんぜんたいしたことないですよ」

「そこを比べてどうする」

創が言うことを聞きそうにないと伝わったのだろう。やがて諦めたように、わかった、と高野は続けた。

「そんなにうちに帰りたくないなら、それでいい。けど、このご時世、家出もそう簡単にできるもんじゃないと思うぞ。こんな痩せっぽちの子どもがその辺で寝てるのを発見したら、俺なら即、補導だ。おまえだって、警察にお父さんとの仲直りを仲介してもらうのは嫌だろ」

高野はそう言うが、創は実際にはもうひと月ほど、誰にも見とがめられずに野宿を続けている。風が防げる公園の遊具の下で寝ようとした時、そこを縄張りにしているらしい家のない人に石を投げられたことがあったが、ひとから何か干渉があったのはそれくらいだ。石は額の真ん中に当たって、すごく痛かった。

警察はそんなに暇じゃないし、世界はそんな風に親切にはできていない。創が補導されるとしたら、ナルミとしているあれこれのほうが先だろう。

「嫌かも」

創は笑う。必要以上に、わざとらしい笑い方になってしまった。

なにをやっているんだろう、と、いつものように冷静なもうひとりの自分がそれを冷ややかに見ているのを感じる。馬鹿みたいだ。

そんな創には構わず、高野はもう一度、ため息をついた。子どもっぽいと思われただろうか。当然だと分かっているのに、それが哀しかった。

高野ならたぶん、出て行け、とは言わない。けれど、家に帰るよう促されるかもしれない。無謀な野宿生活を責められるよりも、そちらのほうが創にとってはずっと痛い。不安になって、思わず身構える。

けれども実際に口にされたのは、まったく別のことだった。

「わかった。それぐらいなら、しばらくうちにいればいい」

軽い言い方だった。まるでさっき、あの辺りにいれば暖房の風があたって髪が早く乾く、と言った時と、同じような。

少しも、創を傷付けるような言葉ではなかった。それなのに、石を投げつけられたときよりも、ずっとびっくりした。衝撃が大きくて、思わず、まっすぐ立っていられなくて足下がふらついた。

「……ほんと？」

見上げる高野が、困ったような顔をしたまま、口元だけをかすかに緩めて頷いた。

創も笑い返す。首から上だけの作り笑いなのか、心の底からの笑みなのか、自分でも、よく分からなかった。

八

「昨日、楽しかった？」

瀬越は創の顔を見るなり、そんなことを聞いてきた。

挨拶をする間もない。朝いちばんの廊下掃除をしていた創は、どう答えたものか、と少し迷ってから頷いた。

「はい」

「ごめんね、急に行けなくなって。でも創ちゃんももしかしたら、そのほうが良かったかな、って思って」

思わせぶりなその言い方からすると、やっぱり気を利かせてくれたのだろうか。

それならば、結果、どんなことになったのかを報告するべきだろう。創は辺りを見回して、ひとの気配がないことを確認する。掃除道具のワゴンを押して、隅の方に瀬越を招いた。

今日もゴム手袋は見つからなかったので、素手でモップや雑巾を洗わなくてはならない。そういえば昨日、ハンドクリームを塗るのを忘れてしまった。せっかくもらったのに。

「高野、なに食べに連れてってくれたの？」

「ラーメンです」

あと、からあげとかいろいろ。創が言うと、瀬越は笑った。

「ずいぶん安く済まされたんだね。今度は俺が、もっと美味しいもの食べに連れていってあげる」

「美味しかったですよ。たくさん食べさせてもらったし。それで俺、そのあと高野先生のうちに」

うち、というその言葉を聞いて、瀬越はそれまで浮かべていた笑みを、ふっと消した。決して怖い顔をしたわけではない。けれども、なにかまずいことを言ってしまったかな、と、思わず背筋がひやりとしてしまうような、あまり見たことのない表情だった。

「まさか、お持ち帰り？」

「ちがいます。泊めてもらったのは、確かですけど。だいたい俺、男だし」

ふつう、お持ち帰り、といったら、様々なあれこれを含む言葉だろう。高野はただ、家に帰りたがらない子どもに風呂や寝る場所を提供してくれただけだ。

「それを創ちゃんが言う？」

「……どういう意味ですか」

「そのままの意味だけど。でも、良かったね。高野が誰かを家まで連れていくなんて、たぶん滅多にないことだよ」

高野の部屋の様子を思い出す。確かに、そんな感じはした。ほとんど寝に帰るだけの部屋だと、高野自身も言っていたし。

昨日の夜はなぜか、創が寝室を貸してもらうことになった。まるで新品みたいな、使った様子のほとんどないベッドがあるだけの寝室だった。

こんなところで寝るわけにはいかないと創は断ったものの、いつもソファで寝ているからそちらのほうが落ち着くのだと高野に言いくるめられてしまった。それに少し仕事のことでメールやら調べものをしないといけないから、先に寝てほしいと言われたのだ。忙しいのにわざわざつきあってくれたのだと思うと、それ以上余計な時間を割かせるのも悪い気がして、おとなしく、きれいなベッドを使わせてもらった。

足を伸ばして眠れる。毛布も肌触りがよくて、あたたかくて、枕も柔らかく頭をしっかり包んでくれた。横になったその途端、泥のように眠り込んでしまい、朝まで目を覚まさなかった。それも、高野に名前を呼んで、起こしてもらった。

高野は朝食を家で食べる習慣がないらしい。病院まで来る途中に、コンビニでパンを買った。あたたかいコーヒーも買って、ふたりで車の中で食べた。パンも飲み物も高野と同じものを選んだ創が財布を出そうとすると、それよりも先に、支払いまで済まされてしまった。

「いい事あった?」

もろもろのことを思い出していたのが、表情に出てしまったのだろうか。瀬越は創の顔をのぞきこんで、また笑った。

「いいことって、言うか。……瀬越先生、実は俺、家出してて」

説明するには、まずそこから教えなければならないだろう。

高野にはすでに知られている、と思う気持ちからか、それほど、伝えるのに緊張はしなかった。

「ああ、うん。結構、前からなんじゃない?」

けれど瀬越の反応に、創は説明しようとしていたことを忘れてしまう。創が知られないように隠してきたことなのに、まるで何でもないことのように軽く受け流されてしまった。

「もしかして、先生が高野先生に？」

「違うけど。なんだ。高野も知ってたか」

その言い方が、どこか残念そうだった。子どもっぽい口ぶりに、こんなところもあるんだな、と創は意外に思う。

それにしても、創が家を出ていることを、ふたりとも気付いていているとは思わなかった。つまり誰の目から見ても、創は明らかな家出少年だったのだろうか。うまくやれている、と思いこんでいた自分が恥ずかしくなる。

「それで？」

瀬越が話の続きを促してくる。

「そしたら、高野先生が、うちにしばらくいればいいって言ってくれて」

「高野が？」

はい、と頷く。誰にも聞かれないように、と改めて周囲を見回す。もともと人通りの少ないこの廊下は、外来診療のある午前中にはほとんど誰も通らない。

「へぇ……。ほんと、珍しいことするね。あの人いくら頑張っても部屋に入れてくれない、って悔しがる女の子がたくさんいるよ」

誰の話かと思ったら、高野のことらしい。

「やっぱり、そういう人がいるんだ」

「ナースも事務の子も、そうじゃなくても医者が好きな子ってある程度いるから。あの人、結構人気あるよ。狙ってる子もそれなりにいるんじゃない」

狙っている、という表現に、心臓がきゅっと痛くなる。これまで、あまり考えないようにしてきた部分についての話だった。

創がいたら邪魔なのだ、と遠回しに言われた気がして、慌てて首を振る。

「もちろん、そこまで甘えるつもりはないです。高野先生のほうも、二、三日だけのつもりだと思うし」

「別にいいんじゃない。離婚してからはずっと特定の相手とかもいないみたいだし、そもそも作る気もないっぽいし。そこまでしてあげたくなるってことは、ある程度、創ちゃんのこと気に入ってるんだろ。高野が男の子もいけるかどうかまでは知らないけど」

「だから俺……、え？」

思いもよらない単語を耳にしたような気がして、創は相手を見上げてしまう。

「あれ、聞いてなかったのかな。高野、バツイチだよ」

かすかに小首をかしげるようにして、瀬越は笑った。いつも創に見せる、優しい表情だった。

「二年くらい前かな。奥さんに出て行かれたの」

高野が現在、結婚していないのは知っていた。指輪をしていないし、何度か、そんなことを会話の端々で聞いたことがあったからだ。そのことを確認した時、つい嬉しくなってしまった自分の気持ちもよく覚えている。

離婚したということは、つまり、結婚していたということだ。昔はどうか知らないが、今は珍しいことではないだろう。創の両親だって離婚した。

それでも、そんな可能性を考えてみたこともなかった。しかも、奥さんが出て行った、なんて。どう表現したらいいのか分からない衝撃にふらふらする感覚と、なぜ、と不思議に思う気持ちでいっぱいだった。どうして、あの人の奥さんでいるのをやめてしまったんだろう。

もったいない、なんて、あまり相応しくなさそうな言葉が浮かんでしまった。それでも、それが創の正直な感想だった。

「なんでなのかな」

だからつい口に出してしまった。独り言だったのに、瀬越が親切に答えてくれる。

「詳しくは知らないけど。でも、結構もめてたんじゃないかな。もう結婚はいい、なんてぼやいてるの聞いたことあるから」

創の両親の離婚は、主に父親の浮気が原因だ。他にも色々、ふたりにとっては理由があったのかもしれないが。高野がひとに嫌われるようなことをするなんて、想像ができなかった。

（……俺、なにも知らないんだな）

改めて、そんなことを思った。高野は創にとって、遙か遠くにある星みたいな人だ。ずっと分かっていたはずなのに、今は、その距離がむしょうに哀しくなってしまった。見ているだけでいい、と思い続けてきたのに、食事に行ったり泊めてもらったりして、調子に乗りはじめていたのかもしれない。

「だから遠慮しなくていいんじゃない？　そろそろ人恋しくなったんじゃないかな。創ちゃんにとっても悪い話じゃないでしょ。甘えちゃえば」

それなのに瀬越は、そんなことを言ってくる。自分の家に他人が暮らすようになれば、日々の生活に影響が出るだろう。少なくとも創なら動揺する。大人にとってはよくある話なのだろうか。

「いいなぁ。疲れて帰ってきたら、部屋に創ちゃんがいるのか。羨ましいかも」

まるでかわいい動物の話をしているようだ。自分がそんな愛らしいものではないと分かっているだけに、その言い方が面白かった。

「ちっともいいことないと思いますけど」

「そう？　癒されるよ。俺もそっちの気はないはずだけど、きみみたいな子が相手なら、悪くないって思うかも」

「先生、変なこと言ってますよ」

冗談にしか聞こえなかった。首を振って笑い飛ばそうとする。

けれど瀬越は、微笑みながらも、どこか硬い表情をしていた。ほんの少し身をかがめ、顔を近づけられる。

そっと、指の先だけで頬に触れられた。

「なんて言うのかな。素直で、純粋なところとか。……汚れてない感じがして、すごくいいなって思うよ。特にこんな仕事してると、人間の嫌なところとか、どうしても見ちゃうし」

「そんなこと言うの、瀬越先生だけです」

素直だとか、純粋だとか、ましてや汚れていない、なんて。ナルミが聞いたら吹き出すのではないだろうか。それくらい、創とはかけ離れた言葉だった。

笑おうとして、そういえば、似たようなことを言う人がもうひとりいたことを思い出す。

東もいつも、そんなことを口にする。痛いほどの力できつく抱きしめられながら、よく似た言葉を何度も耳元で繰り返されていた。

東のことを思い出した瞬間、頬に触れる指の感触に鳥肌が立ってしまった。逃れようと身体を少し退くと、瀬越はそれに気付いたらしくすぐに手を下げた。

「今日もいい匂いするね、創ちゃん」

瀬越に触れられたことで嫌悪感を覚えたわけではない。そんな風に思われないといいけれど、と不安になりつつも、いまだ鳥肌がおさまらなかった。

「個体差だって言われました」

「何が？」

「……石鹸とか、そういう匂いがするのが、個性なんだろって……」

誰に、とは聞かれなかったし、言わなかった。なんとなく、今は言ってはいけないような気がした。

瀬越はそれには何の反応も返さなかった。

「忙しいのに、呼び止めちゃってすみません。とりあえず報告だけしたくて」

これから手術室に向かう人を、朝から足止めしてしまった。ありがとうございます、と小声で言って、頭を下げる。

「一緒に帰ろうって約束とかしてるの？」

仕事に戻ろうとしてワゴンに伸ばし掛けた手が止まる。瀬越が何を言っているのか、分からなかった。高野のこと、だろうか。

高野は今日、日勤だと言っていた。今朝、車で送ってもらっている時に教えてもらったことだが、他にも遅番の日と、当直の日があるらしい。だいたい休みは、当直明けの日を含めて週に二日ほど。けれど帰宅した後や休日でも、急患や人手が足りない時には呼び出されるのだと言っていた。大変ですね、と創が言うと、どこもこんなものだと淡々と返された。

「今日は俺、夜コンビニの方のバイトに行くから」

だから、帰りは別々だ。方向は違うから、行き帰りを考えると結構な距離を歩くことになるけれど、それくらい、創にはぜんぜん苦にならない。

「あの人、絶対迎えに来るよ」

瀬越はそう言って苦笑した。夜道を歩かせるのが危ない女の子でもあるまいし、とそれを否定しようとしたけれど、なんとなくありそうな話に思えた。たぶん高野は創だけでなく、単純に、誰に対しても親切な人なのだ。

ナルミの連絡がなければいいけれど、と、そのことだけが気がかりだった。高野の家にお世話になる間は、どうにかして断りたい。けれど、創にはそれができる自信がなかった。だから連絡が来ないことを祈るしかない。

創がそんなことを考えていると、瀬越は、なにか決めた、とでも言いたげにひとつ頷いた。

「やっぱり楽しそうだな。俺も、混ぜてよ」

どこか弾んだその声が言う。何に、と聞くまでもなく、瀬越は創の顔を正面から覗き込んでくる。創の視線をとらえたことを確認するような間を置いてから、にっこりと笑って、口を開いた。

「俺のうちにもおいでよ、創ちゃん」

九

はじめて泊めてもらった翌日、創は病院の掃除の仕事のあと、コンビニのバイトに向かった。瀬越が言っていた通り、交換したばかりの高野のアドレスから、迎えにいく、とメールが届いていた時は、思わず笑ってしまった。

笑ってそのあと、少し、哀しくなった。

寄りたいところがあるから、と嘘をついて、それは断った。次の日の朝食の買い物をして、日付が変わる少し前にマンションに帰った創を、高野は鍵を開けたままで、待っていてくれた。

「おかえり」

そう言われた時、きっと、変な顔をしてしまったのではないかと思う。

「お邪魔します……」

だからろくに顔が見られなくて、絞り出すみたいな無愛想な声で言うのでせいいっぱいだった。

高野の部屋で寝泊まりする生活が二日続いても、創はぼんやりと夢を見ているような心地でいた。ナルミからは、なにも連絡がなかった。それまでには、三日に一度くらい、何かしら電話なりメールなりがあったのに。

そんなこともあって、夢の中にいるような甘い気持ちでいたのかもしれない。

掃除のアルバイトについても、来月の勤務の件で連絡はあったものの、泥棒未遂のことは何も言われなかった。激怒していたあの病理の医者も、高野の言っていた通り冷静になって考え直してくれたのだろうか。

安心はしたけれど、苦い思いが消えることはない。自分があの人の財布からお金を盗もうとしたことは、事実なのだから。

（……やっぱりこういうの、だめな気がする）

三日目にして、創はようやく現実を見つめることにした。

その夜も、創は言われるままに高野の寝室を使わせてもらっていた。一度思い立つと、いてもたってもいられなくなる。あたたかいベッドを離れ、リビングにいるはずの高野のところに向かった。

どう考えても、こんなことはおかしい。ソファは横になるのに十分な幅があるし、眠るのに不足はないかもしれない。しかしそれでも、この住処の主がソファで、押しかけの身である創がベッドを使うなんて、やっぱりだめだ。ただでさえ、高野は毎日、仕事が忙しくて疲れている。だから、ちゃんと眠ってもらわないといけない。常識や良識といった問題以前に、それは創の願いだった。

足音を忍ばせて、ひとのかたちに濃い影のあるソファのかたわらに、膝をつく。

「せんせい」

小さく呼びかけてみる。暗闇に目が慣れて、少しずつ眠る人の輪郭が見えてくる。

まるで死んでるみたいな寝方をする人だな、と、そう思って、新たな発見に嬉しくなる。かすかな寝息を立てて眠る人の顔を、暗い中、できるだけよく見ようとした。枕を使わず、毛布と掛け布団に潜っているのが子どものようだった。身動きもせず、沈むように深く眠っている。声をかけて起こすのもはばかられた。

（ほんとに、疲れてるんだな）

この人の負担にはなりたくない。プラスの存在になれないのなら、せめて、マイナスの状態である現状だけは、なんとかしないといけない。

（できるだけ早く、出ていかなくちゃ。……でも）

ずっとこのままでいたいなんて思っていないし、いられるとも思わない。

けれど許されるならば、もう少しだけ、そばにいたかった。

高野は自分の部屋にいても、職場にいるときとほとんど印象が変わらない。特にくつろいだ様子もなく、テレビを見ていても新聞を読んでいても、病院で創が見ていたのと同じように、いつも飄々淡々としていた。

私服は、どこにも出掛けない日は上下ジャージだった。出掛けるにしても地味な、どこで買ったのかと聞くと短く「通販」とたった一言で終わってしまうような、あまりぱっとしない格好をしている。それでも身長があるし、着ているものがなんだ、とでも言いたげに堂々としているせいか、それなりに見えてしまうから不思議だった。

少し寒いときなどは、目に鮮やかな蛍光グリーンの半纏（はんてん）を着ている。あれはほんとうに、どこで買ったのだろう。特売日のスーパーの店員さんみたい、と創が言うと、これを着ていれば暗い夜道でも目立って安全だろう、と返された。外に着て出るのか……と思ったのが正直なところではあったけれど、そんなところも高野らしくて嬉しくなってしまった。

もう少しだけ。もう少しだけ、もっといろんな、この人を知りたかった。

いくつも嘘をついて、善意に甘えているのだという自覚はある。他に行くところがないから助かったと思うのも、創のほんとうの気持ちだ。でも、高野がそれでいいと言ってくれる間は。他の誰も、それを怒らない間だけは。これ以上は、何も望まないから。

高野のそばは創の知っているどの場所よりもあたたかかった。ほかには何も望まないから、あともう少しだけ、この人の優しい熱を感じていたかった。

音をたてないように、そっとソファから離れる。できるだけ静かにカーテンと硝子戸を開けて、リビングからベランダに出てみた。

「……さむ……」

寝間着に借りたジャージの襟元を合わせて、身を縮める。裸足のままの足の裏に、冷え切ったコンクリートからひやりと冷気が伝わってきた。

これから、もっと寒くなる。あの蛍光グリーンの半纏を借りればよかった、とそんなことを考えて、創は小さく笑った。息が白く流れる。

星がよく見えた。いつも寝場所にしていたあのマンションの屋上とここでは高さが違うから、空には少し遠い。いつもならすぐにこれだと決められた導き星が、今日はなぜかどれもぴんとこなかった。すぐ近くに、もっとあたたかくて安心できる存在がいてくれるからかもしれない。

流されてみようか、と、そんなことを思った。

（あしたから、ご飯を作ろう。あとは掃除とか……）

これは、行かなきゃいけない方向じゃないかもしれない。それでもいまは、あの人が導いてくれる方に行きたかった。

「先生、何が好きかな」

わざと声に出して、そう呟く。

大丈夫だと思った。明るく聞こえる。奥のほうにある、悪いものは隠したままでいられる。

ナルミや東のことを思い出す。それでも、大丈夫、と、思うことができた。頑張れる。

これ以上のことは、決して期待しない。自分自身にそう言い聞かせて、また頷く。ちゃんと、戻るから。

戻らなくてはいけない日がきたら、その時はちゃんと、どこにも帰る場所のない自分に、戻るから。


そうやって創の居候生活がはじまって、二週間が過ぎた。

瀬越はあんな風に言ってはくれたが、創は基本的には、高野のところにいる日のほうが多かった。

これは創の希望だとかそういったことではなくて、瀬越の部屋に行くときは、向こうから声をかけてくれる時、だからだ。

どういうタイミングなのかはよく分からないけれど、二週間の間、瀬越は創に二回、声をかけてくれた。想像していた通り、ひとり暮らしの若い男にしては、きれいで落ち着いた、お洒落(しゃれ)な部屋だった。

ひとを迎えることには慣れているようで、泊めてくれるときには来客用の布団などいろんなものを貸してくれた。食事はいつも外食だ。瀬越が言うところの「それなりにいい」お店らしいし、断りきれずにおごってもらった身分でこんなことを言うのは気が引けたけれど、創にはあまり、その値段分の価値が実感できなかった。もったいない人間だと自分でも思う。

その食事のあと、飲み直したいという瀬越が、部屋でお酒を飲むのに付き合った。

「飲む？」

差し出されたけれど、首を振る。そんな気分にはなれなかった。自分で買ってきた牛乳を、手持ちぶさたにちびちび飲む。そういえば、高野が自分の部屋でお酒を飲むところは見たことがないな、とそんなことを考える。いつも、泥みたいに濃い色をしたコーヒーばかり飲んでいる。

高野は当直の日だった。どんなことをしているんだろう、とぼんやりしていると、それが表情にあらわれてしまっているのか、瀬越に笑われる。

放っておくと高野のことばかり考えてしまう。これでは瀬越に失礼だと、創は以前からささやかに気になっていたことを聞いてみた。

「瀬越先生は、彼女とかいないんですか」

聞きながらも、いないはずないけど、と心の中で呟く。すると瀬越は、意外なことに首を振った。

「いないよ」

予想外の返事だったけれど、そう答えるときの表情は、どこか悪戯をしかけた子どものようだった。気付いていないはずはないけれど、と、相手の反応をうかがってそれを楽しみにしているような。

「いるけど、いないってこと?」

「一緒に遊びに行ったり、ご飯を食べに行ったりする人なら何人かいるけど。この部屋に泊まる子もね」

「何人も」

創のことをわざとからかうような言い方をされる。とはいえ、たぶんそうなんだろうなと思っていたことなので、特に驚くようなことはなかった。

創には不思議だと思っていたことがあった。この人ならば、答えてくれるだろうか。

「一度に何人もの人を好きになるなんて、できるんですか。大変じゃないですか」

瀬越は創が何を言い出したのか、しばらく理解できない様子だった。

「小学生みたいな質問だなあ」

やがて、あきれたようにそう言われる。本来ならば、そのぐらいの年齢のときに考えなければならなかったことなのだろうか。恥ずかしさで顔が熱くなるのが分かった。

「できる人と、できない人がいるんだと思うよ。俺はまあ、できるかな。創ちゃんはたぶん、一途なんだろうけど」

できる人と、できない人がいる。言われてみれば、確かにその通りのような気もした。

創の両親は、どちらだったのだろう。父は、新しい奥さんと、創の母親とを、一度に同じように好きだったことがあったのだろうか。

創はたったひとりで、頭も心もいっぱいいっぱいだというのに。

「大人になったら、誰でもそういうことできるようになるんですか？」

「俺の話、聞いてた？」

瀬越は病院でよく話しかけてくれる時と同じように、自分の部屋にいても気さくで優しい。創が気兼ねや遠慮をしないように、あれこれと気も遣ってくれる。

それでも、自分の使っている寝室には、創を入れようとはしなかった。はっきり断られたわけではないけれど、言外に、ここには入らないで、と伝えられている気がした。だから創は、瀬越の家ではいつも、リビングの隅で丸まって寝ている。

布団も柔らかいし、寝袋よりも、ずっと寝心地がよくて、あたたかい。

なにも違いはない。けれど高野の部屋にいるときよりも緊張してしまって、なかなか寝付けなかった。

十

せめて料理や掃除をさせてほしい、と申し出た時、高野は最初、それを断った。

「そんなつもりで泊めてるわけじゃない」

「じゃあ家賃を払います。ネットでこのマンションの名前で検索すればひと月いくらか分かるから、半月ぶん先生に払います」

「それもやめなさい」

本気でやりかねないと思ったのだろうか。やがて高野は、負担にならない範囲で、と創が家事をすることを受け入れてくれた。

台所にはひととおりの調理器具が揃っていたので、それを借りて、ネットでレシピを探しながら料理をした。あまり使われた様子のない道具たちは、「おひとりさま新生活パックに入っていた」ということだった。家電量販店で買ったらしい。

これまで出番がなかったらしい鍋や包丁で、どうにか味噌汁や野菜炒めなどを作る。高野は残さずきれいに食べてくれた。当直の日や、帰宅が深夜になる日以外は、創も帰りを待って、一緒に夕食をとることにしていた。待たなくてもいいと言われるけれど、自分がそうしたいからしているだけだった。

瀬越はあまり、家のなかのものを他人に触られることが好きではないらしい。だから掃除などもなくていいと言われていた。

瀬越の家にいるときは、創はすることがない。ぼんやりテレビを見たり、ベランダから外の景色や星を見たり、ソファで丸まって寝たりするくらいだった。瀬越はそんな創の姿を見て、嬉しそうににこにことしていた。

「癒されるなあ」

高野とは違った意味で、この人もまた変わった人だと、今更ながら、そんなことを思った。

ナルミから連絡があったのは、前回に電話でお叱りを受けてから、三週間ぶりのことだった。いつものように、病院の仕事の昼休みにメールが届いた。

今夜、二時間。

届いたメールにはそう書かれていた。それだけで意味は十分に伝わる。待ち合わせに指定された時間も、いつもより二時間早かった。

「すみません、バイトの、相澤です」

高野は日勤の日だったが、いつものように残業だったので、創は先に帰った。

今夜はコンビニのバイトが入っていたけれど、ナルミにそんな理屈は通じない。だから休ませてもらうことにした。

バイトを始めてから、母の葬儀以外で休んだことはなかった。それに理由が理由なので、余計に後ろめたさを感じた。

休ませてください、と電話をすると、店長は露骨に嫌そうな声で、次からはもうちょっと早く言ってね、と言われた。もっともな話だ。

同じシフトを組むことが多い大学生はしょっちゅう休んでいるが、毎回、こんな風に言われているのだろうか。彼は勤務中に携帯を触っていたりして、よく店長に注意されている。それでもあまり気にした様子はなく、スイマセンと明るく笑って返していた。

創にはとてもできない。ひとに嫌われるのが怖い創は、どうしても相手の顔色をうかがってしまう。

「ごめんなさい」

もう一度謝って電話を切ろうとしたところで、ちょっと待ちなさい、と止められる。

「ほんとは今日、言うつもりだったんだけど」

休みをお願いした時よりも低い声で言われた。

バイト中にも時たま、こんな声を聞くことがある。それはだいたい、相澤くんちょっと、と事務所に手招きされる時だ。つまり、なにか創がやらかしてしまって、怒られる時。

嫌な予感がした。最近、目立つ失敗はしていないはずだった。

高野と瀬越が部屋に泊めてくれるようになってから、創は少し、以前よりも落ち着いて仕事をすることができるようになった。自分ではそう思っていたのだが、ただの思い込みだったのだろうか。胸が寒くなる。はい、と頷いて店長の言葉を聞いた。

そばに誰もいなくてよかった、と、電話を切ったあとで真っ先にそんなことを思った。自分がひどく情けない顔をしているだろうと、鏡を見なくても、そのことがよく分かったからだ。

おかえりなさい、と、帰ってきた高野を出迎えると、隣には瀬越の姿があった。

「瀬越先生も？」

ふたりの顔を見られて嬉しいような、嬉しくないような、そんな複雑な思いだった。

ナルミに指定された時間は二十時だったから、もうあと十分ほどで出掛けなければならない。覚悟を決めたつもりでいるのに、ぐずぐずと部屋を出られずにいたのは、やっぱり創の中に迷いがあるからだろうか。

「カレー食べさせてもらおうと思って」

そんな気持ちが態度や顔に出ていないといいけれど。内心そんな思いでいる創に、瀬越はいつものように、爽やかに笑うだけだった。高野は高野で、いつも通り淡々としていた。

ナルミから呼び出しを受けてすぐ、今夜は出かけます、と高野に連絡を入れていた。

夕ご飯にカレーを作っておくので食べてください、と付け加えた。瀬越はおそらく、高野からそれを聞いたのだろう。わざわざ来てもらうようなカレーではないのだが。

「久しぶりに会うんだろ。ゆっくりして来いよ」

「はい。ありがとうございます」

高野に言われ、笑って頷く。今夜は友達と遊ぶ約束をしたのだと言ってある。

嘘を固めるために、具体的に誰と、どんなことをして遊んだことにしようかと考えてみて、誰の顔も思いつかなかったことに、若干ショックを受けた。友達くらい、ふつうに何人かいたはずだったのに。

高校をやめてしばらくは、メールのやりとりをしていた。けれど、しだいにそれも途切れていった。話題も合わなくなっていったし、なにより、優しい人ばかりだったから、こちらに対して気を遣ってくれているのが分かって、それがなんとなく、嫌だった。

「出かける前に、先生たちに、ちょっと見てもらいたいものがあって」

帰ってきた高野たちと一緒になって、またリビングまで戻る。帰りが何時になるか分からないから、高野はもう寝ているかもしれない。

見てほしいものがあった。本音を言えば、他人に、特にこのふたりには見られたくない。それでも、自分ひとりでやったことに、自信が持てなかった。

「なに？」

創の表情が、どこか硬いままだったからだろうか。瀬越は優しく笑って、見せてごらん、と手を出した。

ためらいながら、持っていたものを渡す。ちゃんとした紙を持っていなかったので、ポストに入っていた不用品回収のチラシの裏を使った。

そこに書かれた手書きの文字を、高野ものぞき込む。

「すごい字だな」

「急いで書いたから」

感心したような声だったが、褒めているのでないことは十分伝わる。創の字は、お世辞にも上手とは言えない。

「……これ、何？」

瀬越が、一通りその文面を読んだらしい間を挟んで創に聞いてくる。

「反省文です。明日、バイト先の店長に出さないといけなくって」

おかしいところがないか見てください、と付け加えると、瀬越はそんな創の顔をじっと見てきた。

「反省文って……何したの、一体」

「何もしてないです。これだけは信じてほしいんですけど、俺、ほんとに」

「だから、何の反省文？」

「……レジのお金が足りないって。二千円くらい。ちょうど俺のシフトの時で、しかも今回で、もう三回目だって」

説明しながら、自分が情けなくなる。

電話で聞いた店長の冷たい言葉を思い出す。泥棒、と怒鳴った、あの病理医の声が耳に蘇ってくる。店長は声を荒らげることはなく、最後まで淡々とした調子ではあったけれど、心の中では、あんな風に創に腹を立てていたのではないだろうか。

高野は何も言わずに、創の書いた反省文をじっと見ていた。

「俺は盗んでいないけど、そうだとしても、こんな風に何回もお金がなくなるのはおかしいから。だから、俺がしっかりしてないせいだって」

そう言われて、次の出勤時に反省文を提出することになった。

やっていない、という創の言葉を呑んでくれたようではあったけれど、疑いが完全に晴れたわけではないのは明らかだった。

「ひとりでレジにいるわけじゃないよね？　他のバイトの子も、同じようにこんなの書くわけ？」

「聞いてないから分からないけど、たぶん、俺だけだと思います。俺といつも一緒にシフト入ってる人は、ちゃんとしした大学生だし、しっかりしてるから」

それに、店長は創の境遇をよく知っている。さすがに家出をして、野宿をしていたことまでは知らないが、母が死んで、それから学校をやめて働くようになったことは言ってある。お金が欲しいから、できればシフトをたくさん入れてほしいとお願いしてあるからだ。

だから、そんな風に思われても、仕方がない。

「はぁ？」

瀬越は創の言葉を聞いて、気分を害したようだった。

確かに、聞いて楽しいような話ではない。けれど、このいつも優しく笑っている人がここまで眉間に皺を寄せたところを、創は見たことがなかった。

「すみません」

思わず謝る。嫌なことを頼んでしまった。

反省文と言われたものの、いったいどんなことを書いたらいいのか分からなかった。どうにか書き上げてはみたけれど、まるで自信がなかった。

このふたりなら頭もいいいし、それに社会人としての経験も十分だ。だから、高野と瀬越のふたりがこれで良いと言ってくれるものならば、店長も納得してくれるだろうと思ったのだ。けれどその考え自体が、甘えだったかもしれない。

恥ずかしくなって、机の上に置いた紙を回収しようとした。

「この『俺は』っていうのはやめたほうがいいな」

すると創が手を伸ばすよりも早く、高野がその紙を手に取った。静かに、まったくいつもと同じ淡々とした声で、そんなことを言われる。

創も高野の手元の紙をのぞき込んだ。確かに、俺、と書いている。

俺はもっと注意して仕事をするべきでした。レジのことも、そうじをしていたり、品出しをしていたり、他の人が入っていてくれる間は、少しぐらいだいじょうぶだと思って、目をはなしてしまうこともありました。俺はそれがいけなかったのだと思います。……そんなことを書いていた。

「『僕』のほうがよかったですか」

「それか『私』だな。まぁでも、おまえの歳なら、僕でもかまわないだろ。そもそも公的な文章じゃないんだろうし。あとは字だな。すごい字だなほんとに」

字ばかりは、急にはどうしようもない。どうにか、読めないことはないと思うのだが。

「俺のパソコン使って、それで印刷して持ってけばいい。見た目がきれいなほうが印象もいいだろ」

「いいんですか。ありがとうございます」

やっぱり相談してよかった。創が安心して胸を撫で下ろすと、低い声が割り込んでくる。

「あのさぁ」

瀬越だった。

「なに言ってんの、先輩？　おかしいでしょ、こんなの」

「別に、いいだろ。反省してますって十分伝わると思うし」

「だから、それがおかしいんですって。だいたい、創ちゃんは何も悪いことしてないんですよ。こんなの、パワハラじゃないか」

ぱわはら。言われた単語がうまく自分と結びつかなかった。瀬越が何を言いたいのか分からないが、うかつに口を挟んでいいような空気ではなかった。

「いまこいつが俺たちに頼んでるのは、この文章の添削だろ」

だからおまえがそんな風に怒るようなことじゃない、と、高野は瀬越とは対照的に、静かに淡々と言う。

瀬越はその言葉を聞いて、瞬間、相手を強く睨みつける目をした。見ている創が思わず息を呑むような、冷たい、怖い目だった。

「瀬越」

高野はそんな目を向けられても、表情ひとつ変えなかった。ただ短く名前を呼んで、わずかに、諫めるように緩く首を振るだけだった。

「……すみません。ごめんね、創ちゃん」

瀬越は短く息をついて、高野と創に謝る。

なにを謝られたのかも、創にはよく分からなかった。ごめんね、と言って小さく笑ったその顔はいつもの見慣れたもので、そのことに安心する。

「俺は、いいんです。どんな風に思われたって、それは俺の責任だから」

泥棒だと思われたり、その疑いを掛けられてしまうのは、創に原因がある。ぜったいにそんなことしない、と胸を張ることが、いまの創にはできない。だから他人にそう見えてしまうのも、仕方ないことなのだろう。きっと、分かる人には分かってしまうのだ。それでも。

「先生たちが、ほんとに俺がやったんじゃないって思ってくれるのなら、それで、十分です」

ちょっと、いい子すぎる発言かもしれない。いつも嘘をつく時と同じように、考えるよりも先に、自然とそう口にしていた。

それが嘘なのか、ほんとうの気持ちなのかは、自分でも分からなかった。

「時間だ。俺、行きますね」

恥ずかしいことを言ってしまった。ごまかすように笑って、そう言って頭を下げる。

行ってらっしゃい、と笑う瀬越と、黙って頷く高野に見送られて、部屋を出る。ドアを閉めた瞬間、これから何をしに行くのかを改めて思い出した。

泥棒と、からだを他人に提供してお金を貰うのとでは、どちらがより悪いことだろうか。

創がお金を盗んだ疑いを掛けられたことを、瀬越はあんな風に、まるで自分のことのように怒ってくれた。高野がなんのためらいもなく、こいつはそんな人間じゃない、と言ってくれた時のように。

どうしてふたりとも、そんなに創に甘いのだろう。ほんとうは今この瞬間にも、嘘をついてひとを騙して、自分を売りに行くような、どうしようもないやつなのに。

「……馬鹿みたい」

あんなに、簡単に騙されて。

そう呟いて、笑おうとした。他人の前では意識しなくてもたやすくできることだ。ひとりきりになると、そんな簡単なことがとても難しかった。

馬鹿みたい、とその言葉で嘲笑おうとしているのは、瀬越でも高野でもなく、他でもない創自身だ。

十一

高野の部屋を出るのが遅くなったので、待ち合わせ場所に着いた時には、すでに相手が待っていた。しまった、と思いながら、遅くなったことを謝る。ナルミはそれに対して、久しぶり、と軽く手を上げるだけだった。

「もうクビになったのかと思ってた」

冗談っぽくそう言うと、相手はいつも通りの野暮ったい黒縁の眼鏡の奥で目を細める。笑ったつもりなのだろうが、睨まれたようにしか感じられなかった。

待ち合わせをしたのは、創のバイト先のコンビニの近くだった。店長や他のバイトの人に姿を見られたら、ますます印象を悪くする。明かりをはずれて暗いほうへ行こうとする創を見て、ナルミは鼻で笑った。

「東も、いま向かってるってさ」

ふいに口に出されたその名前に、まるで氷のかたまりでも飲み込んでしまったように、喉がひやりと冷えた。

「忙しくて、やっと時間が作れたらしい。おまえに今日まで声かけなかったのも、あいつに、絶対に他の客取らせんなって言われてたからだよ。まぁ、今回だけは言うこと聞いてやろうかなと思って」

「俺、なにしたらいい？」

いったい何をすれば良いのかが分からなかった。

いつもの創の仕事時間は三十分だ。決して長くはないそんな時間でも、創には何時間にも感じられる。

東はそうではないが、中には、その三十分の間に、一度だけでなく何度も「満足」しようと頑張る相手もいた。元を取ろうとしているのだろう。そういう客を相手にする時は、いつもよりも、ずっと疲れる。

創が大したことをするわけではない。それでも、終わったあとにひどい脱力感におそわれて、何をやっているんだろう、と空しくなった。精神的な疲れ、というのだろうか。

お金が欲しくて自分から望んでやっていることなのに、勝手な話ではある。

「別に、いつもと同じでいいだろ。ただ尺をこう、長回しでやりゃいいんじゃねぇの」

「場所は」

「道端ってわけにもいかないしな。カラオケか、ネカフェの個室でいいだろ、二時間ならそんなもんだし。下手にホテル連れてって、必要以上に煽るのも悪いし？」

おまえにはまだ早いもんな、と、からかうように笑ってそう言われる。それに笑い返そうとして、やめる。頬がひきつって、上手くできそうにない。ナルミは創のそんな態度を気にする様子もなかった。

「ああ、どうも！　お久しぶりです。この間は、ほんと、申し訳なかったです」

そんなことを話している間に、約束の時間になったのだろう。ナルミががらりと空気を変えた明るい声で、向こうから来る人にそう言って頭を下げる。創も、真似して同じ動作をした。

東はいつもと同じように、かっちりとした暗い色のコートに、仕事の帰りなのだろう、黒い鞄を提げていた。急いで来たのか、息を少し切らしている。

「……ひさしぶりだね」

ナルミに軽く頭を下げてから、東は創を見て、笑った。どう見ても気の弱そうな、優しげなこの人が、この間はナルミを怒鳴りつけたのだという。

「元気だった？　この間は、何をしていたの？」

「ごめんなさい。俺、携帯の充電切らしちゃって。そのままずっと気付かなかっただけなんです」

ナルミに言われた通りの答えだったが、東はそれで納得してくれたようだった。ふぅん、と頷いて、創に手を伸ばしてくる。腕を取られそうになって、苦笑するナルミがそれを止めた。

「東さん、ここじゃまずいでしょ。場所を変えましょうよ」

「ああ……うん、そうだね」

「そこのネットカフェでいいですか。平日だし、個室あいてると思うんで」

ナルミの言葉に、どこでもいいよ、と東は早口で返す。目に見えてそわそわした様子が、創の不安をかき立てる。

何をしようか頭がいっぱいみたいだった、とナルミが東についてそう話していた。いったい、何をされるのだろう。

「悪いけど、俺は部屋の前にいさせてもらいますよ。店員に邪魔されるのも嫌でしょうし、それにこいつは、うちの大事な秘蔵っ子なんで。まだ、キズモノにして欲しくないんです」

それを聞いて、東の喉がゆっくりと鳴る。そうして頷いて、また、創の方を見た。いつものように、笑顔を作ってそれに応える。

東の目は、油が浮いたように鈍く光って見えた。その視線が、頭の先から指の先までを舐めるように這うのを感じる。何を考えているのだろう。

逃げたい、とそんなことを思いかけて、必死にそれを忘れようとする。これも、大事な創の「仕事」なのだ。売れるものがあるというのならば、買うという人がいてくれるのならば、有り難くそれを差し出そう。そう決めたのは、他でもない自分自身なのだから。

「……行こ、東さん」

笑って、創のほうから腕を取ろうとしてみる。こら、とナルミが軽く言ってきたので、仕方ない、という顔をして、その腕を放した。

白々しい演技だ。ナルミにはお見通しに違いない。

それでも東がひどく嬉しそうに笑ったので、創は少しだけ、申し訳ない気になった。


東とは、これで何度目になるのだろう。

五回、よりは多いだろうか。ナルミがどれだけ貰っているのかは相変わらず知らされていないが、創の取り分だけを考えても、すでに五万円以上を払っていることになる。

自分はまだ良心的なほうだと、ナルミが以前言っていたのを聞いたことがある。本来ならばもっと搾取されてもおかしくないらしい。東も、創も。だから感謝しろとまでは、さすがに言われなかったが。

「……こういうところは、はじめて来たよ」

珍しそうに部屋のなかを見回しながら、東が呟く。

確か、何度目かの時にカラオケに行った時も、そんなことを言っていた。あまり遊ばない人なのだろう。

部屋の前にいると言っていたナルミだったが、扉の方を確認しても、それらしき人影は見えない。覗き窓程度にガラス部分の付いているドアだから、部屋の隅に行ってしまえば、なにをしていても分からないのではないだろうか。密室、という言葉が頭に浮かんで、それを打ち消すために、わざと明るい声を出した。

「お休みの日とか、なにして遊ぶんですか？」

とりあえず、喋って間を持たせよう。自分のことを話すなとは再三注意されているが、相手に喋らせるなとは言われていない。

創のその質問に、東はコートを脱ぎながら、困ったように口ごもる。

「特になにも。……最近は、仕事が忙しくて。家にも持ち帰ってるよ」

「大変ですね」

高野も、居間にあるテーブルの上で、よくパソコンを触って何かやっている。何をしているのかと尋ねたら、論文を書くのだと言われた。

付箋がたくさん付いた分厚い本や、英語だらけの雑誌とか、そんなものを床に積んではその間で黙々とキーボードと向き合っている高野のそばで、その姿をこっそり眺めていた。

ふたりで一緒にリビングにいる時、創はテレビを見るふりをしていることが多かった。そうやって目をそらしていないと、高野ばかり見てしまうからだ。だからたぶん、テレビが好きなのだと思われている。実際には、別に好きでも嫌いでもないのだが。

「おいで、創」

会話を引き延ばそうとしたのに、つい高野のことを考えてぼんやりしてしまった。部屋の隅に置かれた小さなソファに腰を下ろした東に、隣に来るように呼ばれる。

「……俺、飲み物とか、持ってきます」

「いいから、そんなの」

創の言葉をはねつける東の声が、少しだけ低くなる。壁に掛けられた時計を確認してみる。この部屋に入ってから、五分も経っていない。

東は創のほうをじっと見ていた。時間を稼ぐ言い訳も他に思い浮かばず、言われた通り、隣に座る。それを待っていたように、すぐに、肩に腕を回された。少しだけ距離をあけて座ったのを咎めるように、東の方に身体を引き寄せられる。

「東さん」

そのまま抱きしめられそうになったのを、名前を呼んで押し止めようとした。時間はいつもの倍以上あるのに、これまでにないくらい、東は気が急いているように見えた。

「今日はね、創。いいものを持ってきたよ」

「いいもの」

抱きしめられる手前で腕は止まったものの、背中に回された腕は離れない。すぐ近くで創の顔を見ながら、東は嬉しそうにそんなことを言ってきた。

いいもの、なんて。こんな表情で言われるなんて、絶対、よくないものだ。

うん、と頷いて、東は片腕で創をつかまえたまま、もうひとつの手で持参した鞄を探る。中から出したものを、ソファの前にある小さなテーブルの上に載せる。小さめのノートパソコンかと最初は思った。けれど、蓋を開いたときに、違うと分かる。

「映画とか、見るやつ？」

持ち運びのできる、小型のプレイヤーだった。モニタと一体型のもので、これだけで映像を見ることができる。確か、ナカムラさんがよく似たものを持っていた。

思っていたより変なものでなかったことに、肩すかしをくらったような気分になる。東はきょとんとした創の反応を楽しむように笑って、また鞄から、何か取り出した。

見て、と差し出され、先ほどとは別の意味で驚く。

「な……」

東が創に見せたのは、おそらく、このプレイヤーで再生するために持ってきたものだろう。そのパッケージにちりばめられた写真があまりに予想外で、今度こそ、創は言葉が出なかった。

「このモデルの子。俺ね、ずっとこの子、似てると思ってて」

「似てる？」

「創に。ほら、目元とか……」

「似てるって、だって、女の子だし」

東は創の言葉などまったく耳に入らないように、似てるよ似てるよ、と何度も同じことを繰り返した。

おそらくこの作品の主役なのだろう。化粧もしているし、年齢は分からないが、創とそれほど変わらない位には見える。紺色の制服に白いスカーフの、清楚な雰囲気のその少女が自分に似ていると言われても、正直、どう反応していいのか分からなかった。

「東さん、この子が好きなの？」

だから、それに似ているらしい創で満足しようとしていたのか。そうやって納得しかけたところを、笑って否定される。

「ちがうよ、逆。俺が好きなのは創だから。だからこの子が、創に似てるなって……」

言われて、パッケージを裏返される。内容を説明する文字はほとんどなく、ひたすら映像の一部なのだろう写真がびっしりと並んでいる。表面で着ていた制服を着ていないもののほうが多く、遠目で見たら肌の色で塗りつぶされて見えそうだった。

創は思考が追いつかず、しばらく固まっていた。

ＡＶと呼ばれるものなら、これまでに何度か見たことはある。学校に通っていて、友人がいた頃、誰かの家に集まってはネットでそんな動画を探したりして遊んでいた。だから、刺激の強いものを見せられたという衝撃はない。驚いたのは、この潔癖で、真面目そうにしか見えないこの人がわざわざこんなものを持ってきたということだった。そして、その理由が。

「……東さんは、俺のこと考えながら、見るの？」

おそるおそる尋ねる。東はそれには答えず、動いてるともっと似てるよ、と嬉しそうに、ディスクを取り出してプレイヤーにセットした。どうやら、見せてくれるらしい。

「い、いいよ。わざわざ見せてくれなくても」

創は慌てて、それを止めようとした。けれど伸ばした手を、東に取られる。そのまま、両腕を後ろ手に回されて、抵抗を封じるように、手首のあたりを強く摑まれた。

「縛られたい？」

耳元で、囁くように言われる。容赦なく摑まれた手首が痛い。創が首を振ると、東は満足したように笑って、手を離してくれた。

「今日はね。せっかく、長い時間一緒にいられるから。だから、創に、いつもの分のお礼をしようと思って」

「……お礼？」

東が次第に饒舌になるのは、それだけ興奮しているというサインだ。自動的に再生されるようになっているのか、気が付けば、モニタに映像が流れはじめていた。動くともっと似ている、と東は言ったが、画面に映る少女は、少しも、自分と似たところはないように思えた。

東は創を、後ろから自分の膝に乗せるように抱いてきた。腰に腕を回されて、身体が密着するようにされる。そのまま、後ろから、首筋に顔を埋められた。

ああ、と、呻くような声を漏らされる。

「創はいつも、俺を気持ちよくしてくれるから。だから今日は、創を気持ちよくしてあげる」

そんなことを言いながら、東は創のベルトに手を掛けてきた。

十二

「東さん、いいよ、……俺は、いいから……！」

「遠慮しないで。彼も、俺がそうしたいならどうぞって許可してくれたし」

ベルトは外され、ズボンの前も開かれる。その手を止めようとして、先ほどのことを思い出してしまった。抵抗したら、縛られるかもしれない。そんなことになったら、いざという時に、東を突き飛ばすなり殴るなりして、逃げることもできなくなる。

それに東は、許可を貰ったのだと言っている。聞くまでもなく、ナルミに、だろう。

それならば、東の要求に応えないことは、ナルミの意に背くことになる。創にはまだ彼を頼りにしなくてはいけない理由がある。だから逆らってはいけない。

「……っ、や……」

やめろ、と叫びそうになって、それを寸前で飲み込む。

これまで創がしてきたことは、相手を満足させるためにやったことばかりだった。手を使ったり、口を使ったり、人形かなにかのように抱きしめられるのに、全身をただ投げ出すだけだったり。

こんな風に、触られたことはなかった。この「仕事」以外でも、他のどんな機会にも。

「俺は、いつもよくしてもらってるけど。でも、創はふつうの子だから。だから、それ見てればいいよ」

東がなにを言いたいのか、しばらく考えなければ分からなかった。つまり、持ってきたこのＡＶを見ていい気持ちになりなさいと言うことだろうか。

その存在も忘れていたテーブルの上に目をやると、モニタの中では、いつの間にかどこかの室内らしい場所で、制服姿の少女がスカーフをほどこうとしているところだった。音声は消してあるらしく、何事か言っている唇の動きはあるものの、その声は聞こえない。

ズボンは前を開けただけで、東はそれ以上は脱がせるつもりはないようだった。コートのかわりに着ていたパーカーだけを、身体をねじるように引っ張られて剝がされる。その下に着ているシャツの裾から指を伸ばされて、直に、肌に触れられる。

「肌、すべすべだね。ほんとは全部見たいけど、今日はこのままで我慢しないと……」

独り言のように、東がそんな言葉を漏らす。触れてくる指が、脇腹から肋骨のあたりを両側から撫でさする。

なにが楽しいのだろう、と、ひたすら撫で回されながら、創はぼんやりと映像を眺めていた。

少女も、制服は着たままで、いつの間にか現れていた男に胸を触られている。用途を考えれば当然なのかもしれないが、男の顔はほとんど映らなかった。どこか哀しそうにも見える表情で、少女は男にされるがままになっていた。

なんとなく、同情するような気分になる。この女優だって仕事でやっているのだろうが、そこも含めて自分と重ねてしまう。

いつだったか忘れたけれど、創がはじめてＡＶなるものを見たときの感想は、興奮するよりもむしろ、何か信じがたいものを見た、というぼんやりとしたものだった。

世の中には、あふれかえるほどの恋人同士がいる。恋人や夫婦やあるいはそれ以外の人たちすべてが、みんな、ふたりきりになると、ほんとうにこんなことをしているんだろうか。そう考えると、不思議でしかなかった。

普段はすまして上品そうな顔をしている人たちも、こんな風に裸になって、絡まりあって、動物みたいにするのだろうか。信じられないような信じたくないような、そんな子どもっぽいもやもやとした思いが、また蘇ってくる。

そんな気持ちと、目の前の映像と、創の心にいつも住み着いてはなれない人とが、一度に浮かんで結びついてしまった。

「……創、ここは好き?」

東が囁くように言って、指の先で、それまでとは異なる箇所に触れられる。たぶん、最初はなにも感じなかった。

けれど、余計なことを考えた。映像の中で、制服をたくし上げられて肌をあらわにされて、男がその胸の先を唇に含んでいるのを眺めていた時に、高野のことを思い出してしまった。

あの人バツイチだよ、と、笑いながら瀬越が教えてくれた。離婚したということは、結婚していたということだ。だからそれはつまり、奥さんがいたということで。

高野も、こんな風に、していた。

「あ……!」

身体が弾かれたように短く震えた。わざとやっていることなのか、流れる映像と同じように東は創の胸のちいさな先端を指で摘んで、はじくようにする。

そんな刺激を加えられるたびに、抑えようとしても小さく声がこぼれて、身体が跳ねるのを止められなかった。

「すごいね。そんなに、好きなんだ」

可愛い、と東が上機嫌な声で繰り返す。

ちがう。好きなのは、こうされることじゃない。心の中だけで反論して、泣きたいような気持ちになった。少女に触れている男の顔が映らないのが悪い。そのせいで、いらないことを思い浮かべてしまう。

「……東さん、俺、ちが……っ」

「なにが違うの？　大丈夫だよ、怖くないよ……」

首を振ってその手から逃れようとするそのそぶりすら、東を煽ってしまう気がした。

怖くない、とそう呟いたその目は、創に向けられていたけれど、そこにほんとうに自分が映っているのかどうかは分からない。だって、似てるよ、と嬉しそうに言っていたこの少女は、創には少しも似ていない。

「創、俺のものになってよ」

東の言葉はたぶん、独り言に近いものなのだろう。創が聞いていてもいなくても、構わない。下手に返事をするとかえって機嫌を損なうことは、これまでの経験で分かっていた。だから何も答えずに、されるがままになる。

ぼんやりと、画面の中で絡みはじめた男女に目を戻す。東の手が、その中の男優と同じ動きをたどろうとしていることに気付いて、ぞっと寒気がした。

「お金がほしいんでしょ？　いくらでもあげるよ」

だから必死に、別のことを考えようとした。けれど浮かぶのは、高野の顔ばかりだった。そのせいで余計に、映像の中の行為から目が離せなくなってしまう。

あの人も、こんな風にしていた。創の知らない、きっと素敵な誰かを相手にして。その時、どんな顔を見せたのだろう。

（先生、ごめんなさい）

頭の中で繰り返す。別のことを考えていないと、なにかこれまでに知らなかったものに呑み込まれてしまいそうだった。

「創のためなら、何だってしてあげる……」

耳元で囁きながら東は、創の瘦せた胸を弄り続ける。

はじめて、他人に肌に触れられている。最初はただ、撫でてくる指が冷たいとしか思わなかった。それが少しずつ、違った感触になってくる。くすぐったいようなむず痒いような、これまでにない感覚は、決して不快なだけのものではなかった。

「東、さん」

モニタの中で流れる映像が、ますますすごいことになっていく。ぼやけて見える箇所が、そういう仕様なのか、頭がぼんやりしているのか、もうよく分からなかった。それでもまだ、白い身体にのし掛かる男の姿から、目をはなせない。あれが誰なのかも、もう分からない。どうしても、高野のことを思い浮かべてしまう。高野と、顔も知らない誰か。

身体が熱い。こんな気分になったのは、久しぶりだった。

「っ……！　や、東さん、そこは」

さわらないで、と、下着の中に伸ばされた指を止めようとした。突き飛ばすこともできたはずなのに、いまは力が入らなかった。

そのせいで、抵抗しても、まるで甘えたような声しか出なかった。触らないでほしい、気持ち悪いとすら思っているのに、同時に、もっと触ってほしいという正反対の気持ちもあった。気持ちよくしてくれるとさっき言っていたのを、身体が待ち構えている。

「ああ……若いなぁ。いいなぁ、かわいい……」

うっとりと呟きながら、東は創の下着を下げて、芯をもったように硬くなっているものを手のひらで包み、撫でてくる。そこを他人に触れられるのはほんとうに初めてで、そんな簡単な刺激にも、身体がびくびく震えた。

「すごいね。……自分では、あまりしないの？」

その問いかけに、頷く。たぶん東はそう答えてほしいだろうと思ったし、実際、住む場所をなくしてからは、ほとんどしていなかった。そんな気分になることが少なかったし、わざわざどこか場所を探してまで処理しようとは思わなかった。ましてや今は、ひとさまのお家で暮らしているのだから、とてもそんなことできない。

「あ……、っ、やだ、やめてくださ……！」

瞬間、手のひらで痛いくらいに強く握り締められて、その強い締め付けのまま、上下に数回擦りあげられる。感じたことのない刺激に、身体の先端から頭の天辺までびりびりと痺れて、声があふれてしまうのを止められない。

「やだ、東さん、やめて」

どうにか首をよじって、こちらをすぐ近くで見ている東に震える声で懇願する。しかし東は、そんな創の表情を楽しむようにゆっくりと見下ろして、やめないよ、と笑うだけだった。

「なに恥ずかしがってるの？　こんなにしてるくせに。……ああそうか、声？　ここじゃあんまり大きな声はまずいか。じゃあ、自分で塞いで。ほら」

ほら、と東はソファの革を引っ張るように摑んでいた創の手を摑む。その手を、口元にあてがわれた。乱暴な仕草に、言われた通り、自分の手で口元を強く覆った。

「ほら、創。ちゃんと見てて。あんなふうに、してあげるから」

言いながらも、手は止まらない。強くされたり、ゆるくされたり、先のほうに爪を立てられたり、指で潰されるようにされたり、もうなにをされているのか、よく分からなかった。

見てて、とまたモニタに顔を向けさせられる。

もう、見たくなかった。見たら、高野のことしか考えられなくなる。ほんとうはまったく違う別の人なのに、あの人と、誰かの姿に置き換えてしまう。

あの静かな表情も、こんな風に変わるのだろうか。自分の下に別の誰かを組み敷いて、それを思うままに貪る欲望と快楽に、歪むのだろうか。ちがう。あの人なら、もっと優しい。好きな人は、きっと大切に、大事にして、あんな乱暴には。

「あ、あっ……！」

画面の中の絡みが激しくなるのと合わせて、東の手の動きも速くなる。先端から溢れたものが、擦る手の動きで昂ったものにつたわり、そのせいでいやらしい水音が聞こえた。がくがくと腰が震え、気付いたら、自分から、東の手に押しつけるようにしていた。

「淫乱」

蔑むように、耳元で低く笑われる。それに首を振ると、いつの間にか目の端に滲んでいた涙が頬にこぼれた。東はそれを、ぴちゃりとわざとらしく音を立てて舌で舐める。そのまま頬を舌で伝って、耳の付け根あたりに噛みつかれた。ぬるりとした感触と、かたい歯が皮膚に食い込む感触。

「ひゃ……！」

痛いのと、気持ちいいので、もうなにも考えられなかった。頭の中が白くなって、ただふっと、心が一瞬、急に静かになる。

怖い、と、そう思った。

「っ、あ……、ああ……っ！」

首筋に思い切り歯を立てられたのと、押しつぶされそうなほどの力で下をぎゅっと握られたのは同時だった。創は身体を大きく震わせて、与えられる刺激のままに、すべてを吐き出してしまった。

画面の中で、男が動きを止める。どうやら、そちらも、終わったらしかった。

「……創」

創の出したものを、東はどうやら手のひらで受け止めたらしい。べたついた手のひらが、創が自分の口を覆っていた手に触れる。それを、引き剝がすように外された。

それまで創を膝に乗せていた東が、急に立ち上がった。投げ出されるように、ソファの布地の上に落ちる。

乱れた息を直せないまま、創は東を見上げた。

立ち上がった東は、せわしなくかちゃかちゃと音を立てて自分のベルトを外しているところだった。そうして、そのままズボンの前をあけて、下着を自分から下ろす。いつもは創がしていることだった。けれど今日は、そんな余裕もないというように、どこかせっぱ詰まった顔と手つきで、張りつめているものを自分からあらわにする。

「創、創、……っ！」

呆然としたまま、それをただ見ていた。

東はいつものように創の口にそれを押しつけることなく、自分の手で、創の見ている前で扱き（しご）きはじめた。

その手は、さっき創に同じことをしていた。ぐちゅぐちゅと音を立てるのは、東が手で受け止めた、白い、創の出したものだ。

「創、……ああ……っ！」

叫ぶように何度も名前を呼ばれる。そうしてひとしきり手を動かしたあと、東は腰を震わせた。

なまぬるい液体を、顔に浴びる。

目を閉じたけれど、少し、目にも入ってしまった。重力に従って伝い落ちたものが、口の端から入ってくる。苦かった。

「……ああ……」

創は馬鹿みたいに口を半開きにして、東を見上げていることしかできなかった。目が痛い。入ってしまったものを拭い落としたいのに、身体が動かせなかった。

東は、これまでにないくらい満ち足りた表情で、創を見下ろしていた。

十三

カラオケで、そのまま朝まで遊ぶことになりました。

だから今日は、帰りません。

ナルミと別れてすぐに、高野にそんなメールを送った。今日はとても、帰れる気がしなかった。

高野からは、ほどほどに、と短い返事が届いた。


東はあの後、いつも通りの東に戻った。

何度も謝りながら、創の顔も丁寧に拭いてくれた。あれだけ見ろと言っていたプレイヤーも、まるでそんなものを持ってきたことも恥ずかしい、とでも言いたげに、こそこそと片付けていた。

時間の感覚がまるで分からなくなっていたけれど、それ以上、東は何もする気はなかったらしい。

残りの時間はずっと、創を膝の上に乗せて、何をするでもなく、ぽつぽつと話をした。話といっても、東が一方的にいろいろ聞いてきただけだ。創は人形のように胸に抱き抱えられながら、それにぼんやりと答えたり、はぐらかしたりしているだけだった。

それでも東は、じゅうぶん満足して帰ってくれた、らしかった。時間だと迎えにきたナルミが、東を見送ったあとでそんなことを言っていた。

いつも通り、一万円札を一枚渡された。

次からは、前と同じことをすればいいのだろうか。もう、そんなことは言えない気がした。お疲れさん、と言って、ナルミは創を置いて先に帰ってしまった。

時間が来たので、創もネットカフェをひとりで出た。

近くのドラッグストアに入って、貰ったばかりの一万円で目薬と絆創膏を買った。店の洗面所で目薬を差して、鏡を見ながら絆創膏を貼った。

東に噛まれた首筋に、赤い痕が残っていた。いちばん安い小さい絆創膏を買ったから、ひとつでは覆い隠せない。しかも鏡を見ながらでもきれいに貼るのは難しくて、何枚も、べたべたと不器用にたくさん貼って、絆創膏だらけになってしまった。目は真っ赤に充血していた。いくら洗っても異物感が消えなくて、何度も擦ってしまう。目薬が染みて痛かった。うまく差せなくて、ぽろぽろと涙みたいに頬の上に流れ落ちていく。

鏡の中の自分は、ふてくされたような、無愛想な顔をしていた。笑ってみようとしたけれど、口元が歪むだけだった。

明日も朝から、病院の仕事だ。どこで寝ようか考えながら夜道をふらふらと歩いていると、無意識のうちに高野の住むマンションに向かっていた。確かに、あの反省文を清書しなくてはいけないのだが。

熱いお風呂に入りたかった。石鹸でたくさん泡をつくって、それで身体をすみずみまで洗いたい。高野はいくら言ってもベッドで寝てくれないから、最近、創は寝室の床で寝ている。頑固もの、と高野は笑うが、創にとってはそこだって天国と同じだ。寒くないし、布団だって枕だって、柔らかくてあたたかい。壁一枚隔てただけの近い場所に、星みたいな人がいてくれる。

（……かえりたい）

ふと、そんな言葉が胸にこぼれた。首を振って、取り消す。

ちがう。いまはぜったい、帰りたくない。

こんな自分を見られたくないし、それ以上に、高野に合わせる顔がなかった。さんざん、変なことを考えてしまった。なのに少しでも近くに行きたいと望んでしまう。たとえ顔を見られなくても、そこにいてくれると感じて、安心したかった。そうしなければ眠れない気がした。

空気が冷たい。首を傾けて空を見上げると、雲もほとんどなくて、星がよく見えた。

高野のマンションは、創の以前住んでいたところより高さがある。屋上に上がれば、空と、部屋の中で眠る高野の間にいられる。確か、建物の外側に非常階段があったはずだ。どうにか入り込めないだろうか。

そんなことを考えていた時だった。

車道の向こうから、眩しいライトが近づいてきた。創のほかに誰もいない道を、ずいぶんゆっくり走ってくる。不審なものを感じて、歩道の端に寄った。顔を伏せてやり過ごそうとする。

車はぴったり創の横で止まった。暗い中でも鮮やかに浮かび上がるような赤色が目立つ外車だ。見覚えのある車だった。

「創ちゃん」

窓が開けられて、運転席の人が顔を出す。左ハンドルの車だから、歩道側の創にも相手の顔がよく見えた。

「瀬越先生」

「いま帰り？　乗りなよ、送ってく」

親切にそう言ってくれるのに、首を振る。

「もう、すぐそこだから。……おやすみなさい」

「帰らないんじゃなかったの？」

おそらく瀬越は高野の部屋を出たばかりなのだろう。だからたぶん、創が高野に帰らないとメールしたことも知っているのだ。送っていくと言ったのは、創への優しさ、だろうか。

口をつぐんだ創に、瀬越は笑う。

「ごめんごめん。別に、嫌味じゃないよ。友達と喧嘩でもした？」

それに、黙って頷く。おとなしく送ってもらって、そのまま屋上に行こうかとも思ったが、のちのち高野にばれてしまうかもしれない。

「寒いよ。とりあえず、乗って」

いいです、と断ろうとしたけれど、それより先に瀬越は窓を閉めてしまった。無視することもできず、助手席側に回る。おそるおそる乗り込むと、瀬越はすぐに車を出した。高野のマンションが遠ざかっていく。

「ドライブしようか」

「今から、ですか？」

「うん。ちょっと走りたい気分だから。つきあってよ」

時計を見る。日付が変わるまで、あと一時間もなかった。聞けば、瀬越も明日は仕事らしいが。

「遠回りして帰るだけだから。……今日は、俺のとこおいで」

どういうつもりで言ってくれているのかは分からなかった。それでも、おいでと誘ってくれる声が優しくて、創はつい、お願いします、と、小さく返事してしまった。

「カレー、美味しかったよ」

「……あんなの、誰でもできます」

「高野、創ちゃんの話ばっかりしてたよ。はたらきものだって褒めてた」

そんなことを言われる。笑い返そうとしたけれど、声がうまく出なくて、失敗した。

高野の顔は見られないけれど、瀬越なら大丈夫。

そんなことを思ってしまった。ふたりの間に線を引いてしまったようで、どちらにも申し訳ない気持ちになった。


遠回りして帰るだけ、という言葉の通り、瀬越は三十分ほど車を走らせて帰宅した。

特に話をすることもなく、ふたりともほぼ無言だった。創はずっと窓の外を眺めていた。立ち並ぶ家々の灯(あか)りをたくさん見ていると、なんだか寂しくなる。自分に帰る場所がないことを思い出すからだろうか。大都会の夜景なんて見てしまったら、怖くて泣き出すかもしれない。

「先にお風呂どうぞ」

瀬越が言ってくれたので、今日だけは、と思ってそれに甘えた。

絆創膏を取って噛まれたところも洗いたかったけれど、見られてしまうかと思うと怖かった。だから仕方なくそのままにしておく。皮膚が真っ赤になるほど、力を入れて全身を洗った。

シャワーの熱いお湯を頭から浴びていると、束にされたことが、感触をともなってまざまざと思い出される。

自分で決めたことなのだから、嫌だったと思うなんて間違っている。ただ、あんな映像を見せられて、それでよりによって高野のことを考えてしまって、挙げ句の果てに、他人の手で。

なんとなく、自分の身体に裏切られたような思いだった。この心も身体も、ほんとうは、創ひとりのものであるはずなのに。

お風呂を占領しては悪いので、すぐに瀬越に譲る。先に寝ていればいいよと言われたので、いつも使わせてもらっているリビングの隅で、借りた布団に丸まる。

生まれて初めて、あんなことをした。そのせいか、ひどく疲れている気がした。

それなのに、しばらく目を閉じていても、眠気はおとずれなかった。肩に力が入って強張っているのが、自分でも分かる。息を吐いて、ちょっと外の空気を吸おう、とベランダに出る。

瀬越の部屋は、マンションの二階にある。だから空は遠かった。星を見ようとして、視界に違和感を感じてまた目を擦る。めぐすり、と思って中に戻ると、風呂上がりの瀬越と目が合った。

「どうしたの?」

「……なんでもないです」

目薬を差すのはやめて、おやすみなさいと頭を下げる。

また布団に丸まろうとすると、瀬越が、なにか言いたげな顔をしてこちらを見ていた。

「創ちゃん」

どこか、気遣わしげな声と表情だった。

目が痛い。優しいその声に心が揺れそうになって、創はなにも聞こえなかったふりをした。のろのろと布団に潜る。

すると、気配が近づくのを感じる。シングルサイズの布団にくるまる創の背中に、ひとの体温が寄り添うのが分かった。

「せんせい?」

瀬越がなにをしようとしているのか分からなくて、自分の背後にいる人を振り向こうとした。

それよりも先に、布団ごと、背後から伸ばされた腕に抱かれる。東がしてきたのとはまったく違う、ゆるやかな、ただ触れるためだけの抱擁だった。

「首、どうしたの」

部屋の明かりは消えていて、間接照明だけが灯(とも)っている。その淡い光でも、これだけ距離が近ければ、べたべた不器用に貼った絆創膏が見えてしまったのだろう。

「なんでもないです。ちょっと、怪我して」

「ちゃんと消毒してきれいにしないと、痕が残るよ」

「俺、女の子じゃないし。べつに、痕ぐらい」

絆創膏を剝がせば、その下にある噛み痕を見られてしまう。それなら、わがままな子どもだと思われるほうがずっとよかった。こんな身体、少しくらい傷がついたって構わない。

瀬越はそれ以上なにも言わず、少しだけ、布団ごと創を抱きしめる手を強くした。慰めるように、その上から数度、軽く手で叩かれる。

「先生、どうしたの」

急に、こんなことをして。

瀬越が東のように創を求めるはずがないから、その点で不安になることはなかった。ただ不思議に思って、尋ねる。

「……なんとなく。優しくしてあげたくなって」

ぽつぽつと、言葉をこぼすように瀬越が言う。いつも明るく爽やかな瀬越らしくない、素朴な言い方だった。

優しくしてあげたくなって。この人はこうやって女の人を口説くのかな、と、そんな場違いなことを考える。ちょっとでも弱っているような人だったら、たまらないだろう。

思わずそんな風に接したくなるほど、創が弱っているように見えるのだろうか。自分としては、そこまで参っているつもりはないのだが。

「『眠っているあいだに、ぜんぶ終わりますからね』」

「え？」

おとなしく背中から抱かれるままになっていた創だったが、不思議な言葉に、思わず首を捻って相

手を見る。

驚くほど近くに、優しく微笑む瀬越の顔があった。

「高野がね。いつも手術の前に、麻酔をかける時に言ってるんだよ。特に子どもとか、怖がりの患者さんとかに。何も怖いことはないですからねって」

「高野先生が」

「あの人らしいだろ」

瀬越が笑う。いつも高野のことを話すときに浮かべる、あの皮肉っぽい笑いかたではなかった。確かに、とても高野らしい言葉だった。自然と、あの人の声で思い起こすことができるくらい。穏やかで、どこまでも、静かな。

「『痛いこともつらいこともぜんぶ、目が覚めたらみんな終わっていますからね』。……だから寝ちゃいな、創ちゃんも」

そう教えてくれた瀬越の声が、創の耳には、高野の声と重なって響いた。

「瀬越先生」

「うん」

「ありがとう、ございます」

また背を向けて、前を向いたまま声だけで伝える。

「俺が、勝手にしてることだよ」

「それだけじゃなくて。……あの、俺の反省文のこととか。怒ってくれて、俺、ちょっと、嬉しかった」

自分でも仕方がないと諦めていたことだったのに。それでもこの人は、怒ってくれた。パワハラだと言って、創を守ろうとしてくれた。

瀬越は創の言葉にはなにも返さず、ただ、穏やかに笑ったらしい気配だけが背中から伝わってくる。

「明日も早いんだろ。おやすみ」

おやすみなさい、と小さく答える。創が眠るまでそうしていてくれるつもりなのか、瀬越はまだ、そこから動く様子はなかった。

目を閉じて、瀬越が教えてくれた言葉を思い浮かべる。静かな、眠りの言葉。

眠っているあいだに、ぜんぶ終わっていますからね。

何も、怖いことはないから。痛いこともつらいこともぜんぶ、目が覚めたらみんな終わっていますからね……。

自然と、強張っていた肩の力は抜けていた。まるで魔法のような言葉だ。うとうとと意識がおぼろげになるなかそんなことを思って、創は眠った。

十四

魔法の効果は、絶大だった。

瀬越に教えてもらった言葉を、創は毎晩、眠る前に思い出すようになった。

直接、この耳で聞いたわけではない。それでも目を閉じて身を丸めて耳を澄ますと、自然と、その言葉は高野の声で聞こえた。

なにも怖くない。みんな、目が覚めたら終わっている。

外で寝ていた頃に創を支えていた、夜の航海について考えることも少なくなった。

星を見なくても眠れるようになった。強い効き目のある、言葉だった。

目が痛いのは一晩で治ったし、絆創膏は、三日ほどで必要なくなった。鏡でよく見るとまだ赤くなってはいたが、それほど目立たない。もしかしたら、もともと、大した痕にはなっていなかったのかもしれない。あの時は、血でも滲んでいるように、真っ赤になって見えたのだが。

東とは、その後も何度か会った。時間はこれまで通りの三十分に戻ったけれど、この間の「二時間」が余程楽しかったのか、しきりに、その話をされた。あまりに勢い込んで話し続けて、三十分まるまる何もしないままだった日もあった。

それでも東は上機嫌で、またねと笑ってお金を払って帰っていった。楽をして済んだと思うべきなのかもしれない。それでも、どちらかというと創は、そんな日のほうが気が重かった。理由ははっきりとは分からない。いつしか、東の目を見るのが恐ろしくなっていた。

「創」

ぼんやりしていたら、後ろから声をかけられた。

「あ……おかえりなさい、先生」

いつの間にか、高野が帰ってきていた。テレビも付けていないのに、玄関が開く音に気が付かなかった。

「暖房ぐらい付けろよ。寒いだろ」

あきれたように言いながら、高野がエアコンのスイッチを入れる。高野はいつもそう言ってくれるが、どうしてもひとりの時にそこまでするのは気が引けた。

「いま、帰ってきたところだったから」

言いながら、時計を見る。ぼんやりしているうちに、一時間以上経っていた。

今日は病院の仕事のあと、ナルミの呼び出しがあってそちらに行っていた。多いときでは週に五日以上行っていたコンビニのバイトは、月をまたいで新しいシフトに入ってから、半分以下に出番が減っていた。

理由は聞かなくても分かっている。先日の、あの反省文の一件があったからだろう。高野に手伝ってもらってどうにか形を整えたものを提出したが、店長は差し出されたそれを黙って受け取っただけだった。中身についてのコメントはなかった。もしかしたら、読んでもらえていないかもしれない。

シフトが減ると、必然的にそのぶんだけ収入が減る。だから、それまではコンビニに入っていた時間も、ナルミの呼び出しを受けることが多くなった。

今日も呼ばれて、いつもと似たようなことをした。相手は東ではない、別の男だった。もう、顔も覚えていない。帰り際、ナルミになにか不満そうに話をしていたから、きっともう、会うことはないだろう。いま好きこのんで創を指名してくるのは、東くらいだった。

「こんばんは」

高野の後ろから、瀬越が顔を出す。いつものように笑顔で挨拶されて、創も頭を下げた。

「帰り一緒になったから、俺も来ちゃった」

軽い口調で言われる。近頃、瀬越はこんな風に高野の部屋を訪れることが多い。

創は相変わらず、ふたりの部屋を言われるままに行ったり来たりして間借り生活をさせてもらっているけれど、瀬越においでよと言われることも、心なしか、増えた気がする。

「先生たち、ご飯は」

だからそんなことがあってもいいようにと、創が夕飯の支度をする時は、少し多めの量を用意することにしていた。余ったぶんは、次の日に食べる。

まだ、と、上着を脱いでいつもの蛍光半纏を着ながら高野が首を振った。

「今日はなに？」

尋ねる瀬越に、からあげ、と創は答える。以前、高野に連れて行ってもらったラーメン屋で食べたからあげが美味しかったことを思い出して、自分でもやってみたのだ。同じ味にはならなかったけれど、それなりのものができあがったのではないかとは思う。本当はもう一品くらい何か作りたかったけれど、途中でナルミの電話があったので、ご飯とからあげしか用意できなかった。

高野の部屋の台所にはテーブルセットがないので、食事をする時も、テレビのある居間まで運んできてそこで食べる。

家事をするようになって、つくづくものの少ない家だということが分かってきた。食器は皿のみで、大中小のサイズが一枚ずつしかなかった。茶碗すらなかったのだ。

ご飯はどうしていたんですかと創が聞くと、中サイズの皿で食べていたのだと高野は答えた。そもそもあまり自炊することがないのだと言われて、それもそうかと納得してしまった。忙しくてそんな時間もないのだろう。

「男子の料理って感じで、いいね」

いちばん大きな皿にからあげを山盛りにして、テーブルの真ん中に置く。瀬越がそう言って笑った。すみません、と頭を下げながら、ご飯をよそった茶碗を三人ぶん運ぶ。箸も茶碗も、創が安く買ってきたものだった。

飲み物を用意しようと創が台所のほうに戻ると、高野がお茶をいれていた。あわてて、それを止める。

「先生は座っててください」

「お客さんじゃあるまいし。これぐらいする」

「でも」

世話になっているのだから、できることがあるのならば自分がやりたい。そう思ってはいるけれど、実際にできることなんて、たかが知れている。だから誰にでもできるようなことは、創にやらせてほしいのだが。

「ほら、ひとつ持って」

三人ぶんのカップのうちのひとつだけを創に手渡して、高野は先に行ってしまった。おとなしく、言われた通りお茶の入ったカップを両手で持って、創もそのあとをついて戻る。

瀬越がどこか、あきれたような顔をしてこちらを見ていた。

「どうした」

「いや……夫婦みたいだなと思って。新婚の」

あやうく、カップを落とすところだった。両手で持っていてよかった。内心で激しく動揺していることに気づかれないよう、静かに座る。

高野は瀬越の冗談めいた言葉にも、淡々と返すだけだった。

「ずいぶん若い嫁さんだな」

「若奥さんにエプロンでも買ってあげたらどうです、先輩。かわいいの」

「ああ、そうか。そういやないな」

「い、いいです。自分で買います」

どうにか創が言葉を挟むと、瀬越はまるで目配せをするように、意味深に小さく笑った。からかわれている。

いただきます、と手を合わせて、ご飯とからあげだけの食事をはじめる。量こそ立派だが、色合いや栄養バランス的に寂しい食卓だ。

それでも、二人が何も言わずに箸を進めているのを見ていると、それだけで嬉しくなってしまった。明日からはもっと頑張ろう。そんなことを思う。

「美味しいよ。家庭の味だ」

瀬越はそう言って褒めてくれる。味については創ではなく、市販のからあげ粉のおかげだ。しかしそんなことを口にするのもはばかられて、おとなしく頭を下げる。

「今日も食べないで待ってたんだろ。先に食えばいいって言ってるのに」

「そういうわけじゃないんですけど。気が付いたら、こんな時間になってて」

「腹減るだろ。そんな状態で弁当とか見てると切なくならないか」

コンビニのシフトが減ったことは、誰にも言っていない。だからその分ナルミの呼び出しを受けていても、バイトに行っているのだと嘘がつけた。

「あんまり」

「奥さんは旦那(だんな)さんと一緒に食べたいんだよ」

だから待ってるよね、とまた笑われる。もうその冗談はやめてほしかったけれど、あからさまに話題を変えるのも不自然な気がした。

「俺、まだ結婚できないし」

かといって気がきいたことが言えるわけでもなく、そんな風に返すほかなかった。言ってから、そもそも男同士だと先に言うべきだった、と気づく。

「そういやそうか。まだ十七だな」

高野は相変わらず何も気にする風もなく、淡々とからあげを食べていた。

「ほんとに若いね。……若いのにえらいなあ、頑張ってて」

瀬越はしみじみと感じ入ったように言う。なんとなく居心地が悪くて、からあげを食べてごまかすことにした。

もともとは自分が食べたくてからあげにしたはずなのに、いざ食べるとなると、あまり食欲もわかなかった。とりあえず口に入れてはみるけれど、味がしない。さっき味見した時は、それなりに美味しく感じたのに。

瀬越も高野も、たぶんお世辞も含まれてはいるのだろうが、味は悪くないと言ってくれている。それを信じて、創も口のなかにからあげを詰め込んだ。

「料理もできるし。掃除もしてくれるし。先輩もうこの子でいいでしょ、貰っちゃえば」

瀬越は酔っぱらってでもいるのだろうか。飲んでいるのは高野がいれたお茶のはずなのに、そうとしか思えないようなことを、さっきから言い続けている。

それとももしかしたら、創のことを思って、わざとやっているのだろうか。以前、ふたりだけで食事に行かせてくれたあの時のように。

瀬越先生、と、冗談はやめてほしいと笑おうとして、それでも少しだけ、声が弱くなった。

近頃、このふたりの前だと、嘘が上手につけなくなっている気がする。

「そこまで飢えてない」

高野は短く、そう言って答えた。言い方も声も、決して冷たいものではなかった。

それでも、それを聞いて、瞬間、胸のあたりが痛くなった。たぶん、顔には出さなかったし、出ていたとしても、ほんの短い間だから気づかれなかったと思う。

痛かった。心臓が一瞬だけ凍って、そこからぱきぱき割れてひびが入ったみたいな痛みだった。

「ですよね」

笑って、それに同意する。落胆した自分が、ちょっと嫌だった。何も期待しないと、普段からそう決めているはずなのに。

瀬越はなにか軽い調子で、高野にまだ喋りかけている。それに頷きながら耳を傾ける振りをして、味のしないご飯を、器が空になるまで飲み込み続けた。

瀬越は夕食後、片付けを手伝ってくれた。ごちそうさま、と帰ろうとする後をついて、玄関まで一緒に歩く。

「幼妻のお見送りか。嬉しいな」

「瀬越先生、そういうのは、もう」

高野は風呂の用意をしていた。お湯を張る音があれば会話が聞こえることもないだろう。それでも、もし耳に入ったらと思うと怖くて、そっと距離をつめて、瀬越にお願いする。

靴を履いた瀬越が、顔を上げる。

「ごめん」

玄関の段差があるせいで、いつもは少し高さにずれのある視線が、よく似た位置にあった。

「ごめんね。そんなつもりじゃなかったんだけど」

謝られてしまった。静かに微笑むその表情が優しくて、まっすぐ目を合わせられなかった。

「……俺、顔に出てませんでしたか？」

「ちょっとだけ」

思わず、手のひらで顔を隠す。今それをやってもどうしようもないと分かっていても、そうしないではいられなかった。

「大丈夫だよ。あの人、たぶん気付いてないし。俺がもう少し、上手に言ってあげればよかったね」

ごめん、ともう一度謝られる。顔が熱いのか冷たいのかよく分からない。

手を離して、首を振る。謝らないでほしかった。誰も悪いことをしていないし、なにも、事態が悪くなったわけではないのだから。

「なにか、してほしいわけじゃないから」

だから、何もしなくてもいい。高野も、瀬越も。ただそこにいてくれるだけで、創にとっては、もう十分なのだから。

「俺のほうこそ、ごめんなさい。なんか、あんまり味しないからあげ食べさせちゃって」

「味？　ちゃんとしっかりしてたと思うけど。美味しかったよ。……創ちゃんさ、頑張るのはいいけど」

無理はしないでいいんだよ、と、そんなことを言われる。

どう返事したらいいか創が迷っている間に、じゃあね、と笑って瀬越は帰っていった。

「明日は食事いらないから。たぶん帰りも夜中になる」

そう言って、高野がなにかを手渡してきた。暖房の風で洗い髪をなんとなく乾かしていた創は、促されるままに手を出して、それを受け取る。

「今日、作ってきた。おまえの都合もいろいろあるだろうし、一応渡しとく」

手のひらに載せられたのは、銀色の小さな鍵だった。作ってきた、という言葉の通り、傷ひとつついていないぴかぴかの新品だった。これまで何度かこの部屋の鍵を借りたことはある。けれどそれとはまた違うようだった。

「……なんで、俺に？」

「なんでって、渡しといたほうがいいだろ。前から作りにいこうと思ってたけど、なかなか行けなくて遅くなった」

いままでは、その日の朝に、帰りが早くなりそうなほうが鍵を持っていくことにしていた。急にナルミの呼び出しを受けても、鍵を持っているからそれを断ってしまったこともある。高野も、残業がないはずの予定の日でも帰りが遅くなることがよくあった。そういう時、創は外でぼんやりして待った。

それを困ったと思ったことはない。あたたかい寝床を貸してもらっているのだから、そのぐらい、どうということはないのに。

「先生」

もらえません、と言おうとした。それなのに、口が動かなくてなにも言えなかった。ついさっき、何も望んだりしないと確かめたばかりなのに。高野がこんなことをするから、また、調子に乗ってしまいそうになる。

ひとの気も知らないで、と、身勝手に内心で呟いておきながら、それでも、自然と緩む口元を抑えられなかった。自分が優しくされたことではなく、この人のそういう在り方そのものに、嬉しくなった。

「また、瀬越先生に言われるよ。夫婦かって」

「言わせておけばいいだろ。変なこと言ってきても、気にするなよ」

変なこと。男同士なのに、夫婦だとか、貰ってしまえだとか言っていたことだろうか。だとしたら、おかしいのは瀬越の発言ではなく、創そのものだ。

はい、とそれに頷きながら、嬉しいような哀しいような、複雑な気持ちのままで手のひらの鍵を握りしめる。この人はまっとうなひとだな、と、そんなことを思った。

「先生は、どうして奥さんと別れちゃったんですか？」

自分がなにを知りたくて聞いているのか、創にも分からなかった。気が付いたら、そんな質問が口をついて出ていた。

高野は何も言わなかった。喋りたくない、というよりも、なにを急に、と戸惑ったような顔をしている。

「俺の親も、離婚してるから。理由も、なんとなくは聞いたけど、やっぱ子どもには分からない事情とか、いろいろあったんだろうなって……」

沈黙が怖くて、適当にごまかす。ああ、と、高野は納得した様子で一度頷いた。

「俺が、甲斐性なしだったからな」

「先生が？　まさか」

この人はすごく他人を大事にする。たいして親しくもなかった創でさえ、見捨てないで部屋に置いてくれているのだ。その人が、もっとも身近で大事なはずの誰かをないがしろにする姿なんて、想像できなかった。

「買いかぶりすぎだよ。俺がだらしない奴なの、この部屋を見てても分かるだろ」

だらしない、とは別に思わない。確かに居間には洗濯物やら新聞やら、生活感のあふれるものがいろいろ転がってはいる。けれどそれは、普通の家にあるものがすべてこの一室に集まっているせいだ。そう考えれば、むしろ、片づいているほうではないかと思う。

「おまえと同じ言い方になるけど、まあ、いろいろあったんだよ。結婚ってものへの考え方がお互い違ってたっていうか」

「うちの親は、喧嘩ばっかりしてた。……あんまり、覚えてないけど。先生が夫婦喧嘩するのって、想像できません」

「喧嘩するなら、まだよかったかもしれない。俺はそれもしてやれなかったから。気づかないうちにずっと我慢させて、それで結局、終わり」

創は両親のことを思い出してみようとした。まだふたりが家族だった頃。父親は仕事が忙しくていつも帰りが遅かったし、休みでもゴルフやら何やらでほとんど家にいなくて、創とは顔を合わせない日のほうが多かった。

たまに、夜中にどちらかの大声で目を覚ました。息を潜めて、言い争いが終わるのを布団の中で待っていたのを思い出す。聞きたくないのに耳をふさいで聞こえないふりをするのも嫌で、ただじっと身を固くしていた。喧嘩する声も物音もすべて静かになってはじめて、ようやくほっと息を吐いてまた眠ることができた。まだ中学に入る前のことだっただろうか。

この人が誰かに大声で怒鳴るところなんて想像できない。そうしていたほうがましだったなんて、そんなことは思ってほしくなかった。

「先生は、いまでも奥さんのことが好きなんですか」

「さあ。どうかな」

創の子どもじみた質問を、高野は苦笑してはぐらかす。

「まあ、向こうはもう俺の顔も見たくないだろうし。いまはもう、新しい家族もできて幸せになってくれてるはずだから」

「奥さん、再婚してるんだ」

「ああ。子どももいるよ」

「……先生の?」

これまで考えたこともなかった。けれど、たとえそうであっても、何らおかしいことではないのだ。

創のその言葉に、高野はこれまでで一番複雑な表情を浮かべた。ゆっくり首を振る。

「残念ながら」

高野は笑った。もう会えない懐かしい誰かを思い出しているような、少し寂しそうな笑い方がとても優しかった。

はじめて見るその表情に、創も、わけも知らず哀しくなる。胸が痛くて泣きたい気持ちになった。話を聞いているだけの創の心がこんなに痛むのだ。きっと高野はもっと何倍も痛かっただろう。そんな風に思えてならなかった。

「俺が先生の子どもだったらよかったのに」

そのせいか、変なことを言ってしまった。

なんだろうそれは。自分でも、そんなことを言い出した自分の気が知れなかった。嘘をつく時と同じように、考えるより先に、言葉のほうが早く外に出てしまう。

案の定、高野にも笑われてしまった。

「何だよ、それ」

「……だって、そうだったら先生、奥さんと今も一緒にいられたかも」

でも、こんな子どもではまた新しい問題を抱えさせただろうか。勉強もできないし、嘘ばかりついているし。そもそも離婚の原因が子どもに恵まれなかったからだとは、高野も言っていない。けれど、高野は子どもが自分の子ではないことを、残念ながら、と語ったのだ。いろいろなものを諦めたような寂しい顔で、優しく笑いながら。

「この歳で、こんなでかい息子がいてたまるか」

高野はおかしそうに笑った。創も笑う。

子どもになるには大きすぎて、奥さんになるには若すぎる。そもそも男だから、代わりになることができない。

なににもなれない自分が、もどかしかった。

「おやすみなさい」

「ああ」

仕事をしてから寝るという高野に挨拶をして、寝室に向かう。床に敷いた布団の上で、鞄の中身を広げた。財布の中には何枚か一万円札が貯まっている。また、預けにいかなくてはいけない。

携帯を見てみる。覚えのない番号からの着信があった。たぶん間違い電話だろう。メールが届いていないことを確認して、電源を切る。

淡い灰色の敷き毛布の上に、鞄から出したものを順番に置いてみる。少しだけ使ったハンドクリーム、まだ開けていないチョコレートの箱、ラーメン屋の割り箸の袋。最後に、ぴかぴか光る銀色の鍵をそれらの横に並べた。

しばらく、それをじっと見ていた。気が済むまで眺めて、そしてまたひとつずつ鞄に戻す。鍵だけは、なくさないように財布の小銭入れにしまった。

電気を消して、布団にくるまる。

（痛いこともつらいこともぜんぶ、目が覚めたら、みんな終わっています）

目を閉じて、心の中でそう呟く。

少し哀しそうな、高野の顔を思い出す。あの優しい人に、何か、してあげられたらいいのに。

（眠っている間に、全部終わりますからね……）

何ができるかを考えようとした。けれど何か思い浮かぶより、魔法の言葉で眠りに落ちてしまうほうが早かった。

十五

鍵を貰ってから、高野と顔を合わせる時間が減ってしまった。

きっとこれまでは、創のために早く帰ってくれていたのだ。ひとつしかない鍵を高野が持っていれば、創は部屋に入ることができないから。

そんなことにも気づかずに、呑気(のんき)にカレーやらからあげやらを作っていい気になっていた。自分が少し恥ずかしい。

早く住むところを見つけなければならない。頭ではそうしなければならないと分かっている。お金も、わりと貯まってきている。もしかしたら、もう十分な額になっているのかもしれない。

それでも、ナルミにその話を出すのが、なぜか躊躇われた。ほんとうにそれでいいのか、と、創の中に迷いのようなものが生まれはじめていた。東のことがあってから、そんな風に思うことが増えた。

このままあの男を頼っていて、いいのだろうか。

いいか悪いかでいえば、確実に、良くはないだろう。それでも、他に頼るものはないからそうするしかない。これまではずっと、自分にそう言い聞かせ続けてきた。

いまは、どうしたらいいのか分からない。少しだけ、分からなくなってきていた。

その日は高野が当直だった。

創はひとりで居間の床に座り込んでパンの耳をかじっていた。冷蔵庫を使わせて貰えるので、牛乳もパックで買ってきてそこから少しずつ飲んでいる。

ひとりでいる時は、暖房は付けない。テレビも付けずに、寒くて静かなところで黙々と食事をしていると、着信を知らせて携帯が震えた。

先生かな、と思って、慌てて手に取る。けれど、そこに表示されているのは見知らぬ番号だった。

ここ数日、何度か知らない番号から電話が掛かってきていた。創には覚えがないから、きっと、誰かと間違えているのだろう。

無視していたけれど、もし登録している番号自体を間違えてしまっているのだとしたら気の毒だと、気になっていた。だから、次に掛かってきた時は電話に出てみようと思っていたところだった。

「あの」

違いますよ、と、創が言うよりも早く、相手が喋り始めてしまった。どうしよう、と思いながら、とりあえずそれに耳を傾ける。

聞き覚えのある声だった。嫌な予感がして、息を呑む。

『ああ、よかった！　やっと出てくれた。心配してたんだよ、いくら掛けてもずっと出てくれないから。何かあったんじゃないかって』

この声を、知っている。

「……東、さん」

最初は戸惑うように怖々としているけれど、少しずつ熱を帯びて早口になっていく、独特の喋り方。

間違いなく、東の声だった。

名乗る前に、声だけで創が気付いたのが嬉しかったのだろうか。東は声を弾ませた。

『こうやって話すのははじめてだね。急に電話して、ちょっとびっくりさせちゃったかな』

ちょっとどころではない。身体が固まってしまって、唇を動かすこともできないくらいだった。

創の沈黙をどう取ったのか、東が電話の向こうで笑う。

頭がうまく働かなくて、言葉が出てこない。何が起こっているのか分からなかった。どうにか、重たい口を開く。

「なんで、番号」

知られるようなことをした覚えはない。ナルミが教えたのだろうか。それも違う気がした。

あの男が、好き勝手に創と接触する機会を東に与えるはずがない。まだまだ搾ると、張り切っていたのだから。

『いまはさ、何でも調べてくれる人がいるんだよ。お金さえ払えば。みんなお金さえもらえれば、何だってするよ。……創みたいにさ』

東はいつもよりずっと早口だった。創に向けて話してはいるが、別に、こちらに何かを言ってほしいわけでもないようだった。

いくら払ったのか知らないが、わざわざそんなことまでして、何を話したいのだろう。怖いと思う気持ちと、不思議に思う気持ちが半々だった。

「俺、もう寝るから。こういうの、困ります」

怒られるから、と、小さく付け加える。しかし東の耳には、なにも届いていないようだった。一方的に、電話の向こうでまくしたてる声が続く。耳を少し離して適当に受け流そうとして、相手の喋っている内容が、なにかおかしいことに気付く。

『創はいま、どこにいるの？　家じゃないんだよね。お母さんが死んじゃって、それから姿を見かけることがなくなったって、近所の人は言ってるよ。どこか別の親戚（しんせき）に引き取られたんだろうって話になってたけど、そうなの？　それも、調べたら分かるかな？』

「え……」

うわずった調子で話す東の声は、妙に弾んで楽しそうだった。

どうしてそんなことを言うのだろう。何も、この人には話していないのに。お金を払って調べた、と言っていた。何のために。

理由を尋ねようとして、近頃の東の様子を思い出す。あの目が怖かった。創のどんな小さな動きからも目を離さないと言いたげに追いかけてくる視線。油が浮いたみたいなぎらぎらした目には、創がどんな風に映っているのだろう。

『お金が欲しいのはそういう事情があったからなんだよね。かわいそうに、俺に言ってくれればよかったのに。なんで言ってくれなかったの？　つまんない嘘なんかついてさ。俺に気を遣う必要なんてなかったのに。お金なんていくらでもあげるのに。かわいそうに……』

それ以上聞いていられなくて、電話を切る。履歴から着信拒否の設定をしようとして、なかなか上手くできなくてやたらと時間がかかった。指先が小さく震えていた。

頭の中がざわざわ鳴って、うまく物事を考えられなかった。ナルミにこのことを話さなくてはならない。

自分ひとりでは、何をどうしたらいいのか分からなかった。

(どうしよう。どうしよう、このままじゃまずい)

どこまで何を知られているのだろう。かつて住んでいたマンションの近所の人にまで話を聞かれていた。携帯の番号も、以前の住所も、母が死んで学校をやめたことも、そんなことは知られていてもたいした問題ではない。けれど、バイト先は。コンビニならまだしも、病院についても調べられているだろうか。

考えて、ぞっとした。理屈ではなく本能で、身の危険を感じた。指先だけでなく、身体全体が細かく震えはじめる。悪寒がするのに額が熱くて、こめかみが疼(うず)いて痛んだ。

(先生、先生たちなら)

創が誰よりも頼りにできるふたりの顔が、とっさに浮かぶ。反省文の書き方を相談した時のように、大人としてどうすればいいか教えてほしかった。ふたりならきっと、対処法を一緒に考えて、創のことを助けてくれる。

(でも)

悪寒が一気に強くなる。吐き気がした。

ふたりに助けてもらいたかった。でもそのためには、すべて打ち明けなければならない。東がどういう人間なのか伝えるには、ナルミとしてきた「仕事」について説明する必要がある。創がこれまでしてきたことを、ぜんぶ。

頑張っていてえらい、と笑顔で優しく褒めてくれた瀬越にも、泥棒なんてしていない、と無条件で庇ってくれた高野にも。

——彼はそんな人間じゃありませんよ。

心から、創のことを信じてくれている人たちに。

「できない……」

無意識のうちに、絞り出すような声で呟いていた。できない。それだけは絶対にだめだ。絶対に、絶対に知られたくない。うなだれたまま、何度も首を振る。

強い混乱と恐怖に陥ったまま、震える手でどうにか携帯を掴む。

いまの創には、やっぱりナルミぐらいしか、頼れる相手はいなかった。


『知るかよ』

優しい反応を期待していたわけではない。それでも、第一声がそんな言葉だとは、さすがに予想していなかった。

「……そんな、だって、俺」

『何も悪いことしてないのにって？　馬鹿言うなよ、危ない橋渡ってるのは承知の上だろ。さんざんむしり取ってるくせに』

ナルミが電話の向こうで笑う。どこか賑(にぎ)やかな場所にいるらしく、相手の声と一緒に音楽が流れ込んでくる。耳を澄ませて集中しないと、何を言っているのか聞き取れなかった。

『金払って調べる？　はったりだろ、どうせ。おまえがぼーっとしてる間に携帯見られたり後つけられたりしてんだよ。恨むなら隙だらけだった自分を恨みな』

ナルミはそんな周囲の状況にも気を払う様子もなく、場所を移すことも声量を上げる気もなさそうだった。それどころか、そんなつまらないことでいちいち連絡してくるな、と言いたげだった。

『いい機会じゃん。俺を通さずに直でやり取りすれば？』

そんなことを言って、おかしそうに笑われる。考えたくもないことだった。

「絶対しない。……あの人とは、もうしない」

東とは、もう会いたくなかった。こうなった責任が自分にもあることは、言われなくても分かっている。分かっていながらも、お金ほしさに考えないふりをしていた。あの人は怖いと、何度も思ってきたのに。

『仕事は選ぶってか。それならそれで、別にいいけど。おまえ、まだ稼ぎたいんだろ。東に相手してもらえなくなるときついぞ』

創は売り物としては中途半端だ。それだけで商品になるほどの顔立ちでもないし、かといって客を十分に満足させられる技術を持っているわけでもない。

ナルミがそう言いたいのは理解できた。そんな中途半端な創を何度も指名し続けてくれたのだから、東はありがたい顧客だったのだろう。

確かにそれを言われると、創にとっては耳の痛い話だった。

これ以上、忙しい高野たちの負担になるわけにはいかない。そのためには早く、どこか別に住むところを見つけなくてはならない。創は野宿ぐらい平気だけれど、たぶん、高野たちはそれをいいとは思わない。だからまた余計に心配させて、迷惑をかけてしまう。

どこかちゃんとした部屋に住めれば、安心してもらえる。そのために、もっとまとまったお金が欲しかった。病院とコンビニのバイト代も貯金しているけれど、時給が低いので、あんなに早く一万円札を手に入れることはできない。

「誰か、他の人……俺みたいなのでもいいっていう人がいたら……」

『とにかく誰でもいいっていうような奴？　心あたりはあるけど、東みたいに楽な相手じゃねぇよ。ましてやおまえ、貞操は守りたいって言うんだろ』

「だから、それ以外のことなら、ちゃんとするから」

『何でも？』

「俺に、できることなら」

ふぅん、と、ナルミは電話の向こうで鼻で笑ったようだった。何か言われたような気もしたけれど、うるさい音楽に紛れて、よく聞こえなかった。

『それなら次からそういう相手を回す。五体満足で帰れるか分かんねえから覚悟しときな』

言うだけ言って、ナルミはこちらの返事も聞かずに電話を切ってしまった。騒がしかった音が突然途切れて、まるで急に耳が聞こえなくなったみたいに、まわりになんの音もなくなった。

どうしてだか分からないまま大きな声を上げてしまいそうになって、寸前でそれを呑み込む。

自分が大きく道を間違えていることは分かっていた。進めば進むほど、暗くて先の見えない場所に追い詰められている気がした。でもそれは、創が自分で選んだ道なのだ。

時間の感覚もないまま、暗いリビングで長い時間ぼんやりしていた。ようやく我にかえったのは、午前五時になろうとしているところだった。

七時には病院の仕事に行く。その前に少しでも休まなければ、と思うものの、床に座り込んだまま身動きができなかった。

このまま起きていよう、と決めて、台所に明かりを付ける。

疲れて帰ってくる高野のために、なにか作っておこう。素足に触れる冷たい床の感触に、身体が震える。

（いま、何をしているだろう）

高野のことを考える。忙しく働いている最中だろうか。それとも、少し余裕ができて、ひと休みしているところだろうか。瀬越もいつも忙しそうだ。時々は、ゆっくり休めていたらいいのだが。

冷蔵庫から野菜を出して、冷たい水できれいに洗う。あたたかいものを作ろう。

（……先生）

せんせい、今日は、俺も「とうちょく」ですよ、と、野菜を切りながら、心の中で呟く。

高野は忙しいだろうが、創はただ、夜通し起きているだけだ。けれど、そんなことを考えるだけで救われるものがあった。

自分のこれから先がどうなるのかも分からず、不安だらけだ。けれど、まだまだ大丈夫だと、そう思えた。

どんなに暗くても星が見られればいい。あの魔法の言葉があれば夜も眠れる。

(俺はえらい。がんばれる)

頑張れる。生きていける。ほかに誰がいなくても、ほんの少しの大事な人さえいてくれれば。

十六

シチューを作ったから、食べてください。

メールを送ったら、すぐに返事がきた。

仕事中、高野が携帯を持ち歩かないことを創は知っていた。だから、こんなにすぐ返事が来るとは思っていなかった。

「先生」

午前中の作業を片付けて、昼の休憩に入ってすぐの時間帯だった。今日は夕方からコンビニのバイトに行くから、高野とは夜まで顔を合わせられないはずだった。

高野は創の顔を見て、小さく手を上げた。いつも通りひと気の少ない廊下。高野からの返信には、ちょっと頼みたいことがあるから来てくれないか、と書かれていた。

「それは？」

高野は水色の術衣のうえに白衣を羽織った姿で、廊下に立ったまま何か食べていた。なにを食べているのかと思ったら、ひとくちサイズにカットされているかまぼこだった。

「昼飯」

「それだけですか」

「出前頼んだら、ちょっと時間かかるって言われたから」

だから、それまでの繋ぎ、ということだろうか。聞けば、一階にある売店に売っているらしい。

「おまえは？　もう食べたのか」

聞かれて、頷く。食欲がないので、今日は牛乳を飲むだけで済ませていた。牛乳さえ飲んでいれば元気でいられると、死んだ母がよく言っていた。

「先生、頼みたいことって」

聞こうと思って高野を見上げると、かまぼこをひとつ口に入れられる。驚いたけれど、おとなしくそのまま食べた。何も口にしたくないと思っていたはずなのに、美味しかった。

好きな人の手から直に食べ物を与えられて、心臓がどきどきする。これまでに食べたことのあるどんなご馳走より、幸せな食事だった。

「瀬越に、声かけてきてくれないか。たぶん、そこの非常口を出たところにいると思うから」

それとこれも、と、缶コーヒーをひとつ渡される。瀬越に持って行けということだろう。名残惜しい思いでかまぼこを食べ終え、冷たい缶を受け取った。

不思議な頼み事だった。引き受けることは、まったく構わないのだが。

「藤田先生も執刀終わって出て行ったし、昼からの開腹に入ってもらいたいから戻ってこいって、そう伝えて」

「……何かあったんですか？」

「ちょっとな」

創がおそるおそる聞くと、高野は笑った。

「俺が行くより、おまえのほうがあいつも気が楽だろうし。悪いけど頼まれてくれるか」

「構いませんけど……」

状況を把握しきれないまま、創はうなずいた。言われたことを伝えるくらいなら創にもできるし、他でもない、高野の頼みだ。

「それと、あんまり気にするなって。これは俺からじゃなくて、おまえの目から見て、言いたくなるような感じだったら言ってやって」

高野はそれだけ言って、よろしく、とかまぼこを食べながら集中治療室の方に帰って行った。

どうして俺からのほうがいいのかな、と、創はまだよく事態を飲み込めないでそのまま立ち尽くしていた。そこに、忘れてた、と高野が戻ってきた。

「シチュー、ありがとな。帰ったらもらう」

「……いいえ！」

わざわざそれを言いに戻ってきてくれたのかと思うと、つい大きな反応になってしまう。自分でも恥ずかしくなるくらい、大きな声を上げてしまった。

高野は笑って、今度こそ廊下の向こうに消えていく。

（よかった）

誰もいない寒い廊下でひとり嬉しくなって、よかったよかったと何度か繰り返し、声には出さず、心の中で呟いた。あんな風に言ってもらえてよかった。顔を見られないと思っていたのに、会えて、声も聞くことができてよかった。一睡もしていない、赤く血走った目に気付かれなくてよかった。

ふっと一瞬、目の前が暗くなった気がした。

（……行かなきゃ）

高野から受け取った缶コーヒーのことを思い出す。頼まれごとがあったのだ。

廊下の突き当たりに、非常口の目印がついた白い扉がある。いつもは意識もしていないその扉を、押してみる。

開けたその隙間から、外の風が流れ込む。力を入れて重い扉を押そうとすると、それはあっけなく開いて、思わず、倒れ込むように外に転げ出てしまった。

「創ちゃん？」

よろけて倒れそうになったのを支えてくれたのは、瀬越だった。重たい音をたてて、背後で非常口の扉が閉まる。

瀬越は白衣ではなくて、緑色の術衣を着ている。手術室に入る時の格好だ。

手術の時は、医者はみんなこの服を着ている。高野が着ているのは水色だから、どうして先生だけ色が違うんですか、と聞いたことがある。麻酔科医は手術室のなかで特殊な役割をもっているから、違う色の術衣を着るらしい。

「どうしたの、こんなとこ来て。ここも掃除してるの？」

外の風は冷たかった。今日は天気がいいから、そのせいで空気が余計に冷たく感じる。

術衣が半袖なので、瀬越は寒そうに見えた。そのせいか、いつものように創に向けてくれる笑顔も、どこか弱々しく思えてしまう。

「高野先生が、先生に伝えてくれって……」

創がその名前を出したせいだろうか。瀬越は非常階段の手すりに背中を預けて、ため息をついた。何かにあきれたようなため息だった。

「何？」

「えっと……フジタ先生はもう執刀終わって出ていったからって。あと、お昼からのカイフクに入ってほしいから、戻ってきてほしいって」

「分かったよ。戻ります。……って、なんで高野がそんなこと言うんだろうね。オペ室の師長さんならともかく。あの人今日はＩＣＵの担当だろ」

ね、と同意を求めるように笑いかけられたけれど、創はどうしたらいいのか分からなかった。

何も返せずにいると、瀬越は手すりの向こうに顔を向ける。きっと創が現れる前からそうしていたのだろう。

なんとなく隣に並んで、同じところを見てみる。建物と建物の隙間にある非常階段だから、あたりを見回しても壁しかない。瀬越を真似て、手すりに触れてみる。冷たかった。

言おうと思ったわけではないのに、自然と、口が開いていた。

「あんまり、気にしないほうがいいですよ」

「それも、高野から言えって？」

自嘲するような口調の瀬越に、若干後ろめたい思いをしながら首を振る。

「俺が、そう思ったから。何も知らないのに、こんなこと言ってすみません」

これ、と缶コーヒーを差し出す。こんな寒いところで飲むには、冷たすぎる飲み物のような気がした。

瀬越は何も言わずに、創の手から缶を受け取った。

「偉そうなこと言うなって、怒られちゃった」

飲む気はないのか、缶を手のひらでもてあそびながら、瀬越がそんなことを言った。茶化すような口調ではあったが、声はそれほど軽くなかった。

「フジタ先生に、ですか」

創はその人のことを知らないが、執刀と高野が言っていたのだから、たぶん外科の医師なのだろう。偉い人なのだろうか。

「俺の意見なんて求めてないって分かってるから、いつも余計なことは言わないようにしてる。俺は別に何を言われてもいいけど、それで周りが困るのが嫌なんだよね」

創の言葉には答えず、瀬越は独り言のように続けた。

「俺がもう何年このオペやってると思ってるんだって、出ていけって怒鳴られて、それで終わり。麻酔もかけて、手洗いも何もかも済んで、さあ執刀って時にみんなの前で子どもみたいに怒られちゃったよ」

「……そんな、怒られるようなことを言っちゃったんですか？」

たぶん専門的な話だから、創が聞いたところで理解はできないだろう。それでも、瀬越が不必要に場を乱すような発言をするとは思えなかった。

ふと、創の中にわだかまりとして残っている人のことを思い出してしまう。派閥が違う。頭を下げた瀬越に、目も向けずに素通りしていったあの病理の医師。

「どうだろう。俺はそんなつもりじゃなかったけど。ただ、どうしてこの術式を選択したんですかって、それを教えてもらいたかっただけで。たぶん、批判してるように思われちゃったのかな」

あの時、いろいろあるんだ、と言った瀬越も、こんな風に疲れた顔で笑っていた。

きっと、何度も自分に言い聞かせてきた。仕方がないとか、こういうものなんだとか、どうしようもないとか。

これは、あきらめることに慣れてしまった人の顔だ。そんなことを思った。思ってから、自分がどうしてそう感じたのか、不思議になる。

「よくあることだから、大丈夫だよ。高野の奴、ほんとおせっかいなんだから。それもわざわざ創ちゃん寄越してさ」

「……俺、みんなのいる前で怒られるのは、嫌です」

瀬越が笑って、話を流してしまおうとする気配を感じ取りながらも、創はそれを遮る。

言葉がうまく見つけられなくて、慎重に、ひとつひとつ考えなければ出てこない。いつもの、何も考えずにすらすらと嘘が流れ出てくる口とはまるで別物のように重たくて、動かすのが難しかった。

「嫌だし、どうして、って思う。なんで俺が、って。なんで俺ばっかり。他の人が同じことしても、何も言われないのに。俺ばっかり……」

創も、よく怒られる。病院の掃除の仕事や、コンビニのアルバイトの時。ナルミは怒鳴りこそしないが、よく機嫌の悪そうな顔を見せる。

彼が紹介してくる男たちは、顔や声は優しいままで、なにに対してのものか分からない苛立ちや怒りをぶつけてくる。自分で受け入れると選んで決めていることだから、しかたがないのだが。

仕方がない。そういうものなのだから。そこまで考えて、さっき、瀬越の表情に重ねてしまったものの正体に気付く。

あれは、自分自身の顔ではなかったか。時折、気を抜いたときに、うっかり鏡のなかに見つけてしまう、隠さなくてはならないもの。重たくて汚いものだから、深く沈めておかなくてはならないものたち。

「先生は、悪くない」

そんなことを考えてしまったせいで、気がついたら、自然と口にしていた。はっとして、口をつぐむ。瀬越が、どこかあきれたような顔をして、こちらを見ていた。

「創ちゃん」

しまった。嫌な思いをしているのはこの人なのに、なんの関係もない自分の話をしてどうする。恥ずかしくなって、慌ててそれをごまかそうとする。

「俺は、だめなやつだから。だから俺がいろいろ言われるのは仕方ないけど、でも先生は違うと思います。先生たちの仕事は、すごく大変で難しいことばかりで、俺なんかには、ほんとは何も言える資格ないって思うけど」

言い繕うのでせいいっぱいで、瀬越がどんな表情をしているか確認する余裕はなかった。

「俺には、派閥とか、お医者さん同士の難しいこととか、なにも分からないから。だけど、そういうの抜きにした目から見たら、たぶん瀬越先生は悪くないんじゃないかなって……」

なにを言いたいのか、だんだん分からなくなってきてしまった。瀬越にとっていま大事なのは、病院の中での人間関係そのものかもしれないのに。それを抜きにして語ってどうする、と自分の頭の悪さにつくづくあきれてしまう。

冷たい風にあおられて、髪が揺れる。伸びてそろそろ邪魔になってきた前髪を、創は手で払いのけようとした。

それより先に、瀬越の指が、視界をまばらに遮る前髪を直してくれる。乱れた髪を整えるように、そのまま一度、撫でられた。

「ありがと」

お礼の言葉を言われる。

とっさに返した言葉は、以前、目の前のこの人が口にしたのと同じものだった。

「俺が、勝手に言ってるだけです。えらそうに、すみません」

見上げる瀬越の顔が、思ったよりも近い位置にあって、少しだけ身構える。この人は頭がよくて鋭いから、不安と混乱で眠れなかった昨晩の痕跡に気付かれそうで怖かった。思わず、また目を伏せた。

「今日、俺のところおいでよ」

瀬越が創の態度をどう取ったのかは、その声だけでは分からなかった。不自然にならないように、少しだけ距離をあける。

「夜、一緒に食べよう。美味しいところ、連れていってあげる」

そう言って笑うのは、いつも通りの瀬越だった。だから創も安心して、いつもと同じように笑った顔を作れた。ほんとですか、と、少し大げさになるくらい、喜んでみせる。

「あ、でも俺、今日はコンビニの方のバイトもあるから」

近頃ではめっきり言い訳に使うことのほうが多くなったコンビニでのバイトだったが、久しぶりにシフトが入っていた。それにもしかしたら、ナルミから連絡があるかもしれない。

五体満足で帰れないかもしれないから覚悟をしておけ。あの男はそんなことを言っていた。東ほど楽な男はほかにはいない、とも。いったい何が起こるのだろう。崖っぷちに少しずつ近づいているような気分だ。

瀬越といる時に、そんな呼び出しを受けたくなかった。だから気を遣わないでください、と言って断るつもりだった。

「いいよ、その後で。迎えに行くし」

「でも、遅いから」

「何時に終わるんだっけ」

「……二十二時です」

夕飯という時間でもないだろう。そんなつもりで言ったけれど、瀬越はあっさり、二十二時ね、と頷くだけだった。

「俺、気持ちだけで」

じゅうぶんですから、と創が言うより先に、この話はこれでおしまい、とでも言いたげに瀬越は手で押しとどめるような仕草を見せる。

「やさしくしてくれたお礼しないと。……ありがとう、また夜にね」

非常扉を開けながらそう言い残して、瀬越は中に入っていった。

冷たい風に晒されて、また髪が邪魔になる。さっきと同じ場所にいるのに、ひとりになった途端、急に寒さを感じた。

瀬越はこんな寒いところで、どんなことを考えていたのだろう。分かるはずもないことに、思いをはせる。

創が行くほうがいい、と言っていた高野の気持ちが分からなかった。瀬越には、その理由が分かっていたのだろうか。考えても答えは出ない。

瀬越に渡した缶コーヒーは、結局口を付けられないままだった。誘いを断りそびれたことよりも、そのことが気になってしまった。

たぶん、あのまま飲んではもらえないような、そんな気がした。

十七

瀬越にとって、高野はどんな存在なのだろう。

昼間のことを思い出していると、そんな疑問が頭に浮かんだ。

瀬越が高野のことを「先輩」と呼ぶのは、同じ大学の出身だからだ。いくつ後輩なのか聞いたことはないけれど、学生時代から、お互い顔見知りではあったらしい。創も聞いたことのある名前の大学だった。

さりげない風をよそおって、時計を見る。二十二時まで、あと一時間を切っていた。結局、また誘いを断りそびれてしまった。

（もう、大丈夫なのかな）

瀬越は普段、優しく笑っていることが多い。だからこそ余計に、昼間見た元気のなさそうな顔が忘れられなかった。そんな時でも笑顔を見せてくれたことを思うと、創もむしょうに辛いような悲しいような気持ちになった。

「相澤くん、ゴミ」

「……あ、はい」

ふいに呼びかけられた声に、やや遅れて返事する。この名字になってもう何年も経つのに、いまだに馴染まない。

レジに入っていた店長に頭を下げる。この時間になったら、外のゴミ箱の中身を一度あけて、袋を交換しなければならない。それが終わったら、駐車場のゴミを拾って、店のなかを掃除する。

二人組で入る夜のシフトでは、バイト同士交代してレジと掃除をすることになっている。けれど、近頃では創がひとりでレジに入ることは少なくなった。これまで同じシフトだった大学生ではなくて、店長とふたりで組むことが多くなったからだ。

警戒されているのだ、と、そのくらいは創にも分かった。

店長がこちらの方を見ているのを感じつつ、創は店の外に出た。冷たい夜風に頬を撫でられながら、ゴミ箱をあけて、新しい袋に入れ替える作業を行う。

冷たい空気に丸まりそうになる背中を、意識してできるだけ伸ばす。迎えに来ると言っていた瀬越のことを思い出す。みっともないところを見せたくなかった。

店内にはふたりほど、雑誌を立ち読みしている客の姿がある。最後のゴミ袋の交換を終えて、創はさりげなく店の中に目をやった。何時になったか、時計を見ようと思ったのだ。

そして、時間を見るよりも先に、見覚えのある姿に気付く。店の中にいる人ではない。もっと薄く、まるで幽霊のように、自分の後ろに立っている誰かの顔がある。

硝子に映り込んだその姿は、あまりはっきりとしたものではなかった。けれどそれが誰なのか、すぐに気付く。自分の顔から、さっと血の気が引いて白くなったのも、見えた気がした。

「やあ」

振り向きたくなかった。それでも、どうすることもできない。おそるおそる、創は自分の後ろに立つ人を見た。

「お仕事おつかれさま。忙しそうだね。寒いのに、そんな薄着で大丈夫？　かわいそうに」

語りかけられる言葉は優しい。けれどその声は、どこか硬くて、相変わらず早口だった。

「……東さん」

どうしたらいいか分からなくて、相手の名前を低く呟く。それを聞いて、目の前の東はなぜか嬉しそうに笑った。今日もいつも通り、暗い色のコートを着ている。仕事の帰りなのだろうか。

このコンビニでアルバイトをしていることを、話したことはないはずなのに。やっぱり知られていた。

「電話が」

創が白い顔をして黙っていることなんて気にも留めずに、東は上機嫌な様子でまた笑う。

「電話が、どうしても繋がらなくって。何度も何度も掛けたのに、どうしても繋がらなくて。……心配になっちゃった。何かあったんじゃないかって。だから、邪魔するつもりはなかったんだけど。心配で、創の顔が見たくなって」

誰かに見られたらどうしよう、と、今になっても、創が心配しているのはそんなことだった。レジの方をうかがう。店長の姿はここからでは見えなかった。ということは、こちら側も向こうからは見えていないだろうか。あまり長い時間戻らないと、不審に思われてしまう。

東は一見、真面目そうな普通の人だ。けれどそれがあてにならないことを、創はよく知っている。もし店長が創を呼びに来たら、何を言われてしまうか分からない。

「仕事中だから」

東の顔を見ないようにして、無愛想にそれだけ伝える。顔を見て、あの目で見下ろされると、声や表情に恐怖感があらわれてしまいそうだった。それに気付かれるのが怖くて、目を伏せたまま、東の前を立ち去ろうとした。

「待てよ」

低い、あきらかに不機嫌さの滲む声で呼び止められる。創がこれまで耳にしたことのないような声だった。立ち去ろうとしたのに、つい怯(ひる)んで動きが遅れる。その隙に、東に腕を摑まれた。

「ねぇ。今日はこれから、誰と会うの？」

囁くように聞かれる。腕に食い込む東の指の力は強くて、簡単には振りほどけそうになかった。

「誰、とも」

「嘘つき。いつものあの彼に聞いたよ。きみはもうずっと予約で埋まってますって」

その言葉に顔を上げる。東はまっすぐ創を見下ろしていた。

東の顔は怒りや苛立ちをまったくうかがわせず、それどころか小さく笑みを浮かべている。その表情と、声や腕を摑む手の強さとがかけ離れていることに、創はあらためて恐怖を覚えた。

「バイト中です。さぼってたら、叱られるので」

震えそうになる声を抑えて、手を離してほしいと伝える。すると東は意外にもあっさりと、創の腕に食い込ませていた指を外した。

「ごめんね、邪魔しちゃって。もう少しで上がるんだよね。じゃあそれから、ゆっくり話そう。俺も明日は休みだから、今日は何時まででも大丈夫だし」

「……今日は、駄目です」

「どうして？」

創が断ったことに、東は不思議そうな顔をした。その、まさか断られると思わなかった、という意外そうな表情に、自分でも不思議なことに、創は苛立ちを覚えた。

どうして、なんて、こっちのせりふだ。

恐怖心で固まっていた心に、次第にその苛立ちが広がっていく。

全部、創の責任なのだとナルミは言っていた。だから、こんなことになっても、誰にも頼れない。自分ひとりで、どうにかするしかない。

はっきり、伝えなければならない。創の口から。この人にはきっと、創が嫌がったり怖がったりしていることが伝わっていない。それはこれまで相手にとって都合のいい態度ばかり取ってきた創のせいだ。期待をさせて、次のためにつなぎ止めようとしてきた創が悪い。だから、そのことを謝って、もうなかったことにしてしまおう。

「お願いです。帰ってください。もう俺、東さんには会いません」

「創」

「いままで、ごひいきにしてくれたことはお礼を言います。だけど、もうしません」

こんな風に、誰かをはねつけるようなことを言うのは初めてだった。これまではずっと、相手の顔色を見て、波風を立てないように、上手くやれるようにと、ただそれだけを気にしていた。

けれど、そんな創の態度のせいで、いまこんなことになっている。目の前にいる東のことだけではない。誰にも迷惑をかけたくなくてあちこちに調子を合わせ、住む場所がなくなった。それなのに結局、高野たちに甘えて迷惑をかけている。どれもこれも、すべて自分のこれまでの行いのせいだ。

自業自得という言葉ぐらい、創でも知っている。

「電話とか、こうやって来られたりするの、正直、迷惑なんです」

言ってしまった。ほとんど一息で、一気に吐き出すようにそれだけ言って、創は頭を下げた。

言葉にして、外に出すことができたからだろうか。昨晩からずっと胸にわだかまっていた恐れと不安が、少し軽くなったような気がした。きちんと言いたいことが言えたことにほっとした思いすら抱いて、下げていた頭を上げる。

これで、分かってもらえると思っていた。

「何が？」

けれど次の瞬間、東の顔を見ただけで、それが勘違いに過ぎないことが分かった。

「創が何を言ってるのか、ぜんぜん分からないんだけど……。どうしたの？　俺、なにか怒らせるようなことしたかな」

東がこちらを見るその表情は、さきほどまでのものとまったく同じだった。どうしたの、と言葉こそ問いかけてはいるが、創の答えを求めているようには見えなかった。

「だから……！」

「ああもう、分かったよ。おいで、ゆっくり話そう。創らしくないよ、そんなの」

反論しようとするより先に、東にまた腕を摑まれる。そのまま強引に腕を引かれて、引きずられそうになるのをどうにか踏みとどまった。素直に従おうとしない創を見て、東は一度、小さく舌打ちした。

「来いよ」

「行きません。仕事の、途中だし」

もうさっきから何度同じことを言っただろう。これまでに聞いたことのない、荒い言葉遣いの東に、それでも拒絶の意を伝える。摑まれた腕を振りほどこうとしても、締め付けるように食い込む指は今度こそ離れてくれなかった。少しでも抵抗を弱めたら、そのまま関節が外されそうなほどの力で引っ張られる。

時計を見ようと思って店の中に目を向けたけれど、照明が反射してよく見えない。ゴミ袋の交換と駐車場の掃除は、いつもならば十分もかからずに終わる作業だ。なかなか戻らない創のことを、店長が不審に思ってはいないだろうか。こんなところ、絶対に見られるわけにいかないのに。

「仕事仕事って。俺だって創の大事なお仕事の相手なのに。ここの時給がいくらか知らないけど、どうせものすごく安いんだろ。だったら、より多くのお金を払うほうを優先するべきじゃない？　そんなことも分からないほど頭が悪いなんて思わなかったよ」

馬鹿にするように、東は創を見下ろして笑う。

「じゃあ、俺から頼んであげるから。店の人に、もう今日は帰りますって。帰って、俺といつもみたいにいやらしいことしてもらいますからってさ。頼んであげるよ。それでいいでしょ」

まるで提案するように優しげな口ぶりで言われる。

腕を摑んでいるのと反対の手を肩に回され、強い力で顔を近づけられた。油が浮かんだように、鈍く光る目。この恐ろしい人が言っていることは、明らかに脅迫だった。それが嫌なら大人しくしろということなのだろう。

限界かもしれない。ふと、そう思った。

いまここで東を振り払っても、いずれナルミがまた別の誰かを連れてくる。その男を相手に創が何をするのかは想像もつかない。何をしたって、水に潜って息を詰めるのは同じだ。きっとそのうち、空気が足りなくなって耐えられなくなる。

突然、すべてのことがどうでもいいような気がした。

「東さん」

自分は何がそんなに怖いのだろう、と、見下ろす人の目を真っ直ぐ見て、そんなことをぼんやりと考えた。抵抗する気がなくなったことを察したのか、東も創の腕を摑んでいた手の力を緩める。

何をそんなに恐れているんだろう。何がどうなっても、もう、どうでもよくなっていた。

「なんで、俺なんかがいいんですか」

だからだろうか、気がついたらそんな質問をしていた。東は東で、急に創の様子が変わったことに戸惑っているように見えた。いつも一度欲望を果たすと、すっかり大人しく別人のようになってしまう時と同じだった。

「俺は別に顔だってよくないし、あれだって、ぜんぜん上手じゃない。東さんが言った通り、頭も悪いし……俺なんか欲しがる人、いないよ」

「創」

明らかにうろたえた様子で、東は小さく、ごめん、と呟いた。何に対してのごめんなのかは分からない。考える気にもならなかった。

東に言ったことは、創の本心だ。

自分がつまらない、駄目な人間であることを自覚している点だけが、たったひとつの長所だとこれまでは思っていた。だからこそ少しでもよい人間になりたくて、頑張ろうと思っていた。けれどそれすら、創には難しくて上手くできない。

だからこんな創のことを欲しいと言う人がいるのなら、もう、渡してしまえばいいのではないかと、ふとそう思った。

その結果がどうなっても、もう構わないような気がした。どうせどの道を進んでも行き止まりだ。

「創……」

考えることも面倒になって、東をぼんやりと見上げる。創に触れようとしているのか、伸ばされた指先が震えていた。それをただ見ていると、思わぬところから声をかけられた。

「すみません」

聞き覚えのある声に、我に返る。創よりずっと驚いた様子で、東は慌てて手を引っ込めた。呼びかけてきた相手に目をやる。

「あっちのレジが混んでいるんですけど、お願いしていいですか。急いでるんで」

はい、と創がそれにぎこちなく頷くと、東は、なにも言わずに逃げるように去っていった。

完全にその後ろ姿が見えなくなるまで、創は身動きできずに立ちつくしていた。何が起こっているのか分からなかった。

「ごめんね、さっきのは嘘。別に急いでないしレジも混んでないよ」

それどころかあの人暇そうだし、と、笑う人につられて創も店の中を見る。硝子越しに、店長が怖い顔をしてこちらを見ていた。創がいつまでも戻ってこないからだろう。

「瀬越先生」

優しく笑う人の名前を、思わず呟く。迎えに来てくれると約束をしていた。もう、そんな時間になっていたのだろうか。

「大丈夫？　酔っ払いでしょ。夜のコンビニって、やっぱり危ないね」

「……ありがとうございます」

とりあえず、助けてくれたことに礼を言う。創が絡まれているのだと思い、とっさに、ああ言って気を逸らしてくれたのだ。

この人に、どこから見られていたのだろう。

「あの……まだ、あと少し、時間があるので」

「うん。ごめん、ちょっと早く来ちゃった。待ってるから、気にしないで」

そう言って、瀬越は駐車場に停めた車を指す。車が入ってきたことにも、まったく気が付かなかった。

またあとで、と、どうにか平静を装って、瀬越に頭を下げる。自分の顔から血の気が引いていて、青白いまま戻らないでいるのが、映り込む硝子を見なくてもよく分かる。頷く瀬越は、心配そうな、どこか気遣うような目をしていた。

きっと聞かれていたのだろう、その目を見て、そう思う。

(最悪だ)

泣きたい気持ちでいっぱいになる。暗い外から明るい店内に入ったはずなのに、目の前が真っ暗になって、しばらく何も見えなかった。

よりによって、あの人に、あんなところを見られるなんて。

「相澤くん、いったいどれだけ時間掛かってるんだよ。ほんと、ちゃんと真面目にやってくれないと困るんだけど……」

店長の尖(とが)った声に、すみませんと頭を下げ続ける。叱りつける大きな声が、冷えた耳にがんがんと響く。拳を強く握り締めて、うっかりすると泣いてしまいそうな弱い気持ちを殺す。いつもしているように、飲み込んで、首から下の方に押し潰すようにイメージする。弱い気持ちも汚い自分の本性も、潰して、沈めて、隠す。けれど、もう手遅れかもしれない。

もうおしまいだと、そんな言葉で頭がいっぱいだった。

もう、おしまいだ。あんなことをしていることが、ばれてしまった。創がほんとうはどれだけ汚いものをいっぱい溜(た)め込んでいるのか、見られてしまった。軽蔑されて、嫌われる。

瀬越にも。それからきっと、高野にも。

どんなに抑えようとしても、涙が目の縁から溢れそうになる。それをごまかすために、お説教を続ける店長に頭を下げ続けた。

ついさっきまで、何もかもがどうでもいいと思っていたことが、嘘のようだった。

十八

瀬越はこの寒い中、車の外で創を待っていた。

裏口から店を出た創の姿を見つけて、合図をするように手を上げる。表情までは見えないけれど、いつものように、優しく笑っている気がした。

逃げてしまうつもりでいた。だってもう、合わせる顔がない。このまま瀬越からも、高野からも逃げてしまいたかった。

たとえもう二度と会えなくなっても、構わないとすら思った。

「お疲れさま」

「先生」

「何食べたい？　どこでも、好きなところ行こうよ」

聞いてくる声の調子は、いつもと変わらない。そこに特別、気遣ってくれているような気配は感じられなかった。そのことが、余計に創の居心地を悪くさせる。いっそ、真正面からはっきり問いつめられたほうが楽かもしれない。

「俺、帰ります。今日は……ごめんなさい」

「帰るって、どこに？」

こんなやりとりを以前、高野ともした気がする。あの時も、よく似た状況だった。分厚くふくらんだ財布から、ひとのお金を盗もうとしてしまった時だ。そんな自分を知られたくなくて、とりあえず目の前の人から逃げ出そうとしていた。

いまの創も、まったく同じことを繰り返している。しかも原因は、泥棒をしそうになったのとはまた別の問題だ。ろくな人間じゃないな、と、そんな自分のことが情けなかった。哀しいを通り越して、なぜか、おかしくなって笑えてきた。

「……わかんない」

だからそれを抑えきれずに、笑って瀬越に首を振った。暗い顔をするよりましかもしれない。へらへらと軽薄な顔をする創を見て、瀬越もあきれてくれればいいのに、と思う。

「じゃあとりあえず、俺のところ来て」

創の期待を打ち消すように、瀬越は短くそれだけ言って、先に車に乗ってしまった。乗って、と仕草で示される。

どうするのが正しいのか分からなかった。ただでさえ良くない頭が更にうまく働かなくて、言われた通りに助手席に乗る。大人しくシートベルトを締めると、瀬越は何も言わないまま、車を発進させた。

しばらく、ふたりとも無言のままだった。夜の道を走る車内は静かで、会話をしないと、ほとんどなんの音も聞こえない。いい車なんだろうな、とぼんやりとそんなことを思った。

瀬越がふいに口を開く。

「創ちゃんって、何が好きなの、食べるのだと」

「俺?」

それが予想もしない質問だったので、創はとっさに答えが出てこなかった。何か答えなければ、としばらく考える。好きな食べ物。

「特に、ないです」

「好き嫌いがないってこと?」

「たぶん。口に入れれば、なんでもいいって言うか」

創の返答を聞いて、瀬越は笑った。その様子に、少しほっとする。別に、笑わせようと言ったことではなかったのだが。

特に好き嫌いがないのは子どもの頃からだった。好きな食べ物、と考えてみて、最初に浮かんだのはラーメンとからあげだった。白い湯気で眼鏡のレンズが曇ってしまうような、一口食べただけで涙が出そうになった、あのあたたかい食べ物。だから強いて言えば、あたたかいもの、が好きだということになるのだろうか。

その答えは子どもじみているように思えて、わざわざ誰かに伝えるようなものでもない気がした。

「どうしたんですか、急に」

こんなこと、瀬越が本気で知りたがっているとは思えない。創の気まずさを軽くしようとしてくれているのだろうか。

「別に。よく考えたら俺、創ちゃんのことってあんまり知らないなって思って。趣味とか、どんな音楽聴くのかとか」

「音楽は聴きません。趣味は……」

あたりさわりのない、適当なことを言おうとした。いつもついているような嘘に比べれば、好きでもないことを趣味だと言うくらい、他愛もないことだろう。たとえば、映画を見るだとか、サッカーだとか。そういう、相手が聞いて、なるほどと軽く受け流して忘れてしまえるようなことを答えればいいのだと、創にもそれくらいは考えられた。

けれど、いまは少し、気持ちも頭も弱っていた。昨日から寝ていないし、高野がひとかけくれたかまぼこ以外、なにも食べていなかった。だから、いつもなら簡単にできることが、上手にできなくなっていた。

映画なんて、テレビでやっているものですらろくに見たことがない。サッカーも、学校に行っていた頃に体育の授業でやったきりだ。

「趣味も、とくにないかも」

「部活とかは？　中学の時とか」

「中学のときは、バスケやってました。試合出たことないけど。高校は、バイトしたかったから、帰宅部。瀬越先生は？」

「大学まで、テニスやってたよ。お遊び程度だけどね。あ、高野が大学で、探検部入ってたって聞いた？」

「探検部？」

意外すぎることを聞いて、創は思わず身を乗り出してしまう。

「なにする部なんですか」

「何って、探検してたんじゃない。山登ったりして。今でもあの人、ふらっと旅行とか行くの好きみたいだし」

「そうなんですか」

高野が旅行好きなのは知っていた。以前、創が寝袋で野宿生活をしていたことを咎められた時、そんな話を聞いた。しかし探検は初耳だった。

探検部とはいったい、どんなことをする部活なのだろう。今度、機会があったら聞いてみよう。

今度。そんなことを考えた自分に、苦い気持ちになる。いつだって、もう合わせる顔がない、と自分を恥ずかしく思っているはずなのに。結局それを忘れて、そばに行きたいと望んでしまう。

「あ……俺も、あったかも。趣味」

高野のことを考えていたら、なんとなく思いついた。

「なに？」

「貯金」

創が真面目に答えると、瀬越はしばらく黙り込んで、それからしばらくして吹き出した。

「おかしかったですか」

「いや、ごめん。お金貯めるのが好きなの？」

笑われて、それから謝られる。しかし、改めてそれが好きなのかと尋ねられると、創も返答に詰まってしまった。

創は曖昧に頷いた。

「たぶん」

好きなのだろうか。銀行の通帳は毎日持ち歩いているし、これまでナルミから受け取ったお金は、ほとんど使わずに貯めてある。

貰った一万円札がATMに飲み込まれて見えなくなる瞬間、いつも少しだけ安心する。見えなくなってほっとするのだから、もしかしたら自分はお金というものが嫌いなのかもしれない。矛盾している。

「堅実だね、創ちゃん。偉いけど、たまには息抜きもしないと駄目だよ。自分のためにお金を使うの、悪いことじゃないんだから」

「自分のため？」

「ひとりの時は、まともな食事してないよね、いつも」

「そんなことないです」

自分のためにパンの耳も牛乳も買う。でもあれはどうやって得たお金で買ったものだっただろう。そんなことを考えると、じりじりと産毛が逆立つような焦りを覚えた。

「そう？」

「そうですよ」

これ以上、この話はしたくない。助手席に座る創の居心地悪さを感じ取ったのか、瀬越は別のことを聞いてきた。

「貯めて、どうするの、お金」

車を運転するのだから当たり前だが、瀬越はずっと前を見ていて、創の方は見ない。夜だから車内も暗いし、こちらの表情も相手の表情も、お互いには伝わらない。

「部屋を借りたいんです。ひとりで、ずっと、いられるところ」

いつもはしない話をするには、このほうが気が楽かもしれない。ついつい、余計なことまで言ってしまいそうになる。

「そうすれば、住所ができる。履歴書に書けるから、面接も受けられるようになるし。働ける」

「働いて、お金貰うためにお金貯めてるってこと？」

「なんのためかは、自分でもよく分かんないけど。でも、そうかも。ひとりでやっていきたいから」

誰も頼れないし、頼りたくない。迷惑だと思われたくない。そのために、自分ひとりだけでちゃんと立てるようになりたかった。

「だから、先生たちのところからも、できるだけ早く出て行きます。……ごめんなさい」

「貯金したいなら、甘えるところがあるうちは甘えればいいと思うけど」

使えるものがあるなら使えばいい、と言いたいのだろう。けれど、それもこの人の優しさであることは創にも分かった。

上手な返し方が分からなくて、うん、と曖昧に笑う。駄目だ。ずっとここにはいられないのだから。

「創ちゃん、なんで家出したの」

家には帰れないのかと、そう聞いてくれているのだろうか。

これまで何度か、高野とはこの話をしたことがある。その度に、父親と喧嘩をしてしまったからだと答えてあまり深い話はしなかった。ただ、心配しているだろうから定期的に連絡はするように、と言われて、それに毎回頷いていた。連絡は一度も取っていない。

高野は喧嘩の理由を聞かなかったし、早く仲直りしろとも言わない。創が自分で考え直すのを根気強く待っているのかもしれない。

「俺のお父さん、離婚してすぐに再婚したんです。相手は離婚する前から付き合ってた女の人で、若くて……お父さんより、俺とのほうが歳近いかな」

瀬越にこんなことを言う必要はない。それなのに、気が付いたら勝手に喋っていた。

「俺はその人と会ったことなくて、はじめて顔合わせたのが、お母さんが倒れた時だった。すごい心配して、優しくしてくれたよ」

困ったことがあったらなんでも言ってね、いつでもうちにも来てね、と繰り返し言ってくれた。どうしたらいいか分からなくて不安でたまらなかった時だったから、そう言ってもらえて嬉しかった。自分にはまだ行くところがあるのだと思って、安心した。

けれど母親の葬式が済んで、創が聞いていた住所を尋ねていくと、相手は明らかに、戸惑った表情をしていた。だからとっさに、一週間だけ泊めてください、と口にしていた。ほんとうは、引っ越しのことや、学校のことを相談するつもりだった。

創の言葉に、その人は笑顔になった。安心したのだと、頭の悪い創でも分かった。

「俺は馬鹿だから、ぜんぶ鵜呑みにしちゃって。あとでお父さんにも怒られた。今が大事な時期なのにって」

「大事な時期？」

「子どもが生まれるから。新しい奥さんと俺のお母さん、離婚する前に色々あったみたいで。俺の顔見てると、そのこと思い出すんだって。だから、俺が同じ家にいると」

たぶん、相手はずっとそう伝えていた。最初から、言葉にはしなくても気付かせようと、何らかのサインを送っていたのだと思う。創が、まったくそれに気付かなかっただけで。

「『気持ち悪い』って、具合悪くなっちゃって」

創は自分のことしか考えていなかった。だから、相手のことまで気に掛けられなかった。突然のことでこれまでの生活が変わってしまったのは、創だけではなかったのに。

瀬越は何も言わなかった。

こんな話をされたら、反応に困るだろう。ほんとうに、言わなくてもいいことを言ってしまった。

「俺、もともと高校出たらひとりで暮らす予定だったから、それが一年早くなっただけなんです。ただ、ちょっと貯金が間に合わなかっただけで」

「それとこれとは、話が別だと思うけど。お父さんは何も言わないの」

「俺のことについては、離婚のときにちゃんと話をつけたって言ってた。もう家族じゃないんだから、当たり前みたいに頼ったらあっちも困るだけだし」

もう家族じゃない、は父親の言葉だった。母親を亡くしただけだと思っていたら、実際にはもう父親もいなくなっていたのだと、その時に初めて創は気付いた。

そんな風に思わせるような子どもでしかなかったのだ。小さな頃から、褒められるようなことができなかった。成績も悪いし、運動もぱっとしない。集団の中に入ればすぐに紛れ込んで存在感がなくなる、なにひとつ取り柄のない子どもだった。

瀬越はそれ以上、なにも聞いてこなかった。

空気を悪くしてしまった。なぜ、ここまで話してしまったのだろう。たとえそれが創にとって大した出来事ではないにしても、他人が聞いたら、気を悪くしてしまうと分かっていたのに。

やっぱり嘘を言っていたほうが良かった。そうすれば誰もつらい思いはしないし、創だってそのほうが、気が楽だ。ほんとうのことなんて、言うべきじゃなかった。

「……あ」

何かを見つけたように小さく呟いて、瀬越が路肩に車を止めた。創も窓の外に目をこらす。いつの間にか、知らない道を走っていた。後ろからきた車が、一台通り過ぎていく。そのあとは対向車もなく、外は暗いままだ。

「行ってみようか」

瀬越が窓の外を指さす。その先に、赤い光が灯っていた。おでん、と書かれたのれんが提灯の光に浮かび上がっている。この人でも屋台で食べたりするのか、と創は意外に思った。高そうな店に連れて行ってもらっても萎縮するばかりの創に、気を遣ってくれたのかもしれない。

その誘いに頷く。食欲はないけれど、口に入れればきっと食べられるだろう。

「創ちゃん」

車から降りるためにシートベルトを外そうとした創の手が、瀬越に摑まれる。話をしよう、と伝える合図のように感じられて、創は思わず身構えた。

もう、逃げられない。

「……あんなこと、もうやめなさい」

瀬越は真っ直ぐに創を見ている。暗い車の中で、それでも十分に相手の表情が分かるほど顔が近い。瀬越の声も表情も、これまでに見たことのないほど真剣だった。いつものように曖昧に笑ってごまかすこともできたと思う。けれども、こんなに真剣な目と言葉を向けられて、そんな反応を返すことは創にはできなかった。

「もっと自分を大切にするんだ。……やめなよ」

何を、なんて、聞き返す必要はない。やはりこの人は、東とのやりとりを見てすべて聞いていたのだ。それにもしかしたら、もともと何か感じ取られていたのかもしれない。創ひとりがうまく騙せているといい気になっていただけで、もしかしたら、何もかもぜんぶ。

「先生」

言わなくてはいけない言葉がたくさんあるはずなのに、それ以上なにも口にすることができなかった。自分がなにを言いたいのか分からなかった。ごめんなさい、と謝りたいのか、そんなの勘違いだと、この期に及んでも嘘をついてごまかしたいのか。それとも、嫌いにならないでと頼みたいのか、どうか嫌いになってくださいと頼みたいのか。

どれもほんとうの気持ちかもしれない。それでも、何よりも言わなくてはいけないことがある。

「お願い、します……。高野先生には……」

絶対に絶対に、言わないで。

他の誰に知られても構わない。世界中のどんな人に教えてしまってもいいから。

どうかあの人にだけは、黙っていて。

創がいま目の前の人に伝えたいのは、ただひとつそれだけだった。自分のことなんて、どうなってもいいから。

最後まできちんと言葉にできなかった。でも創の考えていることは、すべて顔に出てしまっているだろう。これ以上そんなところを見せたくなくて、顔を伏せる。

「大丈夫。大丈夫だから」

瀬越は何度か頷いて、創の肩を叩いた。

「やめます……」

自分の声がみっともなく震えているのが分かる。

「もうやめる。……もう、やりたくない」

瀬越はそれを聞いて、うん、とまた頷いた。いい子、と、まるで子どもにするように頭を撫でられる。

これまでずっと、あれは創が望んで始めたことなのだから、もう嫌だなんて思うのは間違っている、と自分に言い聞かせてきた。やめたいなんて、思ったこともないはずだった。

それなのにいざその言葉を口にしてみると、どんな嘘をついたときよりも、自然に言えた。だからもしかしたら、これが創の本音だったのかもしれない。

「じゃあもうこの話は終わり。ほら、行こう」

励ますように創の肩をもう一度軽く叩いて、瀬越は明るい声でそう言った。行くよ、と声をかけ、先に車を降りてしまう。のろのろと鈍い動作でその後に続く。通り過ぎた車のライトが、一瞬、瀬越を照らした。

一瞬浮かび上がったその顔は、笑っていたように見えた。

「こんばんは」

他の客は誰もいない。瀬越が屋台のおじさんに声をかけて、中を覗き込んでいる。その後ろ姿を見ながら、創は無意識に自分の腕を撫でていた。寒いせいか、少し鳥肌が立っていた。

十九

瀬越とはその後、あまり話ができなかった。屋台でおでんを食べている時に、病院から呼び出しの電話がかかってきたからだ。

創は最初に注文した大根とたまごを、なかなか食べきれずに時間をかけて少しずつかじっていたところだった。あわただしくてごめんね、と謝る瀬越に首を振る。

「本来なら今日は違う人が当番なんだけど」

笑う瀬越は、疲れた顔をしていた。人手が足りないのか、何か事情があったのだろう。

「たぶんそのまま朝まで帰れないだろうから、高野のところ送っていくよ」

携帯で時間を確認すると、もう二十三時を過ぎていた。高野は当直明けだから定時で帰れたはずだ。創の作ったシチューを食べてくれただろうか。この時間だと、もう寝ているかもしれない。

瀬越には悪いけれど、高野のところに帰れることに、少し安心した。

この人には、創が一番知られたくないことを知られてしまった。優しい人だし、いまはそのことについて何も触れないし、何とも思っていないような顔をしてくれている。だからこそ、その気遣いが感じられて、居心地が悪かった。甘えてはならない、と自分に言い聞かせる。

大丈夫だと言ってくれた。それ以上のことを、望むべきではない。

「先生、ちゃんと休めてますか？」

こんな風に呼び出されてしまうのなら、創に時間を割くのではなく休んでいて欲しかった。悪いことをしてしまった。

「創ちゃんこそ。寝不足なんじゃない、目が赤いし。いろいろあったみたいだから、仕方ないと思うけど。……傷の手当てだけ、ちゃんとしておきなよ。消毒だけでもいいから」

首筋の傷のことだろうか。気付かれていないと思っていたけれど、やはりこの人にはお見通しだったらしい。

うん、と頷く。この間買った絆創膏がまだ余っているから、あれを貼っておこう。

すでに食べ終わっている瀬越を見て、あわてて大根とたまごを口に詰め込む。ごちそうさまでした、と手を合わせて財布を出そうとすると、瀬越にその手を押さえられる。

「こんなことくらいしか、してあげられないから」

そう言われて、結局おごってもらってしまった。

高野のマンションまで、車で送ってもらう。口数の少ない瀬越に不安になって、創は頭の中で懸命に話題を探した。あたりさわりのないこと、話していて楽しい気分になれること。探したけれど、いまの創の中にはそういったものが見つからなかった。

「高野の」

いろいろ考えていたので、瀬越が話しかけてきたことに反応しそびれた。慌てて顔を上げて、聞き返す。

「え？」

「高野の、どこがいいの。創ちゃん」

「高野先生の？」

なにを聞かれているのか、最初は分からなかった。数秒遅れて、瀬越の質問の意図に思い当たる。

「どこが、……その、好みとか……そういうことですか？」

「そう。前から聞いてみたいと思ってて。だってあの人、きみから見たらかなり年上だろ。最初は医者だからかなって思ってたけど、俺じゃ駄目みたいだし。それに、創ちゃんはそういうタイプじゃない。別に高野が魚屋でもいいんだよね」

なぜそこで魚屋が出てくるのかと思ったが、言われている内容は、確かにその通りではあった。医者だからあの人を好きになったわけではない。そもそも、そんなことあるのだろうか。

「お医者さんだから好きになるなんて、あるんですか」

「あるよ。きみみたいな人間には、想像もつかないかもしれないけど」

瀬越は創の疑問に、どこか馬鹿にするような口調で答える。

「まったく打算のない恋愛感情なんて、ないんじゃないかな。大人になっちゃうと特にね」

大人が言うのだから、そういうものなのだろうか。創にはよく分からなかった。瀬越の言うことは間違っているようにも思えたし、そういうものなのかもしれないという気もする。そもそも、創には恋愛についてどうこう考えられるほどの経験がなかった。

「でもきみは違う。何の見返りも求めてないし、何の期待もしてない。ひたすらまっすぐに、ただ相手のことを好きでいて、それだけで満足しようとしてる。……見ていて可哀想になるくらい」

瀬越は以前、創について純粋だとか、汚れていないだとかそんなことを言っていた。創があんなことをしていると知ったいま、瀬越に自分はどう見えているだろう。きっと少なからず、幻滅したはずだ。

「言ってみるべきだよ、創ちゃん」

「何を、ですか」

「高野に、きみの気持ち」

茶化すように言って、瀬越は笑う。わざとそんな言い方をしているのだろう。真剣に話してしまうと、どうしても空気が重たくなる話だから、あえてそんな風にしてくれるのだ。叶(かな)う見込みのない恋の話なんて、湿っぽくなるだけだ。

創は首を振った。

「言いません。瀬越先生にだって、ばれなかったら絶対に黙ってたと思う」

「そのわりには、態度に出しすぎじゃない？」

「……気をつけます」

「俺なら悪くは思わない。むしろ、嬉しいけど」

「だって俺、男だし」

自分が女だったら、話は違ったかもしれない。それでも、たぶん女だったら、高野はあんな風に自分の部屋に泊めてくれたりはしなかっただろう。家出をして野宿をしている可能性に気付いた時点で、もっと別の、よりよい方法で手を差し伸べてくれる気がした。それはありがたい話ではあるけれど、それなら、今こうして同じ場所に寝泊まりして生活をともにさせてもらえる、この現状のほうがいい。一緒にいられるのは、創が男だからだ。高野にとって、間違いを起こしようもない、問題になることのない対象だから。

「困らせたくない。……それに、俺」

「売春もしてるし？」

創が口をつぐんだ言葉を、瀬越が補う。売春。からだを他人に提供して、お金を貰う行為。間違いなく、創がやってきたことだ。

「いまはもう、援助交際って言わないのかな。ああ、売りって言うのか。売り専とか」

いまこの瞬間まで、自分のしてきたことを、明確に言葉で定めたことはなかった。ナルミから紹介される男たちの相手をすることは、創にとっては純粋に「仕事」だった。

その言葉にこんなにも衝撃を受けて動揺している自分が、我ながら不思議だった。コンビニの前で東とのやりとりをすべて見られてしまったあの時、もうなにもかもがおしまいだと、そんな気分でいたはずだったのに。

瀬越の話す声はいつもとさほど変わらない。どこか疲れた様子はあるけれど、優しく、穏やかなままだ。だからきっと、創に対して悪意があって言っているわけではない。ただ事実をありのまま口にしているだけなのだろう。

改めて言葉にされると、こんなに痛いものだとは思わなかった。

「ごめん、嫌なこと言ったね。別に、責めるつもりじゃないから。もうやめたほうがいいとは思うけど」

黙り込んでしまった創に、瀬越は謝ってくる。それに、いいえ、と首を振る。

「俺がなにも見返りを求めてないって言うけど、それは違います」

瀬越はまだ誤解している。創はそんなに、きれいな人間ではない。この心の底には、汚くて重たいものが、もうたくさん沈んでいる。いろんな嘘をついて、いろんな人を騙して、誰にも嫌われたくなくて、上手でもない笑い顔を必死で作っている。

けれどあの人のことを考えている時だけ、そんな自分のことをいっとき、忘れることができる。

夜の航海と同じだ。星を見上げて、自分と空の間に何もない広い空間が広がっていることを考えると、寂しいようなどこか幸せなような気持ちになる。自分のなかにある汚いものも、冷たい空気に洗われて、少しきれいになれる気がした。

高野のことを思う気持ちは、それに似ていた。もっとこんな気持ちでいたいから、明日もがんばろうと思える。

「俺はもう、じゅうぶんに貰ってるから。何もいらないんじゃない。もうこれ以上必要ないくらい、貰ってるんです。……それだけでいいんです」

それは高野だけではなく、瀬越についても同じだった。ましてや瀬越には、創のいちばん見られたくない姿を見られてしまった。それでもなお、変わらない優しさをくれる。ばれてしまったらきっと、嫌われて、口もきいてもらえなくなると思っていた。

話しているうちに、車は高野のマンションの近くにきていた。マンションの駐車場の入り口で、瀬越は車を停める。

「それを、高野にも言ってみるべきじゃないかなとは思うけど。でもいいや。あの人ばっかりいい思いするのも面白くないし。もったいない話だけどね」

俺だったらよかったのにね、と、冗談めかした口調で瀬越は笑う。

「先生は、かっこよすぎるから。好きになったらきっとつらいから、駄目です」

優しくて、頭もよくて、見た目もいい。この人のことを好きな人はたくさんいる。何も聞かなくても、この人を目の前にしているだけで、そのことが自然と伝わってくる。

それにおそらく瀬越なら、ただ一方的に好きでいることはできない。きっとそれが可哀想だからとすくい上げてくれて、少なからず、応えてくれようとする。たとえ創が、それに見合うような「よい人間」でないとしても。

そうなったら、きっと自分が苦しいだけだ。

「複雑なふられ方だなあ」

創の言葉を、瀬越は軽く受け流すように笑う。

これ以上引き留めるわけにはいかない。おでんを食べさせてもらったことと送ってもらったこと、そしてその他のいろいろなことへのお礼のつもりで頭を下げて、車を降りる。

「おやすみ」

「おやすみなさ……じゃない。すいません。えっと……お体に気をつけて」

これからまた仕事に向かう人にどう言うべきか分からなくて、変なことを言ってしまった。

瀬越は創の言葉に、ありがと、と短く応じて、また車を走らせて夜の道に消えていった。きっと朝まで帰れない、と言っていた。たぶん、これから仕事をして、そのまま明日まで病院にいるのだろう。顔色があまりよくないように思えたことが、今更ながら気にかかった。昼間の、あの弱々しい表情を思い出す。創を見ていると癒される、と、冗談のように言われたことがあった。自分にほんとうにそんな力があればいいのにと思う。少しでも、あの人にも何かしてあげられたらいいのに。

創ができること。駐車場を歩きながら、マンションを見上げる。高野の部屋の窓を探した。明かりがついている。それだけのことで、小さく火がついたみたいに胸があたたかくなった。

ポケットから携帯を取り出す。さっき高野に、今日はそっちに帰りますとメールを送っていた。見ると、「はい。」と非常に簡潔な返信が届いていた。たった一言のメールに嬉しくなって、ひとりで笑う。

創にできることなんて、ほとんどない。だからせめて、約束したことは守りたかった。

足を止めて、着信履歴から目的の番号を呼び出す。高野の部屋の明かりを見上げたまま、相手が出るのを待った。

「いま、話しても大丈夫?」

『おまえから掛けてくるなんて、どうせろくな話じゃないんだろ。さっさと言えよ』

不機嫌そうな声だった。けれどこの男なら、ほんとうに機嫌の悪い時は電話に出てもくれないだろう。怯みそうになる足に、ぐっと力を入れてその場にとどまった。

あたたかな橙色（だいだいいろ）をした窓の灯りを見上げる。勇気をください、と胸の中で高野を思った。

「東さんに会った。教えてなかったのに、バイト先のコンビニに来たんだ」

『携帯の番号まで知ってるんだから、当然それぐらい把握済みだろ。で？』

「……ナルミ、俺、もうやめる」

口にしてみて、思ったよりもその言葉が簡単に伝えられたことに、自分でも驚く。もっと言いにくいものだと思っていた。

「今までしてたこと、もうしない。お世話になりました」

『あっそ。怖くなったわけ』

「違うよ。もう、いいかなと思って」

『部屋は？　紹介して欲しいんだろ』

「うん。でも、今はいい」

ここで断ってしまってもいいものなのかは分からなかった。ナルミに頼むのでなければ、ほかに誰も頼れないのだとずっと創は思ってきた。けれど、もしかしたら、違うのかもしれない。

瀬越は創を軽蔑して突き放したりしなかった。いまの創は知らないだけで、調べてみたら他にもいいやり方があるかもしれない。

創の言葉に、ナルミは携帯の向こうで笑った。

さっきまでの不機嫌そうな声とはかけ離れた、どこか楽しげな様子だった。

『またやりたくなったら、連絡しろよ』

何を、と聞き返しそうになり、すぐに気付く。おそらく、創がこれまで紹介してもらっていた「仕事」のことだ。やめるという創の言葉が、一時休む、という意味だと受け取られたのだろうか。

「もうしないよ。引退する」

創が言うと、ナルミはいつもの、ひとを馬鹿にしたような口調で言い返してきた。

『みんなそう言うんだよ。それで結局、戻ってくるんだ』

「俺はちがう」

『はいはい。勝手にすれば』

もうこっちからは連絡しねぇよ、と最後に言って、ナルミは電話を切ってしまった。

携帯の画面を見て、通話がほんとうに終わっていることを確認する。その途端、全身の力が抜けて、思わずその場にしゃがみ込んでしまった。

大きく息を吐く。全速力で走った後のように、心臓がどくどく音をたてていた。

「言えた……」

安堵(あんど)して、つい独り言を呟く。こうするしかないとずっと思っていて、やめるわけにはいかないと思い続けていた。それでも実際には、こんなに簡単におしまいにできた。ナルミの反応も、あっけないほどあっさりとしたものだった。

「言えた！」

瀬越に、今すぐこのことを知らせたかった。きっと今夜電話をかけられたのは、あの人が背中を押してくれたからだ。

メールを送ろうかと携帯を手にして、仕事中だろうか、と考え直す。次に会えたら、その時に報告しよう。

立ち上がって、またマンションの灯りを見る。高野はもしかしたら、創が来るのを待っているかもしれない。自然と、足は速くなった。

やめられた。お金は稼げなくなったけれど、そのぶん、いまのコンビニのバイトのシフトを増やしてもらえないか頼んでみよう。それがだめなら、ほかのバイトを探せばいい話だ。

もう、誰ともあんなことをしなくてもいい。

たとえこれまでにやってきたことはもう変えられないことだとしても、重たい荷物をひとつ降ろしたような気分だった。

二十

創が玄関の戸を開けると、高野はちょうど、玄関先で何らかの作業をしているところだった。おう、と声をかけられる。

「おかえり」

「……お邪魔します」

頭を下げて、靴を脱ぐ。高野はダンボールの箱を潰していた。宅配便の伝票が貼られているから、荷物が届いたのだろう。手伝おうかと思ったが、ちょうど終わったところのようだった。

「晩飯は？」

「おでん、ごちそうしてもらいました」

屋台の、と付け加えると、珍しい、と高野は笑った。

「あいつでも、そんなところ行くんだな」

「俺に合わせてくれたんだと思います」

答えながらも、高野が創と同じことを考えたことが嬉しかった。

「あれ、これ」

「ああ。注文してたのが、今日届いた」

居間に見慣れないものが増えていた。さっきのダンボール箱はこれが入っていたものか、と納得する。

「水槽だ」

これまで何もない空間だった壁際に、水槽が置かれている。黒い台の上に載せられている、わりと大きめな水槽だ。中には何もいないけれど、透き通った水が満たされていた。きれいな硝子に、近づいた自分の姿がぼんやりと映り込んでいる。

「先生、もしかして魚が好きなんですか？」

瀬越の言ったことを思い出す。医者じゃなくて魚屋でも、とそんなことを口にしていた。創の言葉に、高野はひとつ頷く。

「魚が？」

「アクアリウムとか、そんな立派なもんじゃないけど。まあ、趣味だな」

「魚というか、熱帯魚」

「そうなんですか」

知らなかった。というより、この部屋にはそれを思わせる手掛かりが全く存在していなかった。趣味だったけれど、これまでは飼っていなかったのだろうか。

「とりあえず通販で揃えられるものだけ買った。魚だけは、やっぱり目で見て買いたいから」

水槽とそれに付随する装置を前に、高野はどこか嬉しそうにも見えた。そんな高野を見ていると、創もつられて嬉しくなる。

熱帯魚ではないが、母親の実家には庭に池があって、そこに鯉が泳いでいた。小さな頃、池のふちで鯉が泳いでいるのを見ているのが好きだったことを思い出した。母方の祖父母はふたりとも、創が幼い頃に亡くなってしまった。実家の建物も池もすでに更地になったと聞いている。鯉も、もうどこにもいない。

この水槽には、どんな魚が泳ぐのだろう。

「楽しみ」

「一緒に買いに行くか」

「……俺が？　いいんですか」

思いがけず、そんな誘いを受ける。驚いて、肩から降ろそうとしていた鞄をどさりと床に落としてしまった。

「明日は、バイトは？」

「どっちも休みです」

「じゃあ、たまには出掛けるのもいいだろ。なかなか休みも重ならないし、ついでに映画でも見るか」

そういう意図がないことは、よく分かっている。分かってはいるが、まるでつきあっている相手に向けられているようなその言葉に、創はやっとのことで一度だけ頷いた。

まさかこんなことを言ってもらえるなんて。なにか急用が発生して明日にはなかったことになったとしても、いまこの時の約束だけで、創はもう幸せだった。

これはご褒美かもしれない。そんな子どもじみたことすら考えた。頑張ったから。いろんなことがあったけれど、これまで頑張ってきたから。だから、その、ご褒美。

落とした鞄を拾い上げるために伸ばした指先が震えていた。ひとは嬉しすぎることがあった時にも手が震えるのだと、初めて創は知った。


創が風呂から上がると、高野はすでにソファで寝る体勢にはいっていた。

暖房の風で髪を乾かしながら、時計を見る。帰ってくる時間が遅かったから当然だったが、とうに日付は変わっていた。

明日は高野が自然と目が覚めるまで、ゆっくり寝てもらおう。休みがなかなか重ならない、とさっき高野にも言われた。こうして間借りさせてもらえるようになってから、休日を一緒に過ごすのは初めてだ。

シチューの感想は聞いていない。それでも、鍋の蓋を開けてみると半分以上減っていた。たくさん食べてくれた。

高野は寝転がって本を読んでいた。創のために、電気を消さずに待ってくれているのだろうか。昨日からずっと働いていて、とても疲れているはずなのに。

ソファに近づいて、高野にそっと呼びかける。

「先生、お願いがあります」

高野は本を置いて創を見た。横になっているせいか、眼鏡が少し額の方にずれている。もとが整った顔立ちなだけに、そんなちぐはぐで気の抜けたところがたまらなくおかしくて、だけど胸がぎゅっと痛くなった。

「ここじゃなくて、ベッドで寝てください」

この人は優しい。だけどそれは、瀬越が与えてくれるものとは違って、創を寂しい気持ちにさせる。理由は分からないけれど、その在り方はどこか、あの水槽に似ているような気がした。透明に澄んだ水だけが満ちる、何もいない水槽。ぴかぴかにきれいな硝子。

魚が泳ぐようになれば、もう寂しくなくなるだろうか。そのために、何ができるだろう。

「俺はここでいいんだって」

「広いところで寝たほうが、身体が楽です。俺もしばらく寝袋で寝てたから……」

どう言ったらいいのか分からないまま、説得をこころみる。高野は創の言葉に、しばらく何か考えるような顔をしていた。やがて、冗談じみた言い方で笑われる。

「ひとりで寝るのが怖いのか」

「……そういうことにしておいてください」

「まあ、なんとなく分かる。ひとりだと広いよな、あの部屋」

だから俺もこうしてここで寝てるわけだけど、と付け加えられる。創が寝床を借りているのが、本来なら寝室なのだろう。広さはこのリビングと同じぐらいで、だけどここ以上に家具が置かれていない。壁の方にベッドがひとつぽつんとあるだけだ。なにもない空間のほうがずっと大きい。

「だいたいここの間取り自体が、単身者向けじゃないんだよな。かと言って引っ越すのもいろいろ面倒だし。余らせておくのももったいないし、おまえが来てくれてよかったよ」

まるで、だから気にするな、とそっと突き放されているような気分になる。

「眠れないんです」

声が震えそうになって、それをどうにか押し殺す。

「先生が同じ部屋にいてくれれば、安心して眠れそうな気がする。だから……」

ずるい言い方だと、自分でも思う。こんな風に言われれば、きっとこの人は断れない。分かっているからこそ、それを選んだ。

創は嘘つきだ。だから、このぐらいの嘘は、平気で言える。

高野が創を見ているのが分かる。伏せた顔を上げられずそのままでいると、小さく、わかった、という声が聞こえた。

「行くぞ」

布団と枕を抱えて、高野は先に寝室に向かってしまう。慌てて、そのあとを追いかけた。


寝室に入ってすぐ、創は畳んであった布団に倒れ込んだ。少しばかり勢いがありすぎて、そのまま横に転がってしまう。

「なにをやっているんだ」

不思議そうにもあきれているようにも聞こえる声で言われる。

「俺はこっちです」

何があっても、今日からは高野にベッドで寝てもらう。だから先に、床に敷く布団を自分の寝場所だと宣言した。

高野が持ってきた枕と布団をベッドの上に置いたのを確認して、創は起きあがる。畳んであった布団を、ベッドから少し距離をとったところに敷く。こんなつもりではなかったが、同じ部屋で眠ることになってしまった。ほんとうは創がソファで眠るつもりだったのだが。

「ここで寝るの、久しぶりだ……何年ぶりかな」

「そんなに？」

高野の独り言のような呟きに驚く。そんなに前から、あんなことをしていたのか。

「ひとり身に戻ってからは、ずっと今みたいな感じだったから」

言いながら、ベッドに身体を横たえて伸びをしている。

「ああ、でも、ほんとだな。おまえの言うとおりだ。身体、楽かも」

伸びたまま、高野は顔を創の方に横向けて笑う。ずっと年上のひとだということを忘れてしまいそうな、まるで子どものような顔で笑いかけられて、創は何も言い返せなかった。ぎこちなく、笑い返す。

「買ってから、はじめて使う」

「このベッドを、ですか」

「いろいろ、無駄遣いしてるよな」

どう言ったらいいのか分からなくて、いいえ、と短く答える。

奥さんと別れてからは、ずっとソファで寝ていた。つまりそれ以前は、きっとここでふたりで寝ていたのだろう。このベッドでふたり寝るには少しばかり狭そうだから、たぶんもっと大きなものが置いてあったのだ。

「なんでそんな離れるんだよ。襲わないから安心しろって」

創が不自然に布団を離れた位置に敷いたせいだろう。冗談めかして笑われる。

「そ、そんなんじゃないです」

慌てて首を振って否定する。下心があるのは創のほうなのだ。

「俺、寝言とか言うかもしれないから」

「気にするなよ。ほら、もうちょっとこっち来い」

「……じゃあ、はい。そうします」

襲ってくれたっていいのに。そんな寝言をうっかり言ってしまったりはしないだろうか。

言われたとおりに布団をずらして、ベッドに近づく。そのついでに、消します、と断ってから電気を消した。

「おやすみ」

「おやすみなさい」

口ごもりながら返して、布団にもぐり込んだ。

部屋が暗くなると、小さな音でも耳に入ってくる。高野がちょっと身体を動かしただけでも、布団の衣擦れの音が聞こえてきて、創はどういったらいいのか分からない気持ちになった。どんな小さな物音でも聞き逃したくない気分だった。

だから突然、その声が自分の名前を呼んだことに、心臓が止まりそうなほど驚いた。

「創」

暗闇のなか、高野の声が響く。耳を澄ましていたせいか、すぐ近くで囁かれたように聞こえた。止まりそうになった心臓が、すぐにせわしなく動きだす。

「なっ……なんですか」

首まで布団に潜り込んで、高野のいるベッドに目を向ける。高さに差があるから、創からは高野の影も見えない。

ベッドの上の高野も、創の方を向いたのだろうか。布団の衣擦れの音がして、さっきよりも声が近くなった。なにを言われるのか、と、創は怒られるのを待つ気持ちで構えていた。身に覚えがありすぎた。

「あんまり、焦るなよ」

子どもに言い聞かせるような、やわらかく叱るような口調だった。

相手の姿が見えない状況で、この人はこんな声をしていただろうか、と、創は不思議な感覚にとらわれる。あまり感情をうかがわせない、もっと静かな声をしていた気がするのに。

「おまえはさ、なんでもひとりでやるしかないって考えてるんだろ。実際、頑張ってると思う。家を出て、学校もやめて、朝から晩まで働いて……」

こんなに、優しい声だっただろうか。高野が何を言おうとしているのかはまだ分からないが、そんなことを言われると、創は困ってしまう。電気が消えていてよかった。明るいままだったら、きっと、ものすごく情けない顔を高野に見せてしまった。

「だからさ。もうちょっと、ゆっくりでいいと思う。俺は」

眠れないと、そんな口実を使ってしまったせいだろうか。

「俺、そんなに……余裕ないように、見えますか」

瀬越にも、無理はしないでいい、と似たようなことを言われた。

創自身は決して、無理をしているつもりはない。自分にできることをやって、自分が売れるものを売っていただけだ。あんなことになったのだから、それがやっぱり無理だったのだろうか。

誰にも頼らずにひとりで生きていこうと思うのは、間違いなのだろうか。どうすれば、うまくいくのだろう。

ひとりで考え込んでしまった創に、高野は笑った。

「真面目なんだろ、おまえ。適当に手を抜けないっていうか」

褒められているのか、叱られているのか分からなかった。そんなことを言われたことがない。確か今日も、バイト先のコンビニの店長に、真面目にやってくれないと困る、と怒られたばかりだ。

「なんでも考えすぎなくていいんだよ。まわりの大人をもっとあてにすればいいんだ。……もちろん、おまえのお父さんのこともな」

「あの人もう、俺のお父さんじゃないし」

「離婚したって親子は親子だ。もし創のお父さんがそんな風に言うのなら、それはそっちのほうが間違ってる」

それは法律かなにかの話だろうか。けれどいくら世の中の決まりではそうなっていると言われたところで、実際には相手がどう思っているかのほうが重要なような気もした。少なくとも、創にとっては、もう親子じゃないんだから、と言い切られたその言葉がすべてだ。

高野には悪いが、父親が創のことを受け入れてくれるとはとうてい思えなかった。

「先生、じゃあもし、俺がどこかに部屋を借りようと思ったとき、保証人になってくれる?」

頼ってもいい、と言われたとき、とっさに部屋を借りることを思いついた。これまで、その口約束があったからナルミから離れられなかった。保証人なんて、そうそう簡単に引き受けてもらえないはずだ。だからほとんど冗談のつもりだったし、実際、ちゃんと茶化すような口調で言えた。

そんなの無理だよね、と、高野に何か言われるよりも先に自分でそれを笑い飛ばしてしまおうとした。

「ああ」

けれどもそれより先に、高野が暗闇のなかで頷いた。

「ひとりでも大丈夫そうだって思えたらな」

「……いまも、大丈夫です」

母親がいなくなってから今日まで、ひとりでやってきた。決して上手なやり方ではないかもしれないけれど、お金だって稼げている。それだけでは、大丈夫とは認めてもらえないのだろうか。

「ひとりで眠れないのに?」

「それは……」

ちがう。たとえひとりでも、創には瀬越が教えてくれた魔法の言葉がある。あの言葉があれば、創はいつでも眠れる。

ほらな、と高野は妙に楽しげに笑った。

「だから、焦らなくていいんだよ。見てのとおり俺の部屋は空間の無駄遣い中だし、料理とか掃除してもらえることもすごく有り難いと思ってる。それに、帰ってきたときに部屋に灯りがついていて、誰かがいるってのは、いい」

どこかしみじみとした口調で言われる。

創のような人間でも、そんな風に思ってもらえるのだろうか。もっときれいで、もっと家事のできるやさしい人がいくらでも選べるだろうに。

言いたいことはいくらでもあった。けれどこれ以上、卑屈で子どもっぽい自分をこの人の前に晒したくなかった。

「将来はなにをやりたいんだ？」

黙ったことを、納得したのだと思ってくれたのだろうか。高野が話の流れを変えようとするように、他のことを聞いてきた。

「特になにも」

情けない答えだが、これ以外言いようがなかった。いまはその日一日をこなすことにいっぱいいっぱいで、明日のこともろくに考えられない。

将来、なんて、考えたこともなかった。

「大学は？　行こうと思ったことはないのか」

「わかんないです。前は、思ってたかもしれないけど」

自分のことなのに、こんな曖昧な言い方しかできない。けれど、それが創の本心だった。ほんの半年ほど前のことなのに、学校に通っていた頃の自分が何を考えていたのか思い出せなかった。

「でも俺、頭悪いし。勉強もできなかったから、別に。やりたいこともないし」

「今はなくても、そのうち見つかるかもしれない。その時に備えて、できれば高校は出ておいたほうがいいかもな」

確かにアルバイトの求人を見ていても、条件の項目に「高卒以上」と書かれているのをよく見る。けれど、いまの創にはあまり現実的な話ではないように思えた。学校に通ったらそのぶん働けなくなるし、それに、どうしたら高校に行けるのか手続きなどの方法も分からない。

「先生は、どんな高校生でしたか」

そんなことを考えてもどうにもならない。それより、高野の話が聞きたかった。医学部に入るのが難しいことぐらい、創でも知っている。勉強熱心だったのだろうか。

「どんなって……とりたてて言うこともないよ。ぱっとしなかったな」

「うそだ」

その言い方が面白くて、つい笑ってしまう。

「大学のほうが楽しかった。そりゃ実習だとか国試の勉強やらいろいろあったけど、いろんな奴がいたし」

「あ、瀬越先生から聞きました。先生、探検部入ってたって」

「ああ。ちんどん部と掛け持ちだったけどな」

「チンドン部」

探検部だけでも十分未知の存在なのに、そのうえまた不思議なことを言われる。

「そう。仮装したり楽器鳴らしたりして、お店の宣伝するあれ」

「それを、部活でやるんですか？」

「ちゃんと、ちんどんコンクールとかあるんだぞ」

知らない世界すぎて、創には想像もできない。

探検部、熱帯魚、ちんどん部。今日だけで、この人の知らなかった面をたくさん知った気がする。

もしかして、部屋に私生活をうかがわせるものが少なかっただけで、実は多趣味な人なのだろうか。

「ちょっと見てみたいかも。写真とか、ありますか？」

どんな格好だかは分からないが、きっと仮装をして楽器を鳴らしていても、この人は淡々とした顔をしている気がした。

どうして自分はこの人とこんなに年が離れているのだろうと、そんなどうしようもないことがむしょうに悔しくなった。見てみたかった。一緒に、その場にいたかった。もっとも大学の話なのだから、たとえ年の差がなかったとしても、今度は学力の差に悩むことになるのかもしれないが。

「ああ、写真な。たくさんあったんだけどな」

いまはもうない、ということが聞かなくても分かるほどには、残念そうな言い方だった。

「実家のほうにはあるかもしれない。ここに持ってきたのは、全部なくなった」

「なくなった？」

泥棒にでも入られたのだろうか。不穏なその言葉に、創はぎょっとする。

高野はなんでもないことのように続けた。

「むかし結婚していた相手が出ていく時、全部捨てていった」

そう語る声は苦笑まじりで、話の内容とはかみ合っていなかった。

「全部……ですか」

意外な話だった。そんなに激しく喧嘩をして別れたのだろうか。けれど、以前この人は、喧嘩もしてやれなかった、とそんな風に言っていたではないか。喧嘩して、ではなく、そんなことがただ起きたというのだろうか。

だとしたら、そちらのほうが怖いような気がした。

「そう。ほんとうに、部屋まるごと。しかもひとりでだぞ。すごい話だよな」

聞かないほうがいい話のようにも思えた。どこまで踏み込んでいいのか、創には分からない。

「札幌だったかな。出張で三泊して帰ってきたら、部屋のなかがからっぽで、がらんどうになってた。仰天したよ」

その時のことを思い出しているのか、あるいはこの話をするのは何度目かでもう慣れているのか、高野はまた少し笑う。

「家具も、家電も、洋服も本も……飼ってた魚も、全部なくなってた」

けれど、それまでどこか飄々としたいつもの調子だったその声が、魚のことを口にした時には、わずかに陰りを帯びたように聞こえた。

魚、とつい創は声を上げてしまう。

この部屋はもともと、こんなにがらんとした場所ではなかったのだ。この人と、この人と結婚していた人が一緒に住んでいた。家具ももっとたくさんあって、そこには空じゃない水槽があって、魚が泳いでいた。

「かわいそうなことをした」

魚のことなのか、結婚していた人のことなのかは聞けなかった。淡々とした声で、高野は続ける。

空になった部屋で呆然としていると、管理人が電話をしてきて、奥さんがゴミの日ではないのにゴミを出して行った、と注意された。マンションのゴミ捨て場には、小さなゴミ袋がひとつだけ置かれていた。

袋の中には、熱帯魚の死骸が入っていた。

静かに話す高野のその声だけを聞いていると、まるで作り話をされているような気になった。可哀想だと、心から思った。

(……かわいそうなのは、先生だ)

そう言いたかった。けれども、我慢した。

言ってしまうと、きっと高野は否定する。それが嫌だった。

思わず、布団から身を起こしてしまう。

「魚、買いにいきましょう。明日」

高野の方を向いて、創は言う。できるだけなんでもないことを話すように、気楽に明るく聞こえるよう言ったつもりだった。

「たくさん買いにいきましょうね」

「ああ」

笑いを含んだその返事には、欠伸のように深い息が混じっていた。しまった、と創はあわてる。眠かっただろうに、話をさせてしまった。

「おやすみなさい」

暗いから見えない、と分かってはいても、頭をひとつ下げる。おやすみと返ってきた気もするし、そうではない別の言葉が返ってきた気もする。すぐに寝てしまったようだった。

しばらくベッドの方を見ていて、そして布団に戻る。近づけていいと言われた布団がやっぱり近すぎる気がして、もう少し距離をあけた。

埋もれるように布団にくるまる。

今日はいろいろなことが起こった。最初から順を追って思い出してみる。

東から電話があったのは昨日の夜だっただろうか。その時のことを思い出すと、急にみぞおちが痛んだ。庇うつもりで、痛む場所を手のひらで撫でる。大丈夫。きっとひと晩寝たら、もう忘れている。この痛みも、ほかのことも、嫌なことはぜんぶ。

瀬越に創の「仕事」について知られてしまった。優しいあの人は創の話を聞いてくれて、あんなことはやめたほうがいいと言ってくれた。創がきちんと自分の意見をナルミに言えたのは、瀬越のおかげだ。

そして、高野。空の水槽と、以前は空でなかった水槽。明日の約束。もっと時間をかけて、丁寧にひとつひとつ思い出したかった。そうして自分の心に消えないように残しておきたかった。けれど、その辺りから身体がゆらゆら揺れているような、心地よい感覚に全身が浸されていく。まるで舟に乗っているみたいだった。

おやすみなさい、ともう一度、心の中で高野に呟く。

この舟に乗っていれば、明日は、これまでよりもずっと遠いところへ行ける。そんな予感がした。

二十一

創は夢も見ずに眠った。重たい目蓋（まぶた）をゆっくり開けると、部屋はまだ薄暗かった。何時だろう、と枕元に置いた携帯で時間を見てみる。デジタルの時計が十四時を表示していた。あわてて飛び起きる。

ベッドに高野の姿はなかった。部屋が暗いのは、カーテンが閉められていたからだ。カーテンを開けて、居間へ向かう。高野はソファに転がって雑誌を読んでいた。

「起きたか。おはよう」

「……寝坊しました……」

挨拶もそこそこに、ごめんなさい、と頭を下げる。高野は苦笑して立ち上がった。そのまま台所に行ってしまったので、創も洗面所に顔を洗いに行く。

鏡を見て、首に残っている傷の痕を探してみる。

思ったよりも、目立たない気がした。これならそのうち自然と消えてしまうだろう。もうこんな傷がつくようなことはしないのだ。

ちゃんと髪の毛が乾ききっていないうちに寝たせいか、寝癖がついていた。高野とおそろいだ。はねた髪を触りながら居間に戻ると、高野から、ほら、とコップを手渡された。牛乳を入れてくれたらしい。創がいつも飲んでいるのを知っているのだろう。

高野と少し距離をおいてソファに座る。テレビが付けられていて、画面のなかで何やら着飾った人たちが楽しそうに笑っていた。

「よく寝てたな」

「よく寝ました」

あきれるを通り越して、どこか感心しているように聞こえる口ぶりで高野は言った。創は反省を込めて、神妙に答える。

「別に、休みなんだからいいだろ。顔色も良くなったし、ちゃんと寝られたみたいでよかったよ」

「……先生のおかげです」

お礼を言いながら、創は気にする。この人は、何時に起きたのだろう。ちゃんと疲れが取れるまで休めただろうか。自然と目が覚めるまで寝てもらって、それまでに創が朝食の支度やら掃除やらをするつもりでいたのに。

自分がこんなに寝てしまうなんて予想外だった。創はどちらかというと眠りが浅いほうで、アラームが鳴る前に目覚めがちだ。そういう体質のはずだったのに。

これでは、高野にゆっくり休んでもらうために言ったあの嘘が、ほんとうになってしまったことになる。高野が一緒にいると、よく眠れる。

「先生は？　休めましたか」

「ああ。俺も昼まで寝てたよ」

それを聞いて安心する。ふと、聞き慣れない音が耳に入った。機械の振動のような、小さな音だった。

高野が入れてくれた牛乳を飲みながら、創はその音の出所を探る。やがて、壁際に置かれた新しい水槽からだと気が付いた。

「動いてる」

昨夜、創がここに来たとき水槽は静かで、透き通った水が入っているだけだった。けれど今は、底に砂利が敷かれている。機械の振動音は、その水槽に取り付けられた蓋のようなものから出ていた。水に酸素をおくるための機械だろうか。

「とりあえず空回ししとこうと思って。夜までやれば入れても大丈夫だろ」

どうやら創が寝ている間に砂利を入れたらしい。その作業をしている姿を見ていたかったな、と少し残念に思った。

「腹減っただろ」

「俺、休みの日は朝食べないから。いいです」

「なに女子高生みたいなこと言ってるんだよ。だいたい朝というより、もう昼飯でも遅いくらいの時間だぞ」

「なんか、寝過ぎて体内時計おかしくなったみたいで」

食欲がないのはほんとうだったので、笑ってごまかしておく。まあ出てからなんか食えばいいか、と高野は読んでいた雑誌を閉じて、テレビを消した。

「じゃあ、準備できたら出掛けるか」

ソファから立ち上がって、伸びをしながら言われる。

はい、と返事をして、創は鞄を置いた寝室へと早足で戻った。布団を畳んで、着替えを入れてある紙袋を探る。なにを着ていけばいいだろう、と悩みかけたが、そもそも悩むほど服を持っていない。自分でもおかしくなるくらい、浮かれていた。

着替えを済ませてから、鞄に入れたままの携帯を取り出してみた。昨日の夜、充電をしなかった。まだ大丈夫かな、と確認しようとして、不在着信の通知に気付く。

最初に思い浮かんだのは、東の顔だった。昨日、逃げるように創の前から去って行った。

創はもうナルミの仕事をしないし、東の携帯番号らしきものは着信拒否にした。だからもう、会うことはないはずだ。

けれどバイト先のコンビニのことを知られてしまっている。その他にも、どんなことを知られているのだろう。

浮かれた気分が、瞬間で不安に変わる。

半分覚悟を決めて、着信を確認する。そのせいか、表示された相手の名前が意外に思えた。

電話は瀬越からだった。時間は三十分ほど前だ。

安心して、大きく息を吐く。なにか用事だっただろうか。そう思って折り返すことにした。

「瀬越先生？」

瀬越はすぐに電話に出た。

『あ、創ちゃん。バイト中じゃなかった？』

耳にやわらかく響く声が、どこか心配そうに聞いてきた。さきほど、創が電話に出なかったからだろうか。

「今日は休みなので、大丈夫です。俺、ついさっきまで寝てて」

そう答えると、瀬越は笑った。こうして聞く声は、いつもと変わらない様子だった。そのことに、少し安堵する。

『俺もね、今日は午前中で仕事終わったんだ。だからよかったら、昨日の埋め合わせさせてもらえないかな、と思って』

「埋め合わせ？」

『そう。全然ゆっくりできなかったから申し訳なくて。これから、会える？』

優しく誘ってくれる声に、創は言葉に詰まる。

『無理だったらいいよ』

黙り込んでしまったからだろうか。瀬越が気遣うように言ってくれる。

「ごめんなさい、俺、今日は」

これを伝えてもいいのだろうかと、なぜかわけもなく戸惑う気持ちが胸に差した。

「……高野先生と、約束があるから」

それでも、創のなかには、このことを誰かに伝えたい思いもあった。そのせいで、語る声もややうわずってしまう。

この人だけが、創の高野への気持ちを知っている。瀬越は創がいまどれだけ嬉しいかを分かってくれる、唯一の相手だった。

だからそれを伝えて、この気持ちを一緒に分かちあってほしかった。

魚を買いに行くんです。あとそれから、映画でも行こうかって。浮かれたまま次から次へと話し込んでしまいそうで、そんな自分を抑える。

『よかったね』

瀬越は小さく笑ったあと、そう言った。

『まあ俺も、またいつ呼び出しあるか分からないし。おとなしく自宅待機してるよ』

「先生は、いつ休めるんですか?」

瀬越の言葉に、創は疑問を覚える。この人はずっと病院にいる気がする。ちゃんと休みを取れる日はあるのだろうか。

『いつかなぁ』

創の問いかけに、瀬越は笑った。明るくはあったけれど、その声はやはり、どこか疲れていた。無理もない。仕事が忙しいだけでなく、昨日の様子をみると、人間関係にも少なからずうまくいっていないところがあるように思えた。

たとえそうなった原因が瀬越にはないにしても、それを仕方がないと受け入れて耐えていることを、創は知ってしまった。昨夜の呼び出しにしても、本来ならば瀬越の当番ではないと言っていた。それは一体、どういうことなのだろう。

この人はもしかしたら、創が考えるよりずっと、つらい立場にいるのではないか。

『ねぇ、創ちゃん』

思わず考え込んでしまっていると、どこか囁くような声で、名前を呼ばれて我にかえる。

『俺、高野が羨ましいかもしれない』

すぐ耳元で聞こえるその声はいつもより低く、背中が一瞬ぞくっとした。

『……なんてね。俺のことは気にしなくていいから、楽しんでおいで』

創はどう言ったらいいか分からなかった。なにか言わなくてはいけないと思ったのに、なにも言えなかった。

じゃあね、と笑って、瀬越は電話を切った。

断ってしまってよかったんだろうか、と、ふとそんな考えが頭をよぎった。

でも、高野との約束が先だったのは確かだ。それに瀬越は疲れている。創を構うより、ゆっくり休んでほしいから。そんな言い訳を、ひとりで考え続けてしまう。

「どうした、ずいぶん時間かかってるな」

携帯を鞄にしまったところで、ちょうど高野が寝室の扉を開いた。創はあわてて立ち上がる。そうだ、この人を待たせていた。

「なんでもないです。ごめんなさい、着る服を探してて」

高野はジャージでこそないが、仕事に行くときと似た地味な格好だ。その横に、今日は並んで歩ける。

「おまえ、上に着るのそれしかないのか」

高野は創のいつも着ているパーカーを指して言う。それに、はい、と頷く。秋から着ているものなので、本格的に寒くなってきた近頃では、防寒具として頼りない。

冬物はナカムラさんが暮らすマンションに置いたままだ。取りに行かなければならない、と思うと気が重かった。安いものでいいから、新しく買ってしまったほうがいいかもしれない。

「気に入ってるんです、これ」

「こんなペラペラなのじゃ、そのうち風邪(かぜ)引くぞ」

布地の厚さをみるためか、フードの部分を軽く引っ張られる。そのせいで身体が高野の方に引き寄せられた。

「俺の貸してやってもいいけど、サイズ合わないだろうな、たぶん」

少しひっぱられただけなのに、それだけで、まるで抱き寄せられたように鼓動が速くなる。顔が赤くなってしまいそうで、さりげなさを装いながら距離を取る。

「雪が降ったら、ちゃんと衣替えします」

「冬支度ってのは、冬になる前にするんだぞ」

覚束(おぼつか)ないながら創の準備が整った。行くか、と言われて、はいと頷く。自然と弾みそうになる足取りを抑えながら、高野のあとをついて歩く。

(あ。そういえば)

ナルミのあの「仕事」を辞めたことを、瀬越に伝え忘れてしまった。

また電話させてもらおう。そうして、お礼を言わなければならない。瀬越が言ってくれなければ、創ひとりで決心することはできなかったのだから。

けれど、今日いちにちは、すべて忘れてもいいことにしよう。心の中で、自分にそう言い訳をする。考えなくてはならないことや、心配なこともたくさんあるけれど、せめて今日だけは。

創が遅くまで寝ていたせいで、映画は見送ることになった。最近封切られたばかりのアクションものを見ようかと行きの車内で話していたのだが、人気のある作品らしく、ちょうどいい時間の回はもう満席だった。

創は申し訳ない気持ちになったが、高野はさほど気にする様子もなかった。もしかしたら、創を楽しませようと思って、映画を提案してくれたのかもしれない。

高野は映画も好きなようだった。好きな作品のタイトルを聞いてみると、創の知らないものをみっつほど挙げてくれた。どれもわりと古めの洋画らしい。忘れないように、それを携帯のメモ機能に記録しておく。いつかレンタルで探して、見てみようと思った。

「牛丼食おう」

映画をあきらめて、さあどこへ行こうか、という話の中で、高野が突然そんなことを言い出した。昼食か、それともおやつだろうか。創は数日前から食欲が湧かなくて、ちゃんとした食事をしていない。食べられるかな、と不安に思いながらもそれに頷く。

高野が車を停めたのは、値段の安さに定評があるチェーン店だった。創はその看板を見て安心した。高いところだと、落ち着かない。

中途半端な時間なのに、店の中にはそれなりに人がいた。

「なに食べる」

「先生と同じもの」

食券を買ってもらう。財布から小銭を出して、高野の上着のポケットに入れると、それに気付かれて笑われた。

「もらっとくよ」

受け取ってもらえたことが、創には嬉しかった。ささやかでも、近くなれた気がした。

カウンターに並んで座る。注文してからほとんど間を置かずに牛丼がふたつ目の前に並んだ。いただきます、と小さく手を合わせて、両手のひらで包むように器に触れてみる。

あたたかかった。

「あ……」

思わず、声が漏れる。こんな何でもないことに、なぜかとても驚いてしまった。

店のなかのざわめきと、流れている音楽が聞こえてくる。目の前には、美味しそうな匂いのする、あたたかい食べ物があった。

（……おいしそう）

無意識のうちに、唾を飲んでいた。お腹がすいていた。

隣に座る人を見る。高野は創の方を見て、微笑んでいた。そんなはずはないと思うのに、創が久しぶりにものが食べたくなったことに気付いていて、それを見守ってくれているような気持ちになる。

以前にも、こんなことがあった。ラーメンを食べに連れて行ってくれた時だ。あの時も、あたたかかった。

促すようにひとつ頷かれて、箸を取る。

ゆっくり時間をかけて、ひとくち目を口に運ぶ。

「おいしいです」

口のなかにものを詰め込んだまま、行儀が悪いと思いながらもそう言ってしまう。

「よかったな」

高野は笑った。

それからはお互い、無言で食事をした。ものを食べて身体が満たされる感覚がどんなものだったか、時間をかけて創はゆっくりと思い出していった。何か喋ろうとすれば、うっかり泣いてしまいそうな気がして、なにも言えなかった。

器をきれいに空にして、ごちそうさまです、と手を合わせる。

「ありがとうございます」

呟くようにそっと口にする。高野はまるでそれが聞こえなかったようなそぶりで、けれど確かに聞こえていると伝えるように、小さく一度頷くだけだった。

この人といれば、大丈夫になれる。

なにもしてもらわなくてもいい。ただ一緒にいさせてもらうだけで、大丈夫な自分になれる。

焦らなくてもいい、と言ってくれたことを思い出す。きっと今は、ちっとも「よい人間」ではないだろう創でも、きっと、この人といれば。

瀬越に言われた言葉が、ふと蘇る。どこが好きなの、と聞かれて、とっさには答えられなかった。たぶん、これが答えなのだろうとぼんやりと創は思った。今度、聞いてもらおうか。それとも、言うべきではないだろうか。

——俺、高野が羨ましいかもしれない。

あれは、どういうことだろう。

お腹がいっぱいになって、隣に高野がいてくれて、満たされた気分のなかにいるはずなのに、ここにいない瀬越のことを考えると、何故だかわずかに、不安な気持ちになった。

二十二

熱帯魚の専門店があることを、創は初めて知った。

店はそれほど広くはなかったけれど、水槽がたくさん並んでいる様は圧巻の一言だった。よく見ると、魚だけでなくエビや水草も売られている。

店に足を踏み入れて、すぐにその景色に目を奪われる。それからしばらくは、高野のあとをついて歩くことも忘れて、色とりどりの魚たちを眺めて回った。広い水槽を悠々と独り占めしている大きな魚もいるし、色がきれいで小さな魚がたくさん集まって泳いでいるのもかわいい。

こんな世界があるのか、と、店の中を歩き回りながら、創は心のなかで感動していた。店内には熱帯魚やその飼育用の品物だけでなく、関連する本や雑誌も置かれていた。

高野は店員となにやら会話をしている。どの魚を選ぶのだろう、と思い、創もそこに近づいてみた。

「六十サイズなら、五匹くらい入れてもいいかなと思いますけど」

「久しぶりだからあまり自信がなくて。とりあえず、三匹で始めてみます。うまく立ち上がったら、徐々に増やす感じで」

高野のその言葉に、店員は頷いてカウンターを離れる。魚をすくう小さな網のようなものを手にしていたから、買うものがもう決まったのだろうか。

「どれにするんですか?」

店員と高野のあとを追いながら、創は聞いてみる。

あれ、と高野が指さす水槽には、ひときわ色鮮やかな、小さな熱帯魚が泳いでいた。水槽にマジックでネオンテトラと書かれている、あれが名前だろうか。かわいい魚だった。メダカぐらいの大きさの体に、鮮やかな青と赤のラインが入っている。高野の部屋の水槽にこの小さな魚がたくさん泳ぐようになったら、きれいでかわいくて何時間でも眺めてしまうだろう。

店員と高野が話しながら魚を選んでいるので、邪魔にならないようにまた店のなかを見て回る。入り口の近くに、「はじめての熱帯魚」という無料の小冊子が置いてあったので、それをひとつ貰った。鞄にしまっていると、目線の高さに貼られた紙に気付く。

アルバイト募集中、と書かれていた。

そうか、と、また新しいことを発見した気になる。創がコンビニや病院でバイトをしているように、こういうところで働く人もいるのだ。

条件を見てみる。時給はコンビニより百円高くて、時間は同じぐらい。熱帯魚に興味があって、やる気のある人なら未経験でも歓迎。土日入れる人優先。そこまで読んで、最後に付け加えられている言葉に、自分でも驚くくらい、がっかりした。「年齢：十八歳以上、大学生・フリーター可。※高卒以上」と書かれていた。

やってみたい、と、少し、考えてしまっていた。けれどもしその年齢に達していても、創は高校を出ていないから応募することもできないのだ。

高野が昨日の夜言っていたことは、こういうことだったのかもしれない。ぼんやりと紙を見ながら、

そんなことを思う。

会計が終わったらしく、店員が高野に頭を下げていた。この紙を見ていたことを何となく知られたくなくて、創はその場を離れる。

高野は魚のほかにもいろいろ必要なものを買ったらしく、手にいくつか袋を持っていた。いちばん小さな袋に、さっきの魚が三匹入っていた。そういえば、先ほどそんな話をしていた。水槽があんなに大きいのだから、もっとたくさん買うのだと思っていた。何か理由があるのだろうか。

店を出て、駐車場に停めた車に戻る。なるべく揺らさないように持ってて、と魚の入った袋を渡され、それを受け取る。

三匹の魚は水槽から出されたことに戸惑っているように、大人しく袋の底の方をただよっていた。揺らさないように、と言われた通り、慎重に水平を保つよう気をつける。

「これだけなんですか？」

「ああ、最初は。水がうまいことでき上がったら、もっと増やそうと思うけど」

創が不思議に思っていることが分かったのだろう。高野は水槽の立ち上げについて説明してくれた。

熱帯魚を飼うには、水槽の水のなかにバクテリアがいなくてはいけないこと。そのバクテリアを増やすために、本命の魚を入れる前に、丈夫で状態のよい魚を先に入れること。その一連の流れのことを水槽の立ち上げというらしい。

「こんな小さい魚なのに、すごいんですね」

袋を少し持ち上げて、中を覗き込みながら創は呟く。そうだな、と高野は頷いた。

「ほかの魚を入れられるようになるまで、どのくらい時間がかかるんですか？」

「一ヶ月くらい」

そんなに、と返ってきた言葉に驚く。その頃には、創はもうあの部屋にはいないかもしれない。かもしれないというより、さすがにそこまで居座るわけにはいかないだろう。さっき店の中で想像したように、あの水槽の中をたくさんの魚が泳ぎ回る様が見られないのかと思うと残念だった。

「焦ったらだめなんだよ。何事も」

創の内心を知ってか知らずか、高野はそんな風に話を続ける。

「と言っても、ほんとなら水槽自体も、何日かフィルター空回ししておくべきだって言われてるんだけどな」

「この魚も、まだ入れたら駄目ってことですか？」

「正しいやり方としては。たぶん、大丈夫だと思うけど」

本来そうすべきところを、水槽が届いて、待ちきれなかったのだろうか。考えていると、高野がハンドルを切りながら苦笑する。車はもうすぐ、マンションの駐車場に着く。

「連れて行ってやりたかったんだよ」

「俺を、ですか」

「普段行かないようなところかな、と思って。たまにはいいだろ」

「……はじめて、ああいう店に行きました。熱帯魚って、いろいろいるんですね」

「水槽が立ち上がったら、おまえの好きな魚も入れればいい。あんまりでかいやつは無理だけど」

言葉が出てこない。はい、とどうにか口にする。

それはつまり、一ヶ月先まで一緒にいてもいいということだろうか。

魚の袋だけは揺らさないように気をつけて、創は顔をうつむけた。どうしたらいいか分からなかった。嬉しい、と素直に喜ぶよりも、わけもなく哀しい気持ちになってしまう。自分でもその理由は分からないし、たぶん、探しても理由なんて見つからないのだろうと思う。

「飯、どうする。変な時間に食べたから、微妙だな」

車はマンションの敷地に入る。もうすぐ十八時だ。まだ夕方といってもいい時間だけれど、陽が沈むのが日に日に早くなっているから、辺りはもうすっかり暗かった。

創は冷蔵庫の中身を思い出そうとした。シチューを作ったときに野菜は全部使ってしまったし、その後買い物にも行っていないので何も入っていない。それに創は要領が悪いから、料理をするときもすごく時間がかかってしまう。ほんとうはいつでも冷蔵庫の中身を整えておいて、そこにあるものを使ってぱっと手早く料理ができるようになりたかった。

「俺、買い物行ってきます」

「いいよ、別に。休みの日ぐらい楽しろよ」

出前でも取るか、と言いながら、高野は駐車場に車を停めた。

こんなにしてもらって、創は一体なにを返せばいいのだろう。高野にも、それから瀬越にも。

趣味も特技もないし、高校も出ていない。いまのこんな自分のままでは、なにもできないし、なにも返せない。他の魚のために水槽の環境を作り上げることができるという、手の中の小さな魚が羨ましくなるほどだった。

（……変わりたいな）

ふと、そんなことを思った。

なにかができる自分に変わりたい。『よい人間』になるのも大事だけど、それはまだまだ難しいから。だからもう少し小さな、簡単なところからでいいから。

いまの自分にも、できることから。

「寒くなったなあ」

車を降りる。独り言のように呟いた高野に、そうですね、と頷く。振動で魚が怯（おび）えないように、可能な限り慎重に歩く。

もし一ヶ月して、創が好きな魚を選ばせてもらえるのならば、その時はできるだけ長生きする魚を選ばせてもらおう。創がいなくなってもあの水槽を空にしないでずっと元気に泳ぎ続けてくれるような、そんな魚を入れてもらおう。

忍者のようにそろそろと歩く創にあわせて、高野はゆっくり歩いてくれる。

強い風が吹いて、その冷たさに創は思わず肩をすくめた。もう秋ではない。季節は冬になったのだ。

翌日の日曜日も、創の予定はなにもなかった。

病院のアルバイトは平日だけだし、コンビニの方はもう次は火曜日まで入る予定はない。恐る恐る携帯を見てみても、ナルミはもちろん、その他の誰からもなんの連絡もなかった。

土曜休みだった高野は、日曜は日直だということで、朝から出勤している。またしても同じ部屋で信じられないほどよく寝てしまった創は、朝食の用意どころかお見送りもできなかった。

リビングに行って、水槽を眺める。からっぽだった水槽には、小さな魚が三匹と水草が入れられていた。水草の中に隠れている魚を見つけて、しばらくそれを眺める。

テーブルの上にはメモが一枚残されていた。「魚にエサはやらなくてよし　パン食べてよし」と書かれている。高野が置いていったのだろう。達筆とまではいかないけれど、読みやすい字だった。バランスがよくて堂々としている。字って性格が出るのかな、と、創は自分の汚い字を思い出す。

いつものように牛乳を飲んでいると、お腹が鳴った。食パンを一枚もらう。冷蔵庫に、開けたばかりらしいジャムがあった。それをぺたぺた塗って、水槽の前で魚を眺めながら食べた。

(図書館、いこ)

食べながら、そんなことを考える。

創がたまに足を運んでいた図書館には、インターネットができる端末があった。あれでいろいろ調べてみようと思った。高校のこと、未成年がアパートを借りる方法、そして熱帯魚のこと。ついでに、料理の本も見てこよう。調べたことをメモしておくためのノートも買わなくてはいけない。

次から次へと、やりたいことが頭に浮かぶ。こんな感覚は久しぶりだった。

あわただしく身支度して、戸締まりを確認する。最後に、テーブルの上に置いてあったメモを手にとって、それを二つに畳んで、大事に鞄にしまう。

出掛けようと鍵を手にとったとき、ちょうど、鞄のなかで携帯が鳴った。そこに表示された相手の名前に、一瞬、目を疑う。

「……はい」

意外な相手からの電話だった。その人と喋ること自体が久しぶりで、驚きと戸惑いで、口が重くなる。そもそも、以前はどんな風に会話をしていたのかを思い出せなかった。

「元気だよ。……うん。大丈夫……」

相手は何度も、元気だったか、大変なことはないか、と繰り返し聞いてくる。それにぽつぽつと答えていると、やがて、そちらが本題だったのだろう話をはじめた。

電話の相手は、ナカムラさんだった。創の母親が生きていたとき、つきあっていた男の人だ。創と母親と、三人で一緒に暮らしていた。もしかしたら、創の新しい父親になったかもしれない人。

母が倒れたあとも、ナカムラさんはマンションにひとりで住んでいた。そこを、とうとう出ることにしたらしい。職場に近いところに別の部屋を借りたのだという。

マンションには、創の持ち物がそのまま置いてある。野宿をしていた間に使っていた寝袋。通っていた高校の制服や教科書。冬のコートや、夏の洋服。最近はそんなものを持っていたことさえも忘れていたゲーム機。そういった私物を勝手に処分するわけにはいかないから、引き取りに来てくれないかという電話だった。

捨ててしまって構わない。創は最初、そう言うつもりだった。どうしてもいま必要なものはなさそうだったし、第一、そんなもの置いておく場所もない。

けれどそれを伝えようとして、心の中に躊躇いが生まれた。部屋のなかにあるものを全部、きれいに捨ててしまう。それと似た話を、つい最近聞いたばかりだった。

「……取りに行きます。いつまでに行けばいいですか」

自分でも意識しないうちに、電話の向こうの相手に聞いていた。年内で構わないよ、と、ナカムラさんは恐縮したように答える。それなら、まだひと月以上時間がある。引き取るかどうか、それをどこに置くかという問題はあるけれど、今すぐ処分することを決めなくてもいい。もしかしたら大事にしたいものが残っているかもしれない。それを探してみたいと、いまはそんな風に思った。

いつでもいいから、と最後にそう言って、ナカムラさんは電話を切った。

携帯を鞄にしまい、今度こそ出掛けるために、高野の部屋を出る。やることがいっぱいだった。買い物、調べ物、それから、先のことを考えなくてはならない。

これから、どうするか。同じ言葉を、これまでに何度も胸のなかで呟いたはずだった。明日のことも見えなくて、この先がどうなるのか分からなかった。星を見て、舟に乗った想像をして、流れに身をゆだねて、自分からは何もできない気でいた。

いまは違う。舟を降りたわけではないけれど、きっと、新しい場所を見つけることができたのだ。たどりつきたい場所を見つけたから、そこを目指して自分で進んでいかなければならない。

方角はきっと、あの人が教えてくれる。たとえ具体的な行動や言葉にして手助けしてくれることはなくても、その存在で、導いてくれる。高野のことを思えば胸はあたたかい。やがて遠く離れてしまっても、この心に宿る光が陰ることはないだろう。

だから信じて進めばいい。

「大丈夫」

声に出して、自分に言い聞かせる。合鍵でしっかり施錠して、高野の部屋を後にした。

冬になったと意識してしまったせいか、今日はひときわ、風が冷たく感じる。パーカーの前をかき合わせて身をすくませると、ふと、寒そうにしていた瀬越のことを思い出した。

(……瀬越先生)

かすかに胸がざわつく。

大丈夫、ともう一度自分に向けて呟く。大丈夫なはずだ。昨日電話で聞いた声は元気そうだった。

それでも、胸のどこかにどうしてもぬぐい取れない不安が残ってしまう。何が不安なのか、それすらも分からないような得体の知れない何か。

首を振って、それを振り払う。今日はやりたいことがたくさんあるから、こんなところでぼうっとして、時間を無駄にしている場合ではない。だから深く考えることはしなかった。意識的に、それを忘れようとした。

それが舟を沈める嵐の予感であることに、その時は気付くはずもなかった。

二十三

その日は朝からずっと曇りで、どんよりと重たげな雲が空を灰色に覆っていた。

創は病院の廊下をモップがけしながら、窓から外を見てみる。ガラス一枚通しても、指がかじかむほど空気が冷たい。もしかしたら、雪になるのかもしれない。ここのところ、毎日のように天気予報が「今晩は厳しい冷え込みになります」と繰り返している。

夕食はおでんにしようと前もって決めていた。昨日のうちに、作り方も調べて、材料も揃えてある。鍋ものならば人数が多いほうが楽しいかもしれない。創が言うより先に、おでんだと聞いた高野から、瀬越も誘ってみるか、と提案された。もともと創もそのつもりだったので、頷いて同意した。

あれからずっと、瀬越とはまともに話ができていなかった。

瀬越から誘われることもなかったし、忙しいのを分かっていて創から声をかけることもできなかった。病院では何度か顔を合わせていたし、その時には、いつも通り笑って挨拶をしてくれた。それでも、短い挨拶を交わしたあとはすぐに立ち去ってしまい、これまでのように、立ち止まってお喋りをすることはなかった。

忙しいからだ、と、創は思っていた。瀬越は疲れていて、顔色が優れないように見えた。笑っていても、どこか無理をしているように感じられてしまった。

仕事がはじまる前に、今日の夜は一緒に高野先生の部屋でご飯を食べませんか、とメールを送っていた。返事が気になって、仕事中なのに何度も携帯を見てしまう。マナーモードにしてある携帯は、お昼を過ぎてもいっこうに震える気配がなかった。今日は外科の手術日だし、午前中の手術がまだ続いているのかもしれない。

昼食を食べ終えて、休憩時間もそこそこにまた掃除に戻る。定時ぴったりで帰るために、早めにやることを終わらせるつもりだった。

三階のフロアは今日もひと気がない。まだ昼休みの時間なのに、通りかかる職員の姿もほとんどなかった。外が曇っているせいで薄暗い廊下を、黙々とモップで拭いていく。

創はひたすらに手を動かすこの作業が嫌いではなかった。たぶん頭をつかって何かを考えるよりも、身体を動かすことのほうが向いているのだと思う。休みなく手を動かしながら、とりとめのないことをあれこれ考える。

ナルミからの呼び出しは、ぱったりと途絶えた。そして同じように、東からもなんの接触もないままだった。しばらくは、どこからかふいに現れるのでは、と不安に思って注意していた。けれどあれ以来不審な電話もなく、似た人影すら見かけなくなった。

きっと東は、創のことを忘れてしまったのだ。かわりになる相手なんて、いくらでもいる。もう新しい相手を見つけたのだろう。とりあえずいまは、そんな風に考えるようにしていた。

高野とはあれから、毎日同じ部屋で寝ている。高野の帰りが遅い日には先に布団に入っているが、寝室の扉が開く音で、必ず目を覚ました。

おかえりなさい、と短く言葉を交わして、それからまた眠る。おやすみなさい、を言ったあとに目を閉じると、安心するような気持ちに包まれて、必ず夢も見ずに深く眠れた。最初こそ、高野の気配や小さな物音に過剰に反応して挙動不審になっていた創も、いまでは逆に、そのひとつひとつに心が落ち着くようになっていた。

これまで誰かと同じ空間で眠ることなんて、ほとんどなかった。だから、それがあんなに心落ち着くものなのだと知って、驚くような納得するような思いだった。

(結婚するって、ああいうことなのかも)

好きな人と一緒の空間にいて、一緒に眠る。相変わらず見ているだけの恋で胸の中をあたためている創にとって、それは手に入らない幸せを疑似体験できるひと時だった。

「よし」

創が受け持っているなかで、一番長い廊下のモップ掛けを終える。時計を見てみると、昼休みを早めに切り上げたおかげか、いつもより一時間近く余裕がある。あとはゴミを捨てて、道具を片づければ作業はすべて終わりだ。ひとつ息をして、片づけに入ろうとした時だった。

聞き覚えのある声が、響いた気がした。

まるで言い争うような激しい声の調子に、肩に力が入る。誰かが怒鳴っているにしても、たぶんここにいる自分とは関係のないことだ。分かってはいても、若干、緊張しながらワゴンに手を伸ばす。かかわりあいにならないほうがいい。幸い、声が聞こえてくるのはゴミ廃棄所とは逆の方向だった。廊下の端の、角を曲がったあたり。奥の方には手術室スタッフ用の出入口があるだけだ。廊下をずっと掃除していた創がここを通る人を見ていないのだから、たぶん手術室にかかわる誰かだろう。

関係ない、と思ってその場を離れようとした。けれどその瞬間はっきりと、知っている人の声が、知っている人の名前を呼んだ。

「だから落ち着けって言ってるだろ、瀬越」

特別、大きな声ではなかった。それなのに、距離があるはずの創のところまで、その声はよく届いた。

高野の声だ。決して声を荒らげているわけではない。いつもと変わらない、淡々とした抑揚の少ない話し方だった。けれどそれを聞いて、背を向けようとしていた創の足は止まった。

高野の声には、これまで聞いたことのないような厳しさがあった。怒っているのではない。

(……叱ってるんだ)

たぶん仕事に関係することなのだろうから、創などが首を突っ込んではいけない。頭では分かっているのに、気が付いたら声の聞こえる方に駆けだしていた。ひと気のない廊下の角を曲がる。すぐ先に、手術室に続く自動扉がある。関係者しか利用できない裏口だ。

ふたりはその前にいた。

「先生」

どちらのことを呼んだつもりもなかった。勝手に、声が口から漏れていた。

廊下は角を曲がってすぐに突き当たりになっている。自動扉と、その反対側にエレベーターがあるだけの、狭い空間だった。

壁に背中を預けるようにして、緑色の術衣を着た瀬越が床に座り込んでいた。その傍らに、見下ろすように高野が立っている。高野はすぐに創に気付いて、こちらに目を向けた。その目が一瞬、どうして来たんだ、と咎めるような表情を見せた。

座り込んだ瀬越の様子が、いつもと違った。創が現れたことにも気付いていないように、両手で顔を覆ったまま、動かない。

そばに行こうとして、その足が止まる。見てはいけない、と心のどこかで自分が自分を止めようとする。けれど、もう遅かった。

顔を覆った瀬越の両手は、真っ赤に濡れていた。一度それに気付くと、緑の術衣も、手術室用の白いスリッパも、赤く汚れているのに気付く。床にも、いくつも同じ色の染みがついていた。

「俺じゃない」

「いい加減にしろ。いまはそんなことを話している場合じゃない。輸血のオーダーは田村先生に出して貰ったし、あとはうちの部長が入る。おまえ主治医だろ、ＩＣＵ入室になるから家族を呼んで説明を」

「俺じゃない……！　あいつが、手を滑らせて」

「瀬越」

高野は短く名前を呼んだだけだった。それでも、無関係の創でさえ、それを聞いて肩を震わせて後じさりしてしまった。頬を叩くような、厳しい声だった。

「誰がやったかなんて今話すことじゃない。いいから立って、やるべきことをやれ」

医者だろ、と、いつものように淡々と高野は続ける。瀬越はそれを聞いて、顔を覆っていた手をゆっくりと外した。その手が震えているのを、創は見てしまった。

どこか呆然とした焦点の合っていない目が、創の方を向く。見ていられなくて、とっさに目をそらしてしまった。

立ち上がった瀬越が、緩慢な動作で自動扉から手術室の中に消えていく。高野はその背中を見送るように、静かな目を向けていた。

「……先生」

何があったのか、創にもなんとなく予想がついた。ここは手術室で、瀬越は外科医。輸血。ＩＣＵ。床に残った赤い染みが何かなんて、考えなくても分かる。血だ。

大丈夫、と、そう言い聞かせるように、肩に手を置かれる。

「おまえは心配しなくてもいい。ここの掃除を頼んでいいか」

子どもに言い聞かせるような、優しい言い方だった。不安でいっぱいだった頭が、それを聞いて少し落ち着く。

「血液の処理の方法は？」

「……感染性廃棄物として、ほかのゴミとは区別して扱います」

マニュアルを思い出しながら答える。合格、と高野は頷いた。

「手袋をして、素手では決して触らないように」

「はい」

高野も手術室の中に戻るのだろう。背を向けられて、無意識のうちにその人を呼び止めていた。

「高野先生」

高野は足を止め、創を見た。頭がうまく働かず、言いたいことをうまくまとめられないまま、創は必死で言葉を探す。

「瀬越先生は、ずっと忙しくて、もうずっと休んでなくて、だから」

だから何かあったのだとしたら、きっとすごく疲れていたからだ。

状況も分かっていないのに口を出すべきではないと、そんなことは思いもしなかった。ただ、言わなくてはならない、と、必死に高野にすがっていた。

高野は創を振り払うことはしなかった。落ち着かせるように、何度か背中を叩かれる。大丈夫だから、と、そんな言葉とともに、同じ仕草で瀬越が創を慰めてくれたことを思い出す。

もっと上手に言わなくては、と創が焦っていると、軽い電子音がその思考を遮った。高野のＰＨＳが鳴ったようだった。

「今行きます」

短くそう応対して、高野はまたＰＨＳを白衣のポケットにしまう。これ以上引き留めてはいけない。創はぎこちない動きで、身を引いた。

「頼んだ」

もう一度言って、高野は今度こそ行ってしまう。

床をきれいにしなくては。創はワゴンのあるところに引き返し、必要な道具を用意する。赤い染みの残る床に膝をついて、薄いゴム手袋を装着する。

なにも考えないように、懸命に手を動かす。けれど、さっき見たものがどうしても頭を離れなかった。

俺じゃない、と繰り返す瀬越の表情は、これまでに見たことがないほど弱々しかった。顔が真っ青で、まるで瀬越自身がたくさん血の流れる大きな怪我をしてしまったようだった。痛くてつらいのに、それをどうすることも許されていない。

あの人は医者だ。だから、なによりもまず、患者の命を助けなければならない。高野は間違っていない。それでも。

——俺じゃない。

悲痛とも言える声だった。耳に残って、離れない。

力を入れて、消毒用の液体を含めた布で床を磨く。

瀬越がこれから創の送った呑気なメールを目にするのかと思うと、いたたまれなかった。どんな気持ちにさせてしまうだろう。時間を戻せるのなら、取り消して、なかったことにしたかった。

もともとの作業を早めに終えていたおかげで、汚れた床の処理をしても、定時の十七時より少し遅くなるだけだった。おそるおそる携帯を見たが、相変わらず誰からもメールも着信もなかった。

この季節になると、夕方と夜にはほとんど境目がない。ましてや今日は天気が悪かったから、創が病院を出ると、辺りはもう真っ暗だった。

暗い道を、冷たい風に身を縮めて黙々と歩く。寄り道する気にもなれず、ひとりで高野のマンションまで帰った。

今朝のうちに下ごしらえをある程度済ませていたので、おでんの用意をするのに大して時間はかからなかった。器も三人分並べて、いつでも食事ができるようにすべて準備を終えてしまうと、手持ち無沙汰になる。

時計を見ると、もう十九時を過ぎていた。遅くなるのだろうか、と考えながらぼんやり魚の泳ぐ水槽を見ていると、携帯が着信を伝えた。高野からだ。

『悪い、今日は遅くなる。何時になるか分からないから、先に食べてて』

今日は定時に上がれる日だと言っていたが、予定外に忙しくなってしまったのだろう。もしかして、瀬越のことが関係しているのだろうか。創の考えが伝わったのか、高野は電話の向こうで息を漏らすように笑った。

『大きめの緊急手術が重なったんだよ。心配するな』

瀬越が主治医だと言っていた患者は大丈夫だったのだろうか。聞きたいけれど、聞いてもいいのか分からなかった。

『瀬越から、連絡は？』

すると高野のほうから、先に聞いてきた。高野にとっても、瀬越は同僚であって、後輩だ。気にして当然だろう。

「何も」

『俺がこんなことを言うのも、おかしいんだろうけど。おまえに、あいつのこと、ちょっと頼んでもいいか』

「俺、ですか」

高野が急に、何を言い出すのか分からなかった。

『おまえの言うことなら、あいつも聞くだろ』

「俺にそんな力はないと思いますけど……」

否定しても、高野はかすかに笑うだけだった。そういえば、以前にもこんなことがあった。非常口の外にいる瀬越に、声をかけて気にするなと言ってやってくれと、あの時も高野はその役割を創に任せた。いったい、どういう関係だと思われているのだろう。

『今日の、あれはな』

少し潜められた声に、何の話をしようとしているのかすぐに思い至る。

『主治医はあいつだったけど、執刀は藤田先生っていう外科の医者がやってた。瀬越は助手で……俺はその部屋の担当じゃなかったから、直接その場にはいなくて、後で外回りの看護師に聞いた』

「何があったんですか」

『胃を切る手術で、血管を傷付けてしまった。出血はしたけど、すぐに縫合したし輸血もした。今はＩＣＵに入って経過をみてる。ただ、その瞬間に執刀医の藤田先生が』

口を挟めず、創は黙って高野の話を聞く。フジタ先生、という名前に聞き覚えがあった。瀬越に、出て行けと怒った人の名前だ。

『瀬越、ってものすごい剣幕で怒鳴ったらしい』

それを聞いて、創は息を呑む。フジタ先生はたぶん、瀬越よりも立場が上の医者だ。その人が、手術中に血管が傷つくような事態があった直後に、誰かを名指しして怒鳴れば。

俺じゃない、という言葉が、また耳に蘇る。

何も悪いことをしていなくても、犯人にされてしまうことがある。創が、バイト先のコンビニでレジのお金を盗んだ疑いをかけられたように。そしていったん犯人にされてしまうと、もうそれを否定できなくなってしまう。何を言っても、信じてもらえない。

『実際のところ何が起こったのかは、いま当事者たちが聴き取りされてる。落ち着いたら確認して、言える範囲でまた話す』

「瀬越先生も、まだ病院に？」

『いや。今日はもう帰らされたよ。うちに来てないかと思ったけど、やっぱりいないか』

帰らされた、と、そんな言葉ひとつにも、瀬越の置かれた境遇があらわれている気がした。

創の送ったメールを見ただろうか。あんな呑気なお誘い、なんの反応もなくて当然だ。いま、どこで何をしているのだろう。

「俺、瀬越先生のところに行ってみます」

創が告げると、高野は安堵したように息をついて、それから少し申し訳なさそうに続けた。

『悪いな。おまえに余計な心配かけて』

「ただ、俺が行っても、大したことはできませんけど……」

何かしてあげようと思って行くわけではない。ただ心配だった。どちらかというと、顔を見て自分が一方的に安心したいという身勝手な気持ちのほうが強いかもしれない。それでも、何かせずにはいられなかった。

「おでん、鍋にできてますから食べてください」

『もらうよ。ありがとう』

優しい声で礼を言われる。目を細めるその表情が目に浮かんで、創の心もふわりと温もる。

言葉ひとつで、こんな気持ちになれる。創がそばに行くことで、瀬越にも何か手助けになるようなことはできるだろうか。

気をつけて行くように念を押して、高野は電話を切った。

（そうだ、おでん）

もともと、三人で食べる予定だったものだ。瀬越のところに行くのなら、創の分も持って行って一緒に食べよう。あたたかいものを食べれば、少しは気持ちも楽になるかもしれない。創がしてもらったように、少しでも、助けになれれば。

台所を探って、使えそうな容器を見つける。鍋から均等になるようにおでんの具を詰めて、汁が零(こぼ)れないようしっかり蓋をして、タオルでくるむ。それを鞄の底に詰めて、創はいつもの薄いパーカーを羽織った。

「いってきます」

水槽の中の三匹の魚に声をかけて、部屋の電気を消す。

気持ちがはやって、早足になって高野のマンションを出る。

夜になっていっそう空気は冷え、吐く息が白い。パーカーの袖を伸ばして、寒さにかじかむ手を庇った。早く、と気持ちだけが焦る。

星が見えるかどうか、空を見上げることもその時は忘れていた。

二十四

駐車場に車があったので、てっきり部屋にいるものだと思った。エレベーターを待つ間もじっとしていられなくて、階段を早足でのぼる。

けれど、部屋の前にたどり着いてチャイムを鳴らしても、なんの反応もなかった。もしかして、留守なのだろうか。その可能性をまったく考えていなかった。

どこかに行っているのかな、と、玄関の扉の前に座り込む。ほかの住人に見られたら、不審に思われるかもしれない。けれど急いで来たせいで、息が上がってしまった。少しだけ、こうして待たせてもらおう。

廊下は壁があるから、外よりは寒くない。コンクリートの床に座って、鞄をそっと降ろす。

瀬越はどこに行ったのだろう。電話をしてみようか、と思ったけれど、携帯を手にとって、しばらく考えてやっぱりやめる。電話やメールだと、言葉しか伝えることができない。それだけで自分の考えていることや気持ちを伝えられる自信がなかった。

鞄の布地越しに、おでんのあるあたりを触ってみる。すっかり冷めてしまったのか、もう、少しもあたたかくない。

何もしないでいると、余計に寒さを感じる気がした。鞄から、熱帯魚の店で貰ってきた「はじめての熱帯魚」を取り出す。薄暗いけれど、文字が読めないほどではない。

冊子は熱帯魚を飼うために必要な道具や、準備の仕方などについて、イラスト入りで説明していた。

（あ、これだ。パイロットフィッシュ）

読んでいて、高野が言っていたことを思い出す。ほかの魚たちが住み着けるよう、水槽の環境を作り上げてくれる魚。高野の選んだ三匹の小さな魚たちは、今日も元気に水槽を泳ぎ回っていた。じっとしている時も、そうでない時も、いつまでも見ていたくなる。高野の影響もあるのだろうが、テレビを見るよりずっと面白いと思う。

（長生きする魚のこと、書いてないかな）

後半の方に、いくつかおすすめの熱帯魚が紹介されているページがあった。顔を近づけてそこを読んでいた時だった。

廊下の端から、エレベーターが到着したことを知らせる音がした。誰か来た。怪しまれたくないと思い、創は立ち上がろうとする。

けれどそれより相手が創を見つけるほうが早かった。座り込んで熱帯魚のページを広げていたところを、近づいてきた人影に見下ろされる。

「先生、この子誰？」

その声に、思わずぽかんと口を開けてしまう。創を不思議そうに見ているのは、若い女の人だった。長い髪の、すらりとしたきれいな人だった。誰、と問いかけたのは、創に向かってではない。その人の隣にいる、瀬越に向けてだった。

瀬越は何も答えなかった。あの、と何か言わなければと口を開きかけて、それが止まってしまう。

瀬越の手は、きれいな女の人の肩を抱いていた。

「何してるの？　そこにいると、中に入れないんだけど」

女の人はもう一度、創に話しかけてくる。その言葉に、はじかれたように創は立ち上がった。

「すみません」

やっと状況を把握できた。瀬越はこの人と出かけていて、一緒に帰ってきたのだ。そしてこれから部屋に入る。創はその邪魔をしているのだ。寒いはずなのに、一気に耳まで熱くなる。血が上って、さっと顔が赤くなる音さえ聞こえた気がした。

どうして、自分でなければならない、なんて思いこんでしまったのだろう。きっとつらい思いをしているから、行かなければならない、なんて。ひどい思い上がりだと、そんな自分が恥ずかしくてたまらなかった。瀬越のために何かしてあげたいと思う人は、きっとたくさんいる。そんなことはよく分かっているはずだったのに。

今すぐこの場から消えてしまいたかった。冊子を手に持ったまま、創は去ろうとした。それを遮るように、瀬越がはじめて口を開いた。

「帰って」

どこか冷たい声だった。少しうつむいた表情は、創のところからではよく見えない。

返事するのもいたたまれなくて、そのまま頭を下げて立ち去るつもりだった。けれど、ふいに腕を摑まれて、思わぬ方向に引っ張られる。何が起こったのか分からなくて、引き寄せられるままそちらに身体が傾く。

「ごめんね。今日は帰って」

瀬越の声がさっきよりも近い。帰って、という言葉に従おうとして顔を上げると、困惑した表情の女の人がこちらを見ていた。少し離れたところに、ひとりで立っている。そこで初めて、瀬越の手がもう彼女の肩を離れていることに気付いた。その手はいま、至近距離で創をつかまえていた。

「なに言ってるの？　意味わかんない」

「今日はもういいよ。おやすみ」

タクシー代、と、そう言って瀬越は一万円札をその人の手に乗せる。その仕草に、自分がいつも同じものをナルミから受け取っていたことを重ねてしまい、ひやりと胸が冷たくなった。

女の人はしばらく、瀬越と創の顔を見比べていた。やがて納得していない様子の表情のまま、背を向けた。ヒールを鳴らして、早足で廊下を去っていってしまう。

かたわらの瀬越がひとつ息をついた。気だるいため息に、創は我にかえる。

「先生、間違えてないですか」

「いいから」

うろたえる創に首を振って、瀬越は玄関の鍵を開けた。瀬越にもさっきの女の人に申し訳ないことをした気がして、創はエレベーターの方を見る。もうヒールの音は聞こえなくなってしまった。

「寒かったよね。入って」

そう言って、背中を押され促される。

「あの……すみません。邪魔しちゃって」

創のことなんて気にしなくていい。何なら、今から走ってあの人を呼び戻しに行こうか、とそんなつもりでいた。

きれいな人だった。瀬越の隣に並んでいるのを見て、この人にはこういう人が似合うんだな、と、短い時間でもそのことがよく分かった。

創の言葉が聞こえなかったのか、瀬越は何も言わない。靴を脱いで、首に巻いていたマフラーを外しながら、先に部屋の中に入ってしまった。お邪魔します、と小さく呟いて、創もその後を追う。

瀬越は電気も付けないまま、居間のソファの上に脱いだコートとマフラーを放った。明かりを付けようとした創の手を、瀬越の声が止めた。

「付けないで」

硬い声だった。

玄関から居間までの短い廊下には、淡い橙色の灯りが付いていた。そこから差し込む光で、部屋の様子はなんとか把握できる。鞄を隅に置いて、創は瀬越に少しだけ近づいた。

瀬越はソファに背中を預けて、ラグの上に座っている。足を投げ出して床に座り込むその仕草は怠惰で、瀬越らしくなかった。

「瀬越先生」

「いまは、顔見られたくないから。……なんで来たの、創ちゃん。高野に言われた?」

話す声の調子は、いつも通り柔らかく優しい。それでも、どこか投げやりにも感じられた。

頼む、と高野に言われたのは事実だ。だから、違うと言ってしまうと嘘になる。どう言ったらいいだろうか、と創が迷っていると、暗いところで瀬越が短く笑う。答えなかったことで、肯定したと取られてしまっただろうか。

「先生、もしかして酔ってるんですか」

かすかにアルコールの匂いがする。この人が酒を飲むところは何度か目にしていた。部屋に泊めてもらった時や、食事に行った時に飲んでいるところは見ていた。それでも、酔った姿は記憶になかった。もともと弱いほうではないのだと、そんな風に聞いた気がする。

いつもと違うこの様子を見ると、かなり飲んだのかもしれない。仕方がない。今日は、あんなことがあったのだから。創には経験がないから分からないが、酒を飲むとつらいことを忘れられるとよく聞く。

瀬越は何も答えない。暗さにも目が慣れてきた。黙ったままうなだれて身動きしないその姿に、何か言わねばならない気持ちになる。

「お腹すいてないですか」

「食べてきたから。……喉渇いた」

立ち上がって、台所に水を取りにいく。グラスを手渡すために、さっきよりも近い距離に膝をついて座った。

差し出す水を受け取って、瀬越は一気にその中身をあおる。空いたグラスを受け取ろうと手を出したけれど、瀬越はまるでそれを拒むように、創とは反対の方の床に置いた。

「ねえ。なんで来たの」

おく。

「……俺が、先生の顔、見たかったから」

食事をしてきた、と言っていた。気にさせてしまうと悪いから、おでんを持ってきたことは黙って

「あんな失敗して落ち込んでるだろうからって、慰めに来てくれたんだ？」

優しいなあ、と、瀬越は笑った。まるで馬鹿にするような笑い方だ。

その嘲笑は創に対してではなく、瀬越自身に向けられているように思えた。

「先生は、悪くないよ」

顔を上げない瀬越に向き合って、創は言葉を探す。

無責任なことを言ってはいけないと、自分でもよく分かっている。けれど、無関係で事情を知らない創だからこそ、言えることもある。たとえ実際に起きたことがどうであれ、自分だけは瀬越のことを信じているのだと伝えるのは、いけないことだろうか。

「俺、しばらく休んでいいんだって」

言いながら、床に置いた空のグラスを指ではじく。ラグの上で安定が悪かったらしく、簡単に倒れて転がった。それに目をやりながら、瀬越は独り言のように続ける。

「一週間か、希望するなら二週間ほど、来なくていいって。ずっと忙しかっただろうって。……その間に、面倒なことは終わらせておいてやるからってさ」

高野から聞いた話を思い出す。何が起こったのか当事者が聴き取りを受けていると言っていた。面倒なことというのは、それに関係していることだろうか。

だとしたら、当事者であるだろう瀬越が、まるで意図的にその場から外されたようにも思えてしまう。

ずっと忙しくて、休みがなかったのはほんとうのことだろう。だから休暇が貰えるのなら、それはいい話なのだろうが。

いまの瀬越を見ていると、それがただ単にこの人を思いやった提案ではないことが分かった。少なくとも、瀬越自身にとっては、喜べるような話ではないのだ。

「疲れた」

聞き漏らしそうなほど小さな声で、そんな風に呟かれる。どうしたらいいか分からなくて、転がるグラスを拾おうと手を伸ばした。その手を、瀬越に払われる。

触ろうとしていると思われたのだろうか。そんな場合ではないのに、拒絶された気がして戸惑ってしまう。

「結果が目に見えるから。よくも悪くも、自分のやったことが、確実に成果にあらわれるから。そういうのが自分に合ってると思ってたけど。分かんなくなってきちゃったな、なんだか」

何を話そうとしているのか分からなくて、それでも自分にできるのはただ聞くことだと思い、創は黙っていた。すると、それまで伏せていた顔を上げて、瀬越がこちらを見た。

この人の顔を見るのはずいぶんと久しぶりなような気がした。そして、すぐにそれが勘違いだと気付く。違う。久しぶりなんかじゃない。両手を赤く濡らして、小さく震えていたあの姿を、ほんの数時間前、確かに目にした。

瀬越はその時と同じ表情をしていた。創の方を向いているのに、そこにほんとうに何かが映っているのかどうか分からないような、うつろな目。

「高野が麻酔科を選んだ理由って、聞いたことある？」

そう聞かれて、首を振る。高野はあまり自分の話をしない。仕事についての話も、あたりさわりのないこと以外は、聞いたことがなかった。

「教えてもらうといいよ、すごくいい話が聞けるから。……憎らしいほどね」

そう言って笑う声は低い。

瀬越にとって高野がどんな存在なのか、これまで何度か考えようとして、たぶん意図的に途中で止めていた。この人はおそらく、当人に対してはともかく、創に対してはそれを隠したりしていない。ほんとうはずっと、感じ取っていた。だからこそ、気付くまいとしていた。

この人は、高野のことが嫌いなのだ。

「もう寝ちゃおう、先生」

こんな話、身体も心も疲れているときにするべきではない。もっと辛くなるだけだ。休みを貰ったのだと言っていた。状況がどうであれ、休息が必要なのは明らかだ。

放っておくとこのままここで眠り込んでしまうかもしれない。そうなる前に、ベッドに入ってもらわなければ。

「創ちゃんはさぁ」

立つのを支えようとして、わずかにためらった後、腕に触れる。今度は振り払われなかった。

「俺が医者やめても、俺のこと嫌いにならない？」

話が飛ぶのは酔っているせいだろうか。すねた言い方が子どものようだった。きっと女の人がこんな顔を見せられたら、母性本能をくすぐられるのだろう。それに似た気持ちになる。

「なりませんよ。あ、でもちょっと残念には思うかも」

「なんで」

どうやら瀬越は立つ気がなさそうだった。眠ってしまったこの人を創ひとりで寝室まで運ぶのは難しそうだ。せめて横になってもらわなければ、と心配しながら、創は笑う。

「俺、先生に盲腸の手術してもらいたいから」

ずいぶんと前の話だが、そんな話をしたことがある。創が盲腸を患ったことがないと言ったら、その時は俺が手術してあげる、と瀬越は笑ってくれた。できることなら入院も手術もしたくはないが、いざそうなった時にはこの人に頼みたいと、創は勝手に決めていた。

瀬越はまた黙り込んで、顔を伏せてしまう。本格的に寝てしまうのだろうか。創は触れていた手を離した。

寝室から毛布だけでも持ってこよう。暖房も付けたほうがいいかな、と暗いリビングを見回し、リモコンを探す。

「わっ」

立ち上がろうとしたところで腕を引っ張られて、そのまま尻餅(しりもち)をついてしまう。背中に触れるのはソファの感触ではなく、洋服越しに伝わるひとの体温だった。

ふいをつかれてされるがままになっていると、背後の人の両腕が身体に回される。創はその体勢のまま数秒かたまり、やがて、後ろから抱きしめられているのだということに気付く。

「……先生？」

回された腕の力が強くて、身体の向きを変えようとしても少ししか動けない。名前を呼んでも、なにも言葉が返ってこない。まるで甘えるように首筋に顔をうずめられた。瀬越の柔らかい髪が肌に触れて、くすぐったかった。

「瀬越先生」

もう一度呼ぶと、ほんのわずかに腕の力が緩められる。

この人と、前にもこんな風に近づいたことがあった。創の元気がないことに気付いて、同じように後ろからそっと抱いていてくれた。

ひとの温もりの優しさが心を慰めることを、教えてくれた。

「何か、俺にできることがあったら……」

だから、創にも何かできることがあるのなら。そんなつもりで口にした言葉だった。

身体をひねって、すぐ近い位置にある瀬越の顔を見る。睫毛の長い優しい目は、見上げる創の視線を避けるようにそらされた。

「何ができるの？」

返ってきた言葉は、冷たく乾いていた。

「え……」

「何ができるんだって聞いてるの。病院の中で、俺の立場が変わるようにしてくれる？　パワハラですって庇ってくれる？　無理だろ」

言われていることは正しかった。それでも何か言わねばと、創は必死に考える。

「仕事のことは、できないけど。その、うちのこととか……」

「家事してくれるってこと？　悪いけど、きみより料理が上手で、もっと色々ちゃんとできる子なんていくらでもいるよ。あんなままごとみたいな若奥さんごっこ、高野がほんとうに感謝してると思ってる？」

淡々と、吐き捨てるような言葉だった。そらしていた目をまた創に戻して、瀬越は微笑む。

これまでに見慣れた、優しい、いつもの瀬越だった。語る言葉以外は。

「それは」

確かに、ままごとだと言われても仕方がないことしかしていない。それでも、これまで瀬越は何度も創の作ったものを食べてくれた。その度に、おいしいよ、と言ってくれていたのに。

「……ほら、すぐそんな傷ついた顔する」

おかしそうに笑って、瀬越は創の顎を指でとらえる。もう片方の手は腰に回されて、簡単には抜け出せそうになかった。

「じゃあさ、慰めてよ」

何かしてくれるっていうなら、と、黙って見上げることしかできない創に向かって、瀬越は笑った。

「さっき帰ってもらったあの子に慰めてもらうつもりだったから。代わり、して」

「俺で、できることなら」

瀬越が何を言いたいのか完全に把握できないまま、創はどうにか頷く。

(……どうして)

得体の知れない不安で胸がいっぱいになっていた。寒気がした。

どうして、この人がこんな目で創を見るのだろう。よく見慣れた、油が浮いたように鈍く光る目。

もう二度と、見なくて済むと思っていた。

そこに滲みつつあるものの正体を、創はこれまでに何度も味わってきた。この人が、創をそんな目で見るはずがないのに。

「できるよ。だって創ちゃん、得意だろ」

突き飛ばされるように、床の上に転がされた。背中を打って、一瞬、息が詰まる。部屋が暗いから、少し離れてしまうと瀬越の表情はなにも見えなくなる。身を起こそうとして、両肩を上から強い力で押さえられた。

「それでお金貰ってるんだから」

囁くように言われる。言葉が出ない創を見下ろして、瀬越はまた笑った。

乾いたその声は、目の前にいる柔らかく笑う人のものだとは思えなかった。

二十五

相手の表情が見えない。創は床の上に転がされて、組み敷いてくる人を見上げることしかできなかった。

両肩を上から押さえつける力が強くて、まるでそのまま身体が床にのめり込んでいきそうだった。

「せんせ、い」

身体が強張って、そんな短い言葉もうまく口に出せない。肩を押しつける手を摑んで、振り払おうとした。

こんなこと、起こるはずがない。だからきっと、なにかの間違いだ。酔っているから。だから創のことも、そこに誰がいるのか分かっていないのだ。

「瀬越先生」

分かってもらおうとした。それでも相手の力のほうが強くて、振り払えない。そのそぶりを抵抗だと取ったのか、瀬越は創の顔を覗き込んで笑った。見えなかった表情が見えるようになっても、安心するどころか余計に焦燥が募るだけだった。

「なに。嫌なの？」

瀬越は笑っていた。まるでいつもと変わらないその様子に、創は目眩がしそうになる。

「なんで。お金払うよ、いつもどれだけ貰ってるのか知らないけど。知り合いだからもっと色つけてあげてもいいし」

そういうことではない。だってもう、こんなことはしないと決めたのだ。決めて、勇気を出して、あの世界から抜け出した。

創にそう決心させてくれたのが、誰でもない、目の前にいるこの人だったのに。

「先生、俺には、もうあんなことするなって……お、俺、もう」

あの時どんなに救われたか。そのおかげで、ほんとうは嫌でたまらなかったあの「仕事」をやめることができたのだ。押さえつけられたまま、創はどうにか伝えようとする。

「……ああ」

瀬越はそれを遮って、そういえばそんなこともあったな、とでも言いたげな顔をしただけだった。

左肩にかかる力がふいに外れて、その手が今度は創の頬に触れる。撫でるように手のひらでくるまれて、指先で耳を探られる。

「言ったよ、確かに」

その感触にぞくりと身を震わせてしまう。瀬越はそんな創を見て、すぐ近くで笑った。

「だってそういうものだろ、大人の言うことって。でもね、本音を言うと」

額と額を合わせるように、顔を近づけられる。睫毛が触れそうな距離で目を覗き込まれた。

「創ちゃんがそんなことしてるって聞いて、俺、すごい興奮した」

笑う吐息が、頬に触れる。さっきまでは感じられたアルコールの匂いが、いまは少しも残っていないように思えた。瀬越の目が、おそらく創の表情が歪んだのを確認して、また細められる。

「こんなにきれいなふりしてるのに。純粋で、汚れてなくて、ずるいことなんて何も知りませんって顔してるのに、裏ではそんなことしてるんだって。どんな顔するんだろうって考えて……すごい、興奮したよ」

言われたことに、頭が追いつかない。耳元でそんな風に囁かれたかと思うと、ふいに、唇を柔らかいなにかに塞がれた。

反射的に、身体をずらしてそれから逃れる。

「キスは駄目？」

創のその反応さえ面白がっているように、瀬越はまた笑う。創は何度も頷いた。ほんの少しではあるが、唇と唇が合わせられた。

創がこれまで、数えきれないほどしてきたあの「仕事」のなかでも、それだけはしなかった。したがる客もいないことはなかったし、東も何度も頼んできた。それでも断り続けて、これまでに一度も、したことはなかった。

「それだけは好きな人とじゃないと嫌ってこと？　……ほんと、かわいいね」

からかうように言われる。キスどころか、そもそも創には何もする気はない。どうにかして瀬越に正気に戻ってもらわなければ、と、この期に及んでもまだそんなことを考えていた。

瀬越よりも体格的に劣るとはいえ、創はかぼそい女の子ではない。だからいまだって、なりふり構わず相手を突き飛ばせば、この身体を離すことだってできるかもしれない。けれど、それをしてしまっていいのか、まだ迷う気持ちがあった。

この人がいますごく弱っていることは、創にだってよく分かっていた。そんな人の傷口をえぐるような仕打ちはしたくない。

どうにか逃れなければ、という本能的な恐怖と、相手へのそんな気持ちとの間で板挟みになって、両側からぎゅうぎゅうと強い力で潰されそうになっている気分だった。どうしたらいいのか、だんだん分からなくなって混乱してくる。

だから抗おうとする力も、少し弱くなってしまった。ふいに抵抗がゆるんだその隙に、瀬越は両手で創の頭を摑んできた。そのまま、強引に唇を重ねられる。首を振って逃れようとするけれど、頭ごと捕まえられてしまい、少しも顔を動かせない。

熱をもった、柔らかい他人の粘膜。拒む意志を伝えようとして口を開きかけると、まるでそれを待っていたかのように、開いた唇を軽く吸われた。

「……っ、ふ」

はじめての感覚に、知らずおかしな息が漏れる。味わったことのないくらくらする酩酊感に、自然と目を閉じていた。強張らせていた肩からも、力が抜けてしまう。

重ねられた唇が離される瞬間、かすかに聞こえた水音に、我にかえって目を開く。

何をされたのか、よく分からなかった。キスされていた間ずっと息を止めていたので、酸素が足りなくて呼吸が速くなる。息苦しさのせいで自然と目に涙が滲んでいた。瀬越はそんな創を見ながら、手のひらで両方の頰を撫でる。

「……はは。しちゃったね、好きじゃない人と」

優しい仕草だったけれど、語りかけてくる声は低くかすれていた。

「先生、やめよう、こんなこと」

舌がもつれて、うまく声が出ない。口を開いた創の声も、瀬越と同じようにかすれていた。

これだけ距離が近いのだから聞こえなかったはずがないのに、瀬越はその言葉になにも返してこなかった。代わりに、また唇を重ねられる。今度は、さっきまでの撫でるようなゆるやかな触れ方ではなかった。貪られる、という表現以外当てはまらないような激しいキスだった。

「んっ、……ふ、……っ」

呼吸ができない。鼻で息をすればいいと頭では分かっているのに、身体が言うことをきいてくれない。

唇がゆるむと、その隙間から舌を割り入れられた。やわらかく湿ったその感触に、また勝手に息が漏れる。知らない感覚に全身が支配されてしまいそうで怖かった。身体を引き離そうとするのに、回された腕に固く捕まえられて、それもできない。

「嫌なの?」

創のその仕草に、瀬越は押し殺した声で聞いてきた。嫌か、と聞かれて、とっさに首を振ってしまいそうになる。

ちがう。嫌だとか、瀬越のことが嫌いだとか、そういうことではない。そうじゃないからこそ、ここで流されてしまってはいけないと思う。創のその気持ちを、どうしたらこの人に伝えられるか分からなかった。

先生、と、名前を呼ぼうとした。どうにかして、分かってほしいと思っていた。

「拒むなよ」

けれど、触れたその肩が、かすかに震えていた。

「拒むなよ……」

まるで懇願するような声だった。肩と同じように、その声も震えている気がした。

床に転がされた創の上に身を投げ出すように、瀬越は縋（すが）りついてくる。強い力で抱かれて、首筋に顔を埋められた。押しのけようとした創の手が宙に浮く。

「せ、んせい」

創の呼吸も短く乱れた。どうしたらいいのか分からなかった。頭のなかに、いろいろなことが一気に浮かんで、耳の奥でいろいろな言葉がこだまする。

優しかった。創がバイト先であらぬ疑いをかけられた時は、それを許せないとまるで自分のことのように怒ってくれた。ままごとのようだと言われたけれど、創がつたない料理を出した時は、いつもおいしいと褒めてくれた。派閥が違うからと肩を竦めていた。寒いところで、ひとりで途方にくれたような顔をしていた。

手を赤く濡らして、俺じゃない、と震えていた。

いま創を抱く身体も、小さく震えている。あの時と同じだ。意識しなくても、その光景が脳裏に蘇る。

あ、あ、と、言葉にも声にもならないような、おかしな息が自分の口から漏れる。いつの間にか、瀬越ではなく創の身体のほうが小さく震えていた。全身を流れる血がざわざわして、その音がノイズのように耳を塞ぐ。目を見開いたまま、まばたきすることもできなかった。

自分にできること。あの時、東に手を引かれた時も、似たようなことを考えたはずだ。欲しいという人がいるのならば、あげてしまえばいいのだと。瀬越だって、さっきそう言っていたではないか。

創にできることなんて、なにひとつないのだ。こんな自分など、誰も、ほんとうは必要としていない。

「せんせい」

空を泳いで、何にも触れていなかった両手を、瀬越の背に回す。こんなことをしたことがないから力の加減が分からない。何か言わなくては、と思いながらも、からからに乾いた喉からは、うまく声が出せない。

瀬越が顔を上げて、創を見た。

「大丈夫」

戸惑った、どこか怪訝(けげん)そうな表情を浮かべている。その顔がまるで幼い子どものようだった。まっすぐに見上げる。

「……大丈夫。大丈夫だよ……」

子どもに言い聞かせるような言い方になってしまう。何が大丈夫なのか自分でも分からない。ただ、この言葉しか出てこなかった。抱き返した手で、そっと相手の背を撫でる。こうやってこの言葉をかけてもらった時、創は安心したから。

あの人の顔を思い浮かべようとした。心に住み着いて離れないはずのその面影が、いまは曇ってしまって上手に思い出せない。

瀬越は何も言わない。また、覆い被さるようにキスをされた。

薄いパーカーは、引っ張るように取り払われた。ベルトを外されて、デニムも剝がすように脱がされる。創も身体を床に投げ出して、されるがままになっていた。

下着もずらされ、足から外される。冷たい空気に晒されて、一気に身体が冷えた。

瀬越はほとんど喋らなくなっていた。その代わりに、身体のいたるところを手のひらや指で触れられて撫でられる。

「舐めて」

言われるままに口を開いて、差し入れられた瀬越の指を含む。節くれ立った、大人の男の指。はじめは一本だったそれを徐々に増やされ、しまいに三本入れられた。

「舌使って、ちゃんと濡らして。……あんまり上手じゃないね。キスもそうだけど」

感情の浮かばない声で、そんなことを言われる。長い指に舌を這わせて、言われた通りにした。ものを考える機能が麻痺したように、頭が働かない。

向き変えて、と囁くように言われる。耳元にかかるその息が、妙に熱かった。肌を滑るように腰に絡みつく手も熱い。

言われるままに従い、うつぶせになって、膝をついた体勢になる。命令する人の指をくわえて四つんばいになって、犬みたいだ、とぼんやりとそんな風に思う。

指が抜かれる。まるで創が余計な言葉を口にするのを防ごうとするように、後ろ抱きにされたまま、唇を重ねられた。さっきの指の動きをなぞるように、舌を入れられ、口の中をかき混ぜられる。

「……んっ、ふ……や」

舌を吸われると、身体から力が抜けてしまう。まるで食べられているようなキスに、なにも考えられなくなりそうだった。

シャツと下着代わりのTシャツをまとめてすべてまくり上げられてしまい、創の痩せた胸が晒される。冷たい空気に肌が冷えて、ぞくりと身体が震えた。それをなだめるように、瀬越の手で素肌を撫でられる。

「がりがりに痩せてるね。こんなのが嬉しい人もいるのかな」

理解できないけど、とどこか投げやりな口ぶりで言いながら、それでも瀬越は指で創の肋骨のあたりをなぞる。

「ひゃ」

くすぐるようなその指に、思わず変な声が出てしまう。瀬越は器用に、キスを重ねながら指先で創の痩せた胸に触れる。声を抑えようと創が懸命にこらえていると、ふいにぬるりと、内股の間に濡れた感触が伝う。

「……!」

「おっと。大人しくしててよ。そっちのためなんだから」

思わぬところに指を這わされて、反射的に身体が大きく震え、腰をよじって逃げようとしてしまう。それを咎めるように、腰に回された瀬越の手が強くなる。引き寄せられて、耳元で低い声が囁いたかと思うと、そのまま耳朶に歯を立てられた。

「あ……」

ぞくぞくと寒気に似た震えが走る。小さな刺激にもいちいち反応を見せてしまう創に、瀬越はどこかあきれたように笑った。また、腰を引き寄せられる。

さっきまで創が口に含んで濡らしていた指が、後ろの窄まりに触れた。創が驚いて身を引こうとするのを予測していたように、瀬越はそのまま、指先を中に埋めてしまう。

「や……！　せ、んせ、だめ」

創の抗議には耳も貸さず、瀬越はそこを広げようとするように、指を少しずつ奥に進めさせる。痛みよりも異物感のほうが強い。瀬越が妙に手慣れて感じられるのは、これがさほどこの人にとって珍しい行為ではないからだろうか。そんなことを頭の隅で考えては、そういえばこの人は医者だった、と今さらそんなことを思い出す。だから本来ならば他人に見せるべきでないところでも、平気で触れられるのだろうか。

指は複数に増やされ、なにかを確かめるように、軽く抜き差しされる。その度にかすかに水音がして、それがひどくいやらしく聞こえ、耳を塞いでしまいたくなる。

「んっ、……せんせい、お願いです、から」

抜いてください、と訴えようとした。先程から指を抜き差しされるたび、内側を擦られて変な感覚になる部分がある。後ろにもじんじんと痺れるようなもどかしさを感じ始めて、このままだと、おかしくなってしまいそうだった。

「俺、……っ、ぁ、や」

首を捻って、瀬越を見る。目が合うと、何故か瀬越は神妙な顔をした。何も言わずに動かしていた指を抜いてくれたので、もうやめてくれるのだと、創は安心しかける。

「意外に、煽るね。わかったよ、ほら」

吐き捨てるように言われる。金属の触れあう音で、瀬越がベルトを外したのだと気付いた。手を掴まれて、手のひらに何か触れさせられる。熱をもつ、かたくなっているもの。これまでに何度も創が触れてきた、男の欲望そのもの。

それを、さっきまで指でいじられていた箇所に押し当てられる。

「……いれるよ」

かすれたその声に、創は瀬越が何をしようとしているのか、いまになって思い知らされる。

まさか。だってそんな。この人はさっきのあの人みたいなきれいな女の人が好きで、創みたいなみすぼらしい男相手に、なんて。

頭が混乱して、もうわけが分からなくなる。本番、とナルミが意地悪な口調で何度かほのめかした行為。想像してみただけで、どう考えても無理だ、と怯えていた。それを、まさかこの人が。

「なんて顔してんの。はじめてでもないくせに」

創はそれを止めようと首を振り向けた。その顔を見て、瀬越は笑う。

言われた言葉に、創は気付く。そうだ。この人には、創がこれまでナルミと一緒になってやってきたことを知られている。東が創に言いつのっていた言葉も、聞かれたはずだ。

——いつもみたいに、いやらしいことをしてもらうから。

だから、創がいつも同じようなことをしていたと思われている。からだを売る、といったら、「本番」までしていると思われても仕方ない。そこまで考えて、創は妙に納得した。

だから、瀬越は創にこんなことをするのだ。もうこのくらい何度もしていて、平気なはずの身体だから。

「あ、ああ……っ！」

呆然とする創を現実に引き戻すように、下半身が裂かれるような痛みが襲う。窄まりにあてがわれていた瀬越のものが、強引に中に入ってきた。指とは比べものにならない大きな熱い質量。悲鳴をあげてしまいそうになり、懸命にそれを押し殺す。

（いた、いたい、痛い……！）

意識が飛んでしまいそうなほど、痛みは強かった。けれどそれを声にしてしまわないように、創は自分の手の甲を思い切り噛んだ。歯がぎりぎりと皮膚に食い込む。それを少しも痛いと思わないほど、身体を裂かれる衝撃は強かった。

だけどそれを、知られてはならない。創はこんなこと、慣れているはずなのだから。

「……凄い、熱い。いいよ、創ちゃん」

創を貫いている人が、熱にうかされたようにそんな言葉を漏らす。思いがけず自然と口から出てしまったような、無防備な口ぶりだった。奥まで深く埋められて、そのまま少し腰を揺すぶられる。

「や……う、動かないで」

「すごい、狭くて、……きもちいいよ、創ちゃん、創ちゃん、……創」

少し動かれただけで、全身がばらばらに壊されそうだった。創にとっては苦痛以外のなにものでもなかったが、瀬越にとっては違うらしい。

それなら、初めてだということを隠せるだろうか。気付かれてはならない。創の頭の中はそれでいっぱいだった。隠さなければ。慣れていて、こんなこと平気だという風に見せなくては。

ゆるゆると、最初はゆっくりだった腰の動きが、次第に激しいものになる。皮膚のぶつかる音の間隔が、少しずつ早まっていく。抜き差しされる衝撃に、創は拳を握り締めて、手のひらに爪の先を食い込ませた。

「あ、ああ、ん、あ……!」

ずっと前に見たことのある、いかがわしい映像のことを思い出そうとする。甘えるような、少し高い声を出そうとして、それでもうまくいかなかった。喘ぎ声にも上手い下手があるとしたら、いまの創が上げている声はひどい棒読みだろう。

「あっ、ああっ、せんせ、い……っ」

どうにかして、慣れていると思わせなければ。だってそうしないと、瀬越はきっと後でこのことを悔やむ。こんなことをするべきではなかったと、そう思って自分を責めてしまうだろう。この人は優しい人だから。

「かわいい声。女の子みたい」

創の棒読みに騙されてくれたのか、あるいは、瀬越にしてもそこまで深く考える余裕はないのだろうか。わずかに息を乱し、創を後ろから揺さぶりながら瀬越は笑う。

「そんなに気持ちいいんだ。好きでもない男なのに。誰でもいいの？」

ふいに、埋められていたものが抜かれる。突き飛ばすように乱暴に肩を押され、与えられる力のままに創は前のめりに倒れた。

（お、わった……？）

少しだけほっとして、創は身を起こそうとした。けれどすぐに早急な手つきで身体を仰向けに転がされて、再び瀬越に組み敷かれる。

「顔、見せて」

力が入らない裸の両足を摑まれて、大きく開かされる。なんの前触れもなく、そのまま、また瀬越のものを突き入れられた。体重をかけられて、一気に奥まで深く埋め込まれる。

「……っ！」

もう終わったのかと油断しかけていたせいで、思わず大声で悲鳴を上げてしまいそうになる。寸前でそれを押し殺した。

「ふ、ぁ……っ、あ、せ、せんせ……」

「……創。かわいい、創」

ぐちゃぐちゃと抜き差しを繰り返されるたびに、粘膜の擦れる音がする。砕けそうなほどに腰を激しくぶつけられたかと思えば、ゆっくりと時間をかけて引き抜く寸前まで浅くされ、また奥まで突かれる。その度に身体の内側から痛みが創を貫いた。額から脂汗が流れて、床に零れる。揺さぶられるたびに目の端に涙が滲んで、視界がぼやけて霞んだ。

「あっ、ああっ、い、せんせい、きもちい……っ」

口を押さえようとした手のひらを瀬越に払われ、そのまま手首を摑まれ押さえ込まれる。声を隠せなくなって、自然と、正反対の言葉が口からは漏れていた。

「あ、あぁ、あ」

「……っ、く」

身体を押さえ込んで、瀬越は創を貫いたまま、上体を折り曲げて唇を重ねてくる。そのまま、激しく揺さぶられた。

(いたい、痛い、いやだ、こわい、せんせい、せんせい、たすけて)

決して出してはいけないほんとうの言葉が、心の中だけであふれた。

(高野せんせい……!)

唇も舌も、嚙みつかれるように強く貪られる。息ができない。身体ががくがく震えるほど激しく腰を打ち付けられて、やがて、瀬越はその動きを止めた。短く息を吐いて、創の中にいれていたものを抜く。

突然やんだ動きに四肢をぼんやり投げ出す創を見下ろしながら、瀬越はたったいま創から抜いたものを数度手のひらで擦る。ほどなくして、創の腹の上に、ぬるい液体が零された。

「……ああ、そっか」

白くて、生あたたかい体液。創は何度も、もう名前も覚えていないような何人もの相手のそれを口に含んで飲み込んできた。

「別に、中で出してもよかったのか。女の子じゃないんだし」

瀬越はそれを見下ろして、どこかぼんやりとした様子で独り言のように呟いた。

目を閉じたつもりはなかったのに、いつの間にか創は意識を失っていた。

重たい目蓋を開ける。部屋は相変わらず暗いままだった。動けずに横たわっていると、水のはねる音が聞こえてきた。浴室のある方向に首を向けると、そこから明かりが漏れている。瀬越がシャワーを使っているのだろう。

(……いまの、うちに)

ここから消えなければ。そんな思いが胸にわく。あの人が戻ってくる前に、姿を消さなければいけない。

起きなきゃ、と思うのに、なかなか身体が言うことをきかない。少し動いただけで、あちこちがぎしぎし軋(きし)む音が聞こえる気がした。

ゆっくり時間をかけて、のろのろと起きあがる。胸も下半身も丸出しのままだったけれど、腹の上に出されたものだけは、きれいに拭き取られていた。落ちていた下着と服を拾い、身につける。早くしなきゃ、と気持ちが焦るけれど、身体が思う通りに動かない。寒くて冷えたせいか、手が震えて、いつもなら数秒でできるようなことにひどく手間取った。

「……い、っ」

立ち上がろうとして、その瞬間に走った痛みに膝をつく。気がつけば、手だけではなく、足も細かく震えていた。みっともなく床を這って、ソファに手をかけてどうにか立ち上がる。まっすぐ歩くことも、思うようにできない。

（はやく）

水音はまだ聞こえる。あれが終わらないうちに、ここからいなくならなければ。使命感にも似た気持ちで、よろよろと足を進める。体重がかかるたびに走る鈍い痛みに、その場にうずくまってしまいそうになる。唇を噛んでそれをこらえる。

どうにか部屋の端までたどりつき、そこに置いた自分の鞄を拾い上げる。そのまま逃げるように、気持ちだけは急ぎながら創は瀬越の部屋を出た。

エレベーターに乗り込んで一階のボタンを押す。扉が閉まった途端、創はその場に崩れるようにへたり込んでしまった。身体に力が入らない。全身がみっともなくぶるぶる震えて、一階に到着してもすぐには立ち上がれなかった。扉のほうが先に閉じてしまう。

開く、のボタンを押そうとして、その手が止まる。

ここを出て、どこに行ったらいいのだろう。

無意識のうちに、震える指先が、最上階のボタンを押していた。このマンションにも、非常用の外階段があることは確認済みだ。

エレベーターが着いた先から、非常用の扉を押し開けて階段に出る。長い時間をかけて、屋上までたどり着いた。隅の方に給水タンクらしきものがあるだけで、他には風を防ぐものもなにもない。

「……あは」

自分の他、ここには誰もいない。そう思った瞬間、何故か、笑いがこみ上げて止まらなかった。

「あはは、は、は。あはは……」

ぐったりとその場に座り込む。身体中あちこちが痛くてたまらなかった。

今夜は冷え込みますと天気予報が言っていた通り、頬に触れる風は冷たい。それでもいまは、寒さなんてどうでもよかった。

鞄をひっくり返し、中からタオルにくるんだ包みを取り出す。プラスティックの蓋を小刻みに震える指で開ける。中身はすっかり冷たくなっていた。

背中を丸めて、創はそのまま、指でおでんの具を掴んで口に運んだ。

なんの味もしない。まるで砂を噛んでいるように歯ごたえも不快だったし、冷たいおでんなんて、不味(まず)いだけだ。それでも手を止めずに、中身がすべてなくなるまで、ただ一心に薄茶色の大根や卵を口に運び続けた。容器を傾けて、汁の一滴も残さないよう、口に入れる。

「大丈夫」

こんな風に、ご飯を食べられる。だから、大丈夫だ。自分に言い聞かせるように何度も頷く。

身体の震えはまだ止まらなかった。きっと寒いせいだ。寝てしまえば朝がくる。今日はもう終わって、また明日になれば。

コンクリートの上に倒れ込む。見上げた空は雲が覆っていて、ひとつの星も見つけられなかった。

「……ね、ねむっているあいだに」

震える身体を丸める。

痛かった。全身いろんなところが痛くて、どこに絆創膏を貼ったらいいのかも分からない。心臓のあたりが絞られるようにずきずきと痛くて、疼く音まで聞こえそうだった。

「ぜんぶ終わっています」

呟く自分の声も、どうしようもないほど震えていた。

「痛いことも、つらいことも、ぜんぶ終わっています」

これはどんな時でも心を落ち着かせて眠りにつかせてくれるはずの、魔法の言葉だった。

けれどいまは自分の声が聞こえるのが嫌で、両手で耳を塞ぐ。

「おわっています……」

震える言葉を繰り返して、ぎゅっと目を閉じる。

誰の顔も、いまは思い出したくなかった。

二十六

目を閉じたり開けたりしているうちに、いつのまにか空は明るくなっていた。

携帯で時間を見る。もうすぐ、いつも起きている時間だ。顔を洗わなければいけない。それから、仕事に行かなくては。そう思って起きあがろうとするけれど、なかなか身体が言うことをきいてくれなかった。指先が凍り付いたように強張っていて、力が入らない。

雪が降らなくてよかった、と、そんなことを思いながら、少しずつ身体を起こす。硬いコンクリートの上にずっといたせいで、背中が痛かった。その他の色々なところも痛い気がしたが、あまり、考えないようにした。

病院の掃除の仕事は休めない。休みたいときは、誰か他の人に自分の担当のところも掃除してもらうか、シフトを変わってくれる人を自分で見つけないといけない。挨拶する程度の関係しか築けていない創には、それを頼めるほどの相手がいなかった。

立ち上がると、足元がふらついた。マンションを出るまで、誰にも会わなかった。あたりはまだしんと静まりかえっていて、創の靴が地面を踏む音だけが耳に響く。少し足を引きずる、情けない足音だった。

早い時間から開いているドラッグストアがあったので、鎮痛剤を買った。店の洗面所で顔を洗って、水道の水で買ったばかりの薬を飲む。箱の説明では一度に二錠と書いてあったけれど、早く効いてほしいのでその倍の数を飲んだ。

鏡の中の自分の顔を見る。いつもより元気のない顔をしている。よく眠れなかったせいだろう。何度か手のひらで頬を叩く。自分では強い力で叩いたつもりだったのに、あまり痛いと感じなかった。薬がさっそく効いたのかもしれないと思い、少し嬉しくなった。


午前中はただ手を動かし続けた。

身体が重くて、動作のひとつひとつにいつもよりずっと時間がかかる。ひと晩で、体重が二倍に増えたようだった。

ひと気のない静かな廊下を磨きながら、今しなければならないことがこの仕事であったことに救われたように思った。もし学生だったら、学校に行かなければならない。誰か、一緒に暮らす家族がいたら、その人にも何もなかった風を装わなくてはならない。

創にはなにもない。いまするべきことは、与えられた担当のフロアをきれいに掃除することだけだ。誰とも顔を合わせず、口もきかずにできることで良かった。そんなことを思いながら、黙々と仕事をこなした。

仕事をしている間にもいくつか嚙み砕いて飲んだので、お昼の休憩時間には、朝買った薬はもう半分になってしまった。それでもなかなか全身のあちこちが痛いのが楽にならなくて、創は薬の箱を手にぼんやりと壁にもたれていた。

よく見ると、空腹時を避けて服用してくださいと書いてある。あの砂を嚙むような冷たいおでんのあと、なにも食べていない。そのせいだろうか。

売店まで行く気力もなくて、創はそのまま、いつも通り非常階段で昼休みを過ごすことにした。磨かれた階段の踊り場を眺める。つめたくて気持ちが良さそうだった。横になりたい誘惑にかられる。けれど、たぶん一度寝てしまうと、もう立ち上がれなくなる。壁に手をつけて、身体を支える。吐く息が熱い気がした。

やっぱり動いていたほうが楽だ。午前中の作業もいつもより時間がかかってしまったし、今日は休憩せずに仕事することにしよう。そう決めて、その前に、もう一錠だけ痛み止めを飲んでおこうと、箱から薬を出そうとしていたときだった。

「創」

突然呼びかけられて、創は思わず、手の中の薬を落としてしまう。声の主はそれを拾って、手渡してくれる。

「頭でも痛いのか」

「……高野せんせい」

ありがとうございます、と小さく答えて、薬を受け取る。高野も、ちょうど休憩の時間なのだろう。売店で買い物をしてきたのか、手に小さな袋を持っていた。

「落とし物です。さっき、拾って……」

苦し紛れの創の言葉に、ふぅん、と高野は頷くだけだった。体調が悪いことを知られたくなかった。身体を支えていた手を離す。立っているだけで、あちこちがぎしぎしと軋む音が聞こえるようだった。

非常階段はスタッフしか通らないから、照明の光が小さい。そのせいで、少し離れてしまえば、相手の細かい表情もよく見えなくなる。そのことに安堵する。今は顔を見られたくなかった。昨日の瀬越も、こんな気持ちだったのかもしれない。

「昼飯、まだか」

「これから買いにいくところです」

とっさに、その気もないのに嘘を言ってしまった。

「じゃあこれ」

高野は手に持っていた袋を創に差し出してきた。受け取ると、ビニール越しにあたたかい温もりが手のひらに伝わる。

「……あったかい」

「昨日の米が余ったから、久しぶりに弁当持参した」

さっき医局のレンジであったためてきた、と付け加えられる。弁当、というその言葉に中を見る。白いご飯の三角おにぎりが二つ入っていた。

「でも、先生のお昼なんじゃ」

「言っただろ、余ったって。すごいたくさん持ってきてるんだよ。だからこれは、おまえの割り当て分」

創に渡すつもりで持ってきてくれて、しかも、わざわざ温めてくれたのだろうか。手のひらの温かい温度が、じわりと時間をかけて、身体の中までしみこんでいく。

「ありがとうございます」

もう一度、どうにか言葉にする。

高野は白衣のポケットから缶をふたつ取り出して、ひとつを創に渡した。頭を下げて、それも受け取る。温かいお茶だった。顔を上げていられなくなって、ごまかすために、階段の端に座る。

「昨日、どうだった」

通行する人の邪魔にならないようにするためか、高野は創の座ったところより上段に、同じように壁に身を寄せて腰を下ろした。その位置に、よかった、と創は胸を撫で下ろす。これなら、顔を見られないまま話をすることが出来る。

少し高い位置から降ってくる高野の声だけを、目を閉じてずっと聞いていたかった。けれど、そんなわけにもいかない。

「会えませんでした。俺が行ったとき、瀬越先生、留守で……。しばらく待ってたんですけど」

高野が聞こうとしていることが何なのかは、すぐに分かった。

ほんとうのことなんて口が裂けても言えない。創の答えに、なんとなくそんな気はしてたけど、と高野は苦笑した。

「じゃあ、昨日どうしたんだ、おまえ」

「俺、うっかり、先生の部屋の鍵忘れて出かけちゃって……。もう夜中みたいな時間になってたから、昨日は友達の家に泊めてもらいました」

考えるより先に創は答えていた。しかし言ってから、出かける時に施錠しているのに鍵を忘れたというのは無理がある、と気付いた。嘘もうまくつけなくなってきているのかもしれない。

「鍵ぐらい開けるのに」

高野は矛盾に気付かなかったのか、あるいは気付かないふりをしているのか、それ以上は触れようとしなかった。

「すみません」

熱でもあるのか、頭が痺れたようにぼんやりして、ものがうまく考えられない。

指先が小さく震えていた。袋から取り出したおにぎりを、両手で包む。くるんだラップ越しに、頬に当ててみる。まるで優しくてあたたかい手に撫でてもらったみたいで、勝手に、息が漏れた。もったいないけれど、食べさせてもらうことにする。震える指でラップを慎重に剥がし、ほんの少し、口に運ぶ。

「……おいしいです」

「美味しいもなにもないだろ、ただ握っただけだし」

創の素直な感想に、高野はあきれたようにそう言った。おいしいです、ともう一度繰り返して、少しずつ、食べていく。あたたかい食べ物の熱が喉を通るたび、なぜか、胸が痛んだ。

「髪、伸びたなあ」

黙々とおにぎりを食べる創の後ろで、高野がひとりごとのように言う。

「伸ばしてるんです」

「似合わないと思うぞ」

ないのだ。

「そのうち、切りにいきます」

また、何も考えずに適当なことを言ってしまう。確かに最近、前髪が邪魔になってきていた。バイト先のコンビニでこっそり備品のハサミを借りて切るつもりでいて、なかなかその機会に恵まれないのだ。

すると、意外なことを言われる。

「切ってやろうか」

「高野先生が？」

思わず振り向きそうになってしまい、それをどうにか我慢する。おにぎりを食べて涙目になっているところを見られたくなかった。

「俺の実家、床屋だから」

だから、と言われて納得しかけて、それはあまり関係ないのではと思い直す。

ただ、床屋、というのが予想外だった。何も聞かずに、勝手に病院かその関係のことをしている家の出身だと思いこんでいた。

「床屋さんは継がなくていいんですか」

「いいんだよ、親が道楽でやってるような店だし」

そうなんですか、と頷いて、おにぎりをかじる。いつのまにか、ふたつ目の最後のひと口になっていた。

床屋といえば、ハサミだ。そんな連想から、創は思わず、しょうもないことをつい口にしてしまった。

「俺、小さいころ、ザリガニになりたかった」

言ってから後悔した。そんな、自分自身でもこの瞬間まで忘れていたようなどうでもいいことを、なぜよりによって今言ってしまうのか。

「理由は？」

こんな話なのに、高野は面白そうに聞いてくれる。申し訳ない気分になって、自然と声が小さくなってしまう。

「ハサミが、強そうで」

「カニじゃ駄目だったのか」

「カニだと、食べられちゃうから……」

「ザリガニも食べられるけどな」

創の答えに、高野は笑った。知らなかった。

「今日は、どうする」

目を閉じて、高野の声を聞く。どうする、と聞かれて、しばらくなにも考えられなかった。どうすると聞かれて、どうしたらいいのだろう。

許されるのなら、この人のいる空間で一緒に眠りたかった。けれど、いまあんな風に暗闇の中でそっと労るように名前を呼ばれたら、もう自分がぐずぐずに溶けてしまう予感がした。胸の奥に沈めて、隠しておかなければならないものがあふれて、そのまま全部、この人の前でさらけだしてしまう。

そうなってしまいたい、という気持ちが胸によぎる。

（……駄目だ）

そんなこと、ぜったい、許さない。ほかの誰がいいと言っても、そんな自分を創自身が許せなかった。この人にだけはずるくて汚い自分を知られたくなかった。

弱い考えを振り切るために、明るい声を作って、答えた。

「久しぶりに、前に住んでたうちに行ってきます。そろそろ引き払うみたいで、荷物引き取ってほしいって言われて」

高野はそれを聞いて、穏やかに、そうか、と頷いた。

「うちでよかったら、いくらでも預かるから」

「ありがとうございます」

親切なその言葉に笑う。考えるより先に嘘が出てくる自分に、こんなに救われることになるとは思わなかった。創の背後で、立ち上がる気配がする。

それじゃ、と、高野は通りすぎざまに、創の頭を一度撫でていった。

「向こうの都合が悪くなったりしたら、いつでも帰ってこい。風邪引くなよ」

そう言い残して、行ってしまう。取り残された思いで、その背中を見送った。見送って、足音が完全に聞こえなくなった途端、がくりと肩から力が抜ける。

気を抜くと、何か意味の分からないようなことを大きな声で叫んでしまいそうで、手のひらで顔を覆って、上半身を丸める。身体が震えて、止まらなかった。

――いつでも帰ってこい。

高野の言葉が耳に残っていた。あの人はどうしていつも創がほんとうにほしいものが分かるのだろう。静かにそっと差し出される優しさが、怖いほどだった。何もかも捨てて、子どものように泣いてしまいそういなる。

喉の奥が熱かった。手のひらの隙間から、押し殺せなかった小さなうめき声が、少しだけ漏れて零れた。

仕事が終わった頃には、朝買った薬は全部なくなってしまった。効いているのかいないのか、いまひとつ分からない。病院を出て、また同じドラッグストアに行った。今度はもう少し値段の高いものを買ってみる。

いつもと同じ作業をしただけなのに、信じられないほど疲れ切ってしまった。まっすぐ歩くことも出来ない。どこでもいいから、どこかで横になりたい。できたら、寒くないところがいい。

ふらふらと道を歩きながら、ふと、東のことを思い出した。

どうしてよりによってあんな人を思い出すのだろう、とその理由を探ろうとして、悩むまでもなく気付く。ネットカフェが目の前にあった。以前、ナルミに連れられて来た場所だ。

吸い寄せられるように、そのまま中に入る。愛想のいい若い店員が、料金プランをどれにするかと聞いてきたので、とりあえず一番安いものを選ぶ。平日だからか、それほど混んでいないようだった。

別料金でシャワーを借りられると書いてあったので、それも頼む。親切に、タオルやシャンプーまで貰えた。

休んでしまうとそのまま立てなくなりそうなので、先にシャワーを浴びる。シャワールームは思ったよりきれいで広かった。服を脱いで、頭から熱いお湯を浴びる。なにも考えないように、ひたすら丁寧に、時間をかけて頭の先から足の指先まで洗った。鏡がなくてよかった、とそんなことを思う。自分の顔も身体も見たくなかった。

シャワーを出る。ドリンクバーでコップに水を入れて、ご自由にお使いくださいと置いてあったひざ掛けを借りる。

創の借りた席は店の奥の方で、椅子ではなくてフラットシートになっていた。靴を脱いで、倒れるように身体を丸める。足を伸ばして寝られるほどの広さはない。薬を飲んで、ひざ掛けを身体に巻き付けた。髪がまだ濡れていて、少し寒い。

けれど、もうここでいいと思った。ここでずっと眠っていたかった。息を吐いて、目を閉じる。

あの魔法の言葉を思い出す余裕もなかった。

なにか、悪い夢を見たような気がした。

目蓋を開く。隣のブースに誰かが出入りしているのか、物音が聞こえた。そのせいで目を覚ましてしまったのかもしれない。

喉がからからに渇いていて、頭が重たい。いま何時だろう、と携帯を見てみると、不在着信の通知が表示されていた。

相手の名前を見て、一瞬、息が止まる。

名前を見ただけなのに、心臓が激しく跳ねて額にじわりと汗が滲む。瀬越からだった。しかも一度ではない。創がここに転がり込んでから現在までに、間隔をあけて三回も着信があったらしかった。あまり寝た気はしないのに、もうすぐここを出なければいけない時間になっていた。

ディスプレイに浮かぶその名前を目にしただけで、身体がすくむ。

どうすればいいのだろう。そんなことを、今更のように考えた。昨日あんなことになってしまって、これからどうすればいいのだろう。

(瀬越、せんせい)

何ができるの、と、笑っていたけれど冷たかった、あの言葉を思い出す。

瀬越はたぶん、創のことも好きではなかったのだろう。

創はまったくそれに気付かなかった。優しい人だから、とさんざん甘えて、瀬越の気持ちなんて、考えもしなかった。仕事がうまくいっていなくてつらそうだったのに、それをなんとなく感じ取りながら、自分のことにせいいっぱいで、何もしなかった。

その挙げ句に、あんなことになってしまった。

携帯には、着信だけでなくメールも届いていた。瀬越から、たったひとこと、連絡をください、と書かれていた。

何を言われるのだろう。見なかったことにしたかった。それでも、見てしまった以上、それを無視してはいけないことも、痛いほどよく分かっていた。

携帯を持つ指が震える。しっかりしろ、と自分に言い聞かせる。
行かなくてはならない。行って、瀬越に会わなければ。

特効薬

聞き覚えがある足音がした。

創（そう）は反射的に「開」のボタンを押した。閉まりかけていたエレベーターの扉が開ききるのとほぼ同時に、待ち構えていた人が乗り込んでくる。

「おう。おつかれ」

「おつかれさまです！」

つい声をあげて出迎えてしまう。足音から思い浮かべたとおり、あらわれたのは高野（たかの）だった。

朝から夕方まで一日同じフロアにいても、一度も顔を見られない日だって少なくない。遠くからでも姿を見かけられれば幸運だし、すれ違って挨拶をすることができた日には夜まで心がずっとあたたかい。創にとって高野はそういった特別な存在だった。

（今日はいい日）

なんてタイミングが良いんだろう、と思いがけない幸運に嬉（うれ）しくなる。

高野はいつもどおり、麻酔科医が身につける水色の術衣の上に白衣を羽織っている。思いがけず閉ざされた空間でふたりきりだ。そう思うとにわかに緊張してしまい、その姿が直視できなくなる。つい、ちらちらと不審に思われそうなほど小刻みな目線を送ってしまう。

「先生、どちらまで」

「タクシーの運転手みたいな聞き方だな」

ボタンを押して、今度こそ扉を閉める。平静を装って創が尋ねると、高野は答えた。

「一階で。つい乗ったけどおまえ上の階じゃなかったか」

「俺も一階です。倉庫に用事があって。でも珍しいですね、先生がこんな時間に下に降りるのって」

創は手術室のスタッフから「廃棄したい棚がある」と声をかけられ、一階にある倉庫まで台車を借りに向かうところだった。

この病院の一階は売店や総合受付を含め、ほぼ外来の患者向けの施設で構成されているフロアだった。麻酔科医の高野は、日中はほとんど手術室かＩＣＵ（集中治療室）にいる。時々、手術を控えた入院患者の部屋を訪問しに病棟に向かう姿を見かけたが、それだって昼過ぎのことが多い。

まだ早い午前中のこんな時間に、高野がどこに向かうのか気になった。売店にでも行くのだろうか。行き先が同じ方向だったら、少しでも長く隣にいられる。そんなささやかな期待を抱いてしまう。

「ああ。ＭＲＩの手伝いをしに行くんだ」

「ＭＲＩ……レントゲンみたいなやつですか」

「うーん。まあ親戚（しんせき）みたいなもんかな」

一階の、少し奥まった場所にそういった部屋が集まっている。創にはいまひとつそれらの違いが分からないが、確かそのうちのひとつにそんな表示板が出ていた。

そこに向かうのなら、創の目的地である倉庫は通り道だ。嬉しくなって、思わずにこにこしてしまいそうになる。

「麻酔をかけに行くんですか？」

手伝い、と高野は言った。創は高野が普段どんな仕事をしているのかほとんど知らなかった。見る機会も教えてもらう機会もない。だから麻酔科医の役割といったら麻酔をかけることぐらいしか思い付かなかった。

創はＭＲＩなるものについてもほとんど知らなかった。麻酔が必要だというのなら痛かったり苦しかったりする検査なのだろうか。親戚だというレントゲンは、特に痛いことも怖いこともなさそうなイメージがある。

「ＭＲＩっていうのは」

創の顔に疑問が浮かんでいたのだろう。高野が親切に説明してくれる。

ＭＲＩというのは筒型の装置の中で患者が寝そべって、その状態で内臓などの写真を撮影する検査なのだという。

「結構時間もかかるし、閉所恐怖症の人とかにはしんどいんだよ。あとは小さい子どもとか」

だからそういった患者たちが安心して検査を受けられるように、高野たち麻酔科医が呼ばれ手伝うことがあるらしい。麻酔ではなく、鎮静、という言葉を高野は使った。

「知らなかった。麻酔って手術の時だけじゃなくて、そういう時にも使われるんですね。すごい」

創は素直に感心する。高野はほんの少し肩をすくめて、小さく笑った。まるで、こんなことぜんぜん大したことじゃない、とでも言うような事もなげな仕草だった。

「ひとの『つらい』とか『こまった』を軽くするのが医療だから」

高野らしい言い方だな、と思った。淡々とした落ち着いた声で語られた言葉は、創にとってこの人の在り方そのものだった。

うまくいかないことの多い毎日を過ごす創にとって、「つらい」を忘れられる瞬間をくれるのが高野だった。顔を見られたら嬉しいし、声が聞けたら幸せだ。

「じゃあ俺も、将来ＭＲＩする時は麻酔かけてくださいって頼んでみます」

「なんだ。おまえも狭いところ怖いのか」

「そういうわけじゃないですけど」

そもそもＭＲＩがどういうものか思い浮かべることもできないのだ。ただ麻酔というものを体験してみたい、それもできたら高野にお願いしたい、という不純な動機だった。言えるわけもなく、もごもごと口ごもるしかなかった。

「覚えておくよ」

そんな創の様子をどう受け取ったのか、高野はそう言って小さく笑った。

ぴんぽん、と軽やかな音とともにエレベーターが一階に到着する。あっという間に、一緒にいられる時間が終わってしまった。

創より先に、高野が手を伸ばして扉を開けてくれる。頭を下げて、降りる。

（途中まで、一緒についていっていいかな……）

少し遅れて後ろを歩こうとする創を、高野が軽く首だけで振り向く。穏やかな眼差しに、並んで歩けばいいと手招かれた気がした。

そこまで急いではいないのだろうか。いいんだろうか、と若干気後れしながらも、隣に並ぶ。

常に距離を保ったまま見つめるだけだった人がすぐ近くにいる。あとほんの少し右に身体を寄せれば肘がぶつかってしまう。ばくばくと忙しなく動く心臓の音が聞こえてしまわないだろうか、と心配になった。

「おっ、俺は」

このまま黙ったままでいると、自分が何を口走ってしまうか分からない。それに、いまはひとつでも多く高野の言葉を聞きたかった。

そんな思いから、自分でも深く考えないまま先ほどの話を続けようとしていた。

「俺は、狭いところは怖くないですけど……」

歩きながら話す創に、高野が目を向ける。

創が病院で見かける医師は、たいがい早足で廊下を歩く。けれど高野はいつ見てものんびりと緩やかな速度で歩いている。いまもそうだった。

大きな動物みたいにゆったりした動きを見ていると、創はいつも安心する。なんだか息をするのが、少し楽になる気がした。

「何が怖い？」

言葉を途中で途切らせた創に、高野が聞いてくれる。

患者で混み合う外来を避けて関係者用の通路を歩いているので、ふたりの他に人影はない。人の話しさざめく声がかすかに流れてくるだけの空間に、創のぺたぺた歩く音がやけに響いて聞こえた。高野は足音も静かだ。

「えっと。その」

聞かれて、創は言葉に詰まる。自分が何を言おうとしていたのか、改めて聞かれるとすぐには返せなかった。

高野のしんと穏やかな眼差しを感じながら、ふと心に浮かんだものがあった。創の怖いもの。

（……鏡）

創は鏡が嫌いだった。鏡そのもの、というよりは、そこに映っている自分の顔を見るのが嫌だった。時々そこに、見覚えのない他の誰かがいるような気がしてしまってぞっとする。

けれどそんなことを、高野には話したくなかった。

創は高野にとって、たまたま職場でちょっと親しくなった程度の人間だ。この人が特別に親切で優しい人だからあれこれ気に掛けてくれているだけで、本来ならこうして隣り合って歩くこともできないはずだ。

だから創は高野にとって、なんの負荷も与えない存在でありたかった。聞かせる話は明るく楽しく、できることなら、いつだって笑う顔だけ見せていたいと思う。

そんなことをぐるぐると考えて、とっさに適当なことを言ってしまう。

「お、おばけ」

ずいぶんと子どもっぽい回答になってしまった。言ってから恥ずかしくなる。じわじわと血が上って、耳が熱くなった。きっと顔も赤くなっているだろう。

よりによっておばけ。おまえ何歳なんだとあきれられても仕方がない。

「お化けかあ」

高野はそれを聞いて笑った。その回答が面白くて、というより、予想外だったことを楽しんでいるような反応だった。

「そ、そうです……俺、昔からそういうの苦手で……」

うまく話が進んだことに安堵して、創は続ける。

ほんとうとも嘘とも言いがたい話だった。幼い頃はそうだったかもしれないが、いまの創にとっては生きた人間のほうが怖い。けれど実際、目の前に幽霊があらわれたらたぶん恐ろしくて泣きながら逃げるだろう。だから半分嘘で、半分は真実だった。

「お化けが怖くなくなる薬はまだ開発されてないな。残念だけど」

高野は苦笑いしながら言った。

ひとの「つらい」を軽くするのが医療だという話をしていたからだろう。もしかしたら創のために何らかの助言をしてくれるつもりでいたのかもしれない。

「先生にも何か怖いものとか、どうしても苦手なものってあるんですか」

今度は創から聞いてみる。この人と個人的な会話はほとんどしたことがない。純粋に興味があった。

高野はしばらく考えているらしい間を挟んだあとで、短く答えた。

「根回し」

創とは真逆の、ずいぶんと現実的な回答だった。

医者の仕事は、患者の治療をすることにとどまらない。病院で働くようになってから、創にもなんとなく分かるようになってきた。実際には書類を作成する事務作業や、病院という組織の一員としてその運営にかかわったりもするのだという。

仕事というものはひとりではできない。協力してやっていくことが不可欠だからこそ、時には一筋縄ではいかないことも多いのだろう。そこで根回しが必要になるのかもしれない。

創には共感できるほど社会人としての経験がない。けれど、自分にもそうした器用さが欠けていることは自覚していた。きっと創もうまくできないだろう。

「ほんとに嫌いなんですね」

ため息をつくような言い方に、そういうことをするのが心の底から苦手なんだな、と伝わってくる。気の毒に思いながらも、つい笑ってしまった。なんでも飄々（ひょうひょう）として冷静にこなしそうな人の見せた意外な一面に、胸の中がじんわり熱くなる。

ずっと年上の人のことを、かわいい、と思った。

「根回しが楽になるお薬はないんですか」

「酒だろうな」

冗談のつもりで聞いてみたのに、高野はごく真面目（まじめ）な表情で答えてくれる。とても実感のこもった声だった。創はまた笑ってしまう。

「大人（おとな）は大変ですね」

「そうだ。大変だ。おまえもいまのうちに気が済むまで遊んどけよ」

よく聞くお説教のような文句だったけれど、それを言う高野の声はどこかあたたかかった。きっと創の境遇を思って言ってくれているのだろう。

「はい」

優しいな、と嬉しくなる。この人はほんとうにいい人、と心をぽかぽかさせている創を見て、高野はふと何かを思い出したような顔をした。

「そういえば、おまえが用事があるって言ってた倉庫だけど」

長く静かだった廊下ももうじき終わる。そんなことを思うと、つい歩く速度を落としたくなってしまう。

遠くから見ているだけで幸せだと、いつも思っているはずなのに。こうやって少し距離が縮んだだけで、簡単にもっと多くを望んでしまう。強欲だな、と思って少し恥ずかしくなった。

「倉庫がどうかしましたか」

そんな自分を高野に見せないために、笑顔を作る。高野が何を話してくれるのか聞きたかった。

「あそこは出るらしいぞ」

「えっ」

高野は真面目な顔をしたまま、そんなことを言う。何が、と聞き返そうとした創の目線を受け止め、眼鏡の奥の瞳をほんの少し細める。

「俺はそういうのはまったく分からんが、見えるやつは何があっても近づきたくないって言ってるらしい。まあ病院にはよくある話だ」

ちょっとだけ、意地悪そうにも見える表情だった。

高野のそんな顔をはじめて見た。まるで創とそんなに歳の変わらない少年みたいだった。胸がきゅっと痛くなって、瞬間、息が止まってしまう。

「おい、大丈夫か」

創が呼吸を止めたのが伝わったのだろう。高野は眉根を寄せてこちらを覗き込んでくる。見慣れた、いつもどおりの穏やかで静かな目をした高野だった。

創はどうにか、角張った動きで頷く。左胸に手を当てて息を整えようとした。どうしようもないくらい、心臓が激しく動いていた。

「冗談だって。悪かった」

高野の声は申し訳なさそうだった。どうやら、自分が倉庫の怪談話をしたせいで創が動揺したと思っているらしい。創を動揺させたのは、それを話していた高野そのものだったのだが。おばけが怖いことにしておいてよかった、と数分前の自分に感謝する。そのおかげで過剰な反応を見せたこともごまかせる。

「お、俺、いまからそこに行くんですけど……」

怖がっているわけでもないのに、声がかすかに震えていた。もしかしたら目に涙も浮かんでしまっているかもしれない。

高野はもう一度、悪かった、と謝ってくれた。創はふるふると首を振る。高野が悪いわけではないのだ。

創が落ち着いたのを確かめて、高野はまた小さく笑った。

「一緒に行ってやろうか。手つないで」

「えっ……」

もしそのままふたりでそこにいたら、創は反射的に、お願いします、と頼んでしまったかもしれない。けれどその時、ふたりが向かおうとしていた先の扉が開いた。白衣を着た人が数人、そこから廊下を歩いてきた。

会釈をして、その人たちとすれ違う。隣の高野も、軽く頭を下げていた。頭を動かすと、少し癖のついた髪がぴょんと揺れる。それを目で追っていた創を、高野が振り返った。

「まだ時間に余裕あるから」

「いっ……いいです！　大丈夫です、ありがとうございます」

どうやらほんとうに、創と一緒に倉庫に行ってくれるつもりだったようだ。そこまでしてもらうわけにはいかない。だいたい、おばけが怖いのは嘘なのだ。慌てて、首を振る。

「俺ぜんぜん霊感とかないから！　だから何かいても見えないです。大丈夫なんです」

「見えなくても怖いもんは怖いだろ」

「ちょっと入るだけだから。よそ見しないですぐ出ます」

ありがとうございます、と念を押すつもりで繰り返す。本人がそこまで言うのだから大丈夫だと判断したのだろうか。そうか、と高野も頷く。

先ほど人が入ってきた扉を押し開け、関係者用の通路を出る。大勢がざわめく物音を聞いて、もう並んで歩く時間は終わってしまったのだと感じた。

ＭＲＩの部屋と創の向かう倉庫は、ここからは別方向だ。白衣のポケットに手を入れたまま、じゃあ、と高野が言った。

「気をつけて行けよ」

「はい。おつかれさまです」

頭を下げて、その背中が見えなくなるまで見送る。やっぱり歩くたびに、後ろ頭のはねた髪がぴょんぴょん揺れていた。

寝癖だろうか、と思いながら、創も台車を探しに倉庫に向かう。

外来を通り過ぎて奥まった場所にある倉庫は静まりかえっていて、明かりもほとんどつかない。入り口の扉を閉めてしまうと、昼間だというのに真っ暗だ。

(でも、怖くないけど)

目的のものを探すために、ひとりきりで倉庫を進む。空気は肌寒(はださむ)いし埃(ほこり)っぽいし、確かに「出そう」な雰囲気だった。

うっかり怖いものを見てしまわないように、歩きながら、高野の声を思い出す。

——一緒に行ってやろうか。手つないで。

創は思わず、自分の手を見てしまった。高野の手はもっと大きいだろう。

触れたことなどないはずなのに、その手がすごくあたたかいことを、なぜか知っている気がした。

「つないでもらえばよかったかな……」

暗く静まりかえった倉庫の中、ひとりごとを言う声が反響する。からっぽの手のひらが、やけに冷たく感じた。

あの手に触れたら、どんな怖いものも平気になれるかもしれない。それは何よりも効くお薬だな、と、そんなことを思った。

その想像だけで、暗闇もあたたかく優しく感じた。どこかに星が光っていそうな、そんな気さえした。

Siren

救急外来の前を通りかかると、サイレンの音が聞こえた。

ちょうど救急車が到着したところらしい。大音量で空気を震わせる音はひび割れていて、びりびりと鼓膜が痺(しび)れた。寝不足のせいか、頭痛がして目眩(めまい)を感じた。

疲れた顔をしていないだろうか。凝り固まった首筋を手で撫(な)でさすりながら、医局に向かうため廊下を歩く。関係者用の通路に入ろうとして、その扉の前で見知った顔に出くわした。

「おう。おつかれ」

瀬越(せごし)が頭を下げるより先に声をかけられる。麻酔科医がこのフロアにいるのは珍しい。休憩時間にはまだ早いから、放射線室に出張していたのだろう。

「鎮静ですか」

ああ、と高野(たかの)は頷(うなず)く。手術室かＩＣＵ(集中治療室)に戻るらしい。方向が同じなので、なんとなく流れで一緒に歩くことになってしまった。

「忙しいか」

「それなりに。先輩もよくＩＣＵ離れられましたね。ここのところずっと満床でしょう」

曖昧に笑う。顔色が優れないことを見越された気がした。

「ずっと前から頼まれてたからな。それにうちのスタッフはみんな優秀だから、俺がいてもいなくてもそう問題じゃない。たぶん戻ったら『先生いなかったんですか』とか言われるよ」

自虐なのか、あるいは冗談だろうか。淡々とした話し方と落ち着いたままの表情のせいで、どちらとも判断できなかった。

いてもいなくても問題ない。自分のことをそう評するこの男が、実際には周囲にどれだけ慕われ、信頼されているか瀬越はよく知っていた。高野のことを知る人間は、何か困りごとがあると、早い段階でその顔を思い出す。だから診療科や職種を超えて相談を持ちかけられたり、頼み事をされたりしていた。

派手な素振りもないし声が大きいわけでもないから、お世辞にも目立つ人物ではない。けれど不思議と、印象に残るのだ。いつでも落ち着き払った顔をしていて、何をやっていても余裕があるように見えるせいかもしれない。

それでいて、どこか世間知らずな浮き世離れした雰囲気もある。山奥に住んでいる仙人みたいな人、と手術室の看護師たちが話していたことがある。言い得て妙だと瀬越も思った。

「先輩はゆるキャラっぽいとこありますから」

無表情で、何を考えているのか分からないのに威圧感がないところもそれっぽい。ゆるキャラは万人に好かれる要素をつきつめた存在だ。嫌われにくい、と定義したほうが正確だろうか。高野は誰からも嫌われない。

「俺はそんなとこ目指してないんだ……」

「そうですか？　いいポジションだと思いますけどね」

若干不満そうにも聞こえる口ぶりの高野に、瀬越は笑った。かすかに込めた皮肉は伝わっただろうか。伝えたところで、何か変わるわけでもないが。

スタッフ専用の通路はひたすら真っ直ぐに長く伸びている。互いに黙り込んだ短い沈黙を挟んで、高野がふいに聞いてきた。

「最近、どうだ。藤田先生」

重くも深刻でもない。足が痛む人間に躊躇いなく手を伸ばして支えるような、そんな自然さでその名前を出される。

こういうところだよな、と、心の中で呟く。周囲など何も気にしていないような顔をして、いつでも他人のことをよく見て気に掛けている。

「変わりないですね。よく飽きないなと思います」

外科医の藤田は、瀬越の同僚だ。年齢もキャリアも瀬越よりずっと上だが、気難しくて感情の波が激しく、スタッフ間だけでなく時には患者ともトラブルを起こしていた。けれど院内の政治力も強く、表だってその所行が問題になったことはない。

瀬越が藤田から嫌がらせを受けるようになったのは、半年ほど前からだ。

挨拶しても無視されるのは序の口で、ひどい時は患者の前でも難癖をつけられる。当直や帰宅後の待機番もひとの何倍も押しつけられるし、手術の助手にわざわざ瀬越を指名し、その度に細かい手技ひとつひとつに目を光らせて粗を探される。

藤田のお気に入りの看護師が瀬越に好意を抱いていたのがきっかけだ、と人づてに聞いたが、事実だとしたらずいぶんくだらない話だと思った。結局は自分より弱い人間を虐める口実が欲しいだけだ。

医者なんて皆ストレスまみれだ。虐めて憂さを晴らして、ストレスを解消するのだろう。そうやってこれまで何人も研修医や若手の医師を退職に追いやってきたのだ。飲みの席で、藤田本人が何度も自慢げに語っていた。

瀬越は学生の頃から意識して人あたりを良くすることを心がけ、誰にでも笑顔で接するようにしていた。何においても、人に好かれることで物事は円滑に進む。言ってみれば、最もコストが低く楽なやり方なのだ。

だから、たかが一時の気晴らしのために他者に悪印象を与えるなんて、愚行だとしか思えなかった。周囲の戸惑いや苦笑にも気付かずそれを自慢げに語る姿を、はっきりと軽蔑した。

たぶん瀬越の態度に、そういった姿勢が少なからず滲(にじ)み出てしまっていたのだろう。けれどそのことを後悔してもいないし、反省もしない。

「俺は気にしてないから大丈夫です。こういうことははじめてじゃないし、慣れてますから」

「うちの部長とかオペ室の師長たちも気にしてる。何度か、外科部長にも話はしてるらしいが」

「気持ちはありがたいですけど。そのうち収まると思うので」

だから平気です、と、相手の言葉を遮って言い切る。

大事(おおごと)にされたくなかった。味方なら、他にたくさんいる。高野に力を借りるつもりはなかった。

「それより、あの子のことどうするつもりなんですか」

これ以上、藤田の話をしたくなかった。歩きながら話を変える。

「誰だ」

「掃除のアルバイトの子ですよ。お母さんが入院してた。名前は忘れましたけど」

「創(そう)だよ。相澤(あいざわ)創」

その名前を口にする時、高野は微妙に複雑そうな顔をした。それなりに長いつきあいの中でも、ほとんど見たことのない表情だった。

「ああ。その子です」

創という名の少年とは、瀬越も少しだけ会話をしたことがあった。

華奢（きゃしゃ）というより痩せきっていて弱々しく、どこか遠くを見ているような黒目がちの瞳のせいか、なんとなくぼんやりした印象があった。

彼が高野と立ち話をしているところを何度か見かけた。すれ違った高野の背中を、その目がいつまでもずっと追いかけていた場面も。その瞬間、ぼんやりとしていた黒い瞳が澄み切った光できらきらと輝いていたのも。

あの少年は高野に恋をしている。彼のことなど何も知らないのに、嫌になるほど純粋な恋心だけを知ってしまった。

あれほどまでの強烈な光に、高野が気付かないはずがない。

「ずいぶん懐かれたみたいですね。どうするんですか」

面白半分で聞いてみる。

「どうするって言われても」

彼の話をする高野は、やはり微妙な顔をする。嬉しそうではなかった。むしろどこか嫌がっているような風にも見えた。何にも執着しない印象のある男が見せた感情の片鱗に、興味をそそられる。

「いろいろあって気の毒だし、何かしら助けになれたらいいとは思ってるよ。おまえだってそうだろ」

「俺は先輩ほど善人じゃありませんから」

「情けは人のためならずって言うだろ。それにあいつはほら、なんていうか、座敷わらしみたいな感じで……」

突然そんな単語を出され、さすがに瀬越も面食らった。恋をする少年を妖怪に例えられるとは思わなかった。

「それか、コロポックルとか。おまえ知ってるか、コロポックル」

「聞いたことある気はしますけど」

俺の地元で有名な妖精だ、と高野は淡々と続けた。メルヘンな話をされている。

「はじめて声をかけた時なんて、明らかに『俺が見えているんですか』って顔してたし」

それはなんとなく分かる気がした。すれ違った時に瀬越から声をかけた時、創は信じられない、というような顔をしていた。

「なんかそんな感じで、なんとなく一緒にいるといいことがありそうな気がするんだよ。御利益っていうか」

どこまでが本心か分からない顔のまま、淡々と言われる。

「ずいぶんと非科学的な発想ですね」

「医者なんてもともと祈禱師(きとうし)とかそっちの派生だろ。きっとスピリチュアルなものとは相性がいいんだろうさ。たぶん」

高野はそう言って肩を竦める。

長かった廊下が終わり、エレベーターに乗る。会話が途切れて、瀬越は創という少年のことを考えていた。確かに、癒されそうというか、気持ちは落ち着くかもしれない。どこを触っても刺々しいところのなさそうな、そんな空気の持ち主のような気がする。身構える気が起こらない、というのだろうか。年相応の攻撃性がいっさい感じられない。

ひとによってはそれを優しさと呼ぶのかもしれない。瀬越にとっては、すべて剝き出しの脆弱性のかたまりに見えた。他者を傷つける術を持たないということは、自分の身を守る術を持たないのと同じだ。

藤田のような人間にとっては格好の餌食だろう。やわらかくて優しいものほど、傷つけがいがある。そんなことを無意識のうちに考えた。そうして、自分の想像に嫌気を覚える。

きっと高野はこんなこと思いつきもしないのだろう。なにしろ座敷わらしに妖精だ。自分の中にある残酷で冷たい部分を暴かれたようで、無言のまま穏やかに前を向いている男に、ささやかな憎悪を感じてしまった。


その日の夕方、手術室から病棟に向かう途中に彼を見た。

相澤創。背中を丸めて黙々と床をモップがけしていて、清掃員の制服が違和感を覚えるほどに似合わない。当然だ、本来ならまだ学校の制服を着ている年齢なのだから。

そう思うと、確かに気の毒になった。助けになれたらいい、という高野の言葉が、彼の姿を目にしてようやく腑に落ちる。

いま瀬越が声をかけても、同じように喜んだ顔をしてくれるだろうか。幸運をもたらす不思議な存在を思わせるような、そんなインスピレーションを瀬越にも与えてくれるだろうか。

そう思って、近づこうとした。

「……先生！　おつかれさまです」

しかしその声を聞いて、足を止める。創は顔を上げて、たったいまそこを通りかかった誰かに呼びかけていた。瀬越の位置からは創の表情がよく見えた。光がこぼれ落ちそうなほど生き生きと輝く、黒目がちな澄んだ瞳。創は高野に話しかけていた。

高野は術衣の上から白衣を羽織って両手をポケットに入れ、ゆったりと構えた格好で創の話を聞いていた。どこにも無駄な力の入っていなさそうな、自然体そのものの姿勢だった。向き合う創は、瞳だけでなく顔も身体も、全身を高野に向けている。きっと心も、魂というものがあるとしたらその深部まで含めて、彼のすべてが高野を見ていた。

（これ以上……）

ふいに、そんな言葉がこみ上げてくる。

適切な言葉を見つけられないまま、感情だけが暴れ出しそうな強い衝動を感じた。なぜかとても懐かしいような、二度と触れられない過去をかいま見たような、そんな強烈な寂しさに襲われる。

硝子越しに、沈む夕陽の光が廊下に差し込んでくる。透き通った茜色に白衣ごと染められながら、瀬越はその場に立ち尽くしていた。

——一緒にいるといいことがありそうな気がするんだよ。御利益っていうか。

なんの悪意もない言葉が耳に蘇る。

楽しげに語り合うふたりの影が、まるでひとつの生きもののように溶け合って廊下に落ちていた。

いいことがありそう、なんて。

嫌われず、軽んじられず、信じられる。だからこそ、無垢な魂に求められる。人望も、余裕も、ひとを傷つけようなんて思ったこともない優しさも、澄み切った純粋な愛情も。

もう何もかも、持っているくせに。

「これ以上、何を望むっていうんですか？」

知らず、呟いていた。自分のものとは思えないほど、冷たい声だった。

高野だろうか。それとも、創だろうか。いずれかがこちらに気付いた気配を感じた。視線を振り払うように、背を向ける。

やわらかくてどこにも棘(とげ)がないような、透き通っていて優しいものがほしい、と、そんなことを思ってしまった。

夕焼け色に染まった廊下が冷たくて寒い。朝からの頭痛がいっこうに治らない。耳鳴りを感じて目を閉じると、遠くでサイレンの音が鳴っていた。また救急車が到着したのだろう。ふたりから離れて行くほど、その音は大きくなった。

まるで、自分が間違えているのだと警告されているようだった。

「沈まぬ夜の小舟　下」に続く

password①　senseinosukina　（先生の好きな）

「沈まぬ夜の小舟　下」巻末掲載のpassword②と組み合わせることで
書き下ろし番外編ショートストーリーをお読みいただけます。

［初出］

沈まぬ夜の小舟（第一章～第二十六章）

小説投稿サイト「ムーンライトノベルズ」ならびに
自身のwebサイト「トルタンタタ」にて発表の内容を加筆修正
※「ムーンライトノベルズ」は株式会社ナイトランタンの登録商標です。

特効薬　書き下ろし
Siren　書き下ろし

沈まぬ夜の小舟　上

二〇二一年五月三一日　第一刷発行

著者　中庭（なかにわ）みかな

発行人　石原正康

発行元　株式会社 幻冬舎コミックス
〒一五一－〇〇五一　東京都渋谷区千駄ヶ谷四－九－七
電話　〇三（五四一一）六四三一［編集］

発売元　株式会社 幻冬舎
〒一五一－〇〇五一　東京都渋谷区千駄ヶ谷四－九－七
電話　〇三（五四一一）六二二二［営業］
振替　〇〇一二〇－八－七六七六四三

印刷・製本所　中央精版印刷株式会社

検印廃止

ISBN978-4-344-84861-0　C0093　Printed in Japan

幻冬舎コミックスホームページ　https://www.gentosha-comics.net